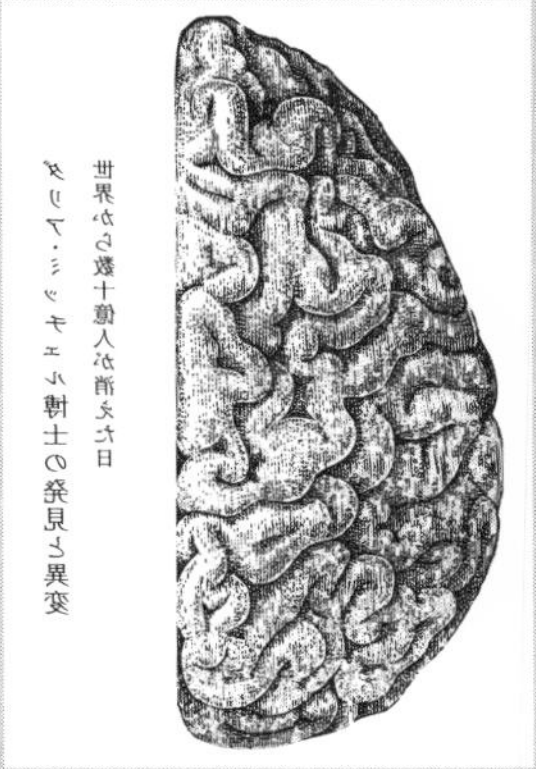

ダリア・ミッチェル博士の発見と異変

世界から数十億人が消えた日

ス・トーマス
〔訳〕

竹書房文庫

ダリア・ミッチェル博士の発見と異変
世界から数十億人が消えた日

フレンダー・ゴーンに

主な登場人物

ダリア・ミッチェル……………………天文学者。カリフォルニア大学サンタクルーズ校教授

ジョン・ウルタド………………………国家安全保障局《NSA》職員。ダリアの元恋人

ゼイヴィア・フェイバー………………計算言語学博士

フランク・ケルガード…………………カリフォルニア大学サンタクルーズ校の天文学・天体物理学部部長

ヴァネッサ・バラード…………………アメリカ前大統領

キース・トーマス………………………ジャーナリスト。本書の著者

「上昇」秘録

——ひとりの女性の発見が、
いかにして人類史上最大の出来事に
つながったか——

キース・トーマス［著］

序文

九歳のとき、父に連れられてボイジャー一号の打ち上げを見にケープカナベラルへいきました。

父がＮＡＳＡの技術者だったおかげで、宇宙に取り憑《つ》かれた無邪気な少女だったわたしは、それを最前列で見送ることができました。人類の最も偉大な業績のひとつを目撃した経験を、わたしはけっして忘れたことはありません。そしてその記憶は、己を向上させるための原動力でした。いまわたしが、かつてアメリカ合衆国と呼ばれていた国の前大統領としてあなたがたに語りかけているのは、その結果なのです。

あれは世界が変わるはるか以前、パニックが起こるずっと前のことでした。

わたしたちが人類の最初の「上昇」を目撃する以前……。

一九七七年、全世界が星々に目を向けました。わたしたちは宇宙のどこかに知的生命体が存在すると信じたかった。そして、もしこちらから連絡を取ることができれば、彼らから返事が返ってくるかもしれないと期待したのです。ボイジャー一号、細長いアンテナをトゲのように生やしたパラボラアンテナは、瓶に入れた手紙でした。自分たちの存在を銀河に知らせるための、わたしたちなりのやり方だったのです。もし誰かが見つけたいと思えば、わたしたちはここにいると知らせるための。

それから四十年かけて、探査機は木星を通過し、土星を越え、虚空に漂い出て静まりかえった宇宙に飲みこまれてしまいました。もしくは、わたしたちはそう考えていた……。

実際には、わたしたちのメッセージは聞いてもらえなかったわけではなかったのです。

宇宙から返事が返ってくると、すべてが変わりました。戦争や侵略によってではなく、ささやきによって。ほぼ一夜にして、わたしたちが知っていたすべてが変わってしまった。

そしてわたしは、それが起こるのを目にしました。

二〇二三年、わたしたちは人類の最初の「上昇」を目撃したのです。

劇的な出来事のほとんどがそうであるように、それはたったひとりの人物によってはじまりました。

いまわたしはダリア・ミッチェル博士の写真を見ています。写真立てに入れて机に置いてあるものです。そこに写っている彼女は、わたしが出会ったときよりも若くて二十代半ば。目は緑色で、長い髪はカールし、笑みを浮かべています。幸せそうに。いつ撮られたものかはわかりませんが、たぶんカリフォルニア大学サンタクルーズ校の教授になってまもない頃でしょう。

ダリアの生い立ちは悲惨なものでした。

彼女はいわゆる「軍人の子」で、生まれてから十八年のあいだに一家が引っ越した回数は十四回を数えました。父親のアーサーは陸軍工兵隊で化学エンジニアを務めるアフリカ系アメリカ人で、ヨーロッパ駐留中にドイツ娘のジゼルに夢中になりました。ダリアがフォート・ポークでの暮らしを楽しんだのはわずか二年で、かろうじて走り方を覚えた頃には、一家――ダリア、母、父、兄のニコ――は追い立てられるようにドイツのアウクスブルクに移りました。その後も慌ただしく転々とする日々が続きました。オクラホマ、カンザス、ハワイ、ヴァージニア、バイエルン、ソウル、そしてふたたびアウクスブルク。

一緒に過ごした短いあいだに聞いた話では、ダリアは本と歴史に取り憑かれた内省的な子どもだったそうです。好奇心旺盛で、家族が短期間暮らしたすべての土地で、わくわくする新しいことを発見しました。またダリアは母親に似て言葉を覚えるのが得意で、十歳になるまでには三カ国語を話していました。賢くてすぐに畏怖の念を抱く子どものままで十代の前半を迎えた頃、母親が自殺しました。

ダリアは母の死にショックを受けました。

妻が自殺したあと、アーサーは引きこもり、ニコとダリアは自力でやっていかなくてはなりませんでした。ニコが反抗したのに対し、ダリアは勉学――主として天体物理学と化学――に集中しました。

野心的で利口な学生だったダリアは教授たちに気に入られ、コーネル大学から天体物理学の博士号を取るための全額奨学金を支給されました。卒業後はカリフォルニア大学サンタクルーズ校に教授の職を得、そこでは誰に聞いてもばりばりと仕事をこなしていたそうですが、それほど満足していたわけではありませんでした。

ですが、そのことは彼女の口から語ってもらいましょう。

この本は証《あかし》です。大統領職にあったわたしや政権のではなく、舞台裏にいた人々、より大きな災害を回避させた人々や、わたしたちをいっそう危険な状況に陥ることから救ってくれた人々の。初めてキース・トーマスから本書への協力を打診されたとき、わたしは関わることにはためらいがあると話しました。彼が記録したがっていた時代は、わたしにとって政治的にも個人的にも厳しい時期でした。あれから五年が過ぎてもなお、それらの出来事を振り返ると感情的に消耗し、場合によってはかなり動揺することもありました。それでもわたしは同意しましたし、彼があらゆる大転換中の大転換である「終局」を引き起こしたものを、すべてとはいかないまでも、いくらかはとらえることができたと確信しています。

わたしは「上昇」によって打ちのめされたままの人々を大勢知っていますが、その一方で、また一から物事をはじめる期待に興奮している、同じくらい大勢の人たちにも会ってきました。将来世代がわたしたちの先祖と同じ過ちを犯さずにすむかどうかは、わたしたちにかかっています。抱いている政治哲学や信仰している宗教は違っても、流血が減り優しさが増すのを見たいという思いには、わたしたちみなが同意できることでしょう。わたしたちは自分たちの惑星を若返らせる機会を手にしているのです。このあたりに住む多くの人々は、既に動きだしています。わたしが口にする食べ物、わたしが飲む水はすべて、すぐ近くからきています。地元の農場、地元の貯水池から。そして空気は……そう、空気はびっくりするほど澄み渡っています。

もちろん長引く深刻な問題がないわけではありません。アメリカ西部の七十パーセント近くではいまだに停電が続いていますし、南部の五十パーセント以上は計画停電に苦しんでいます。医療は依然として危機的状態が続き、燃料問題はわたしたちの成長を制限しています。

しかしわたしたちは強い民です。賢く、機知に富んでいます。そしてわたしたちを残していった人々、五年前に「優越者」に加わった一億二千二百万の人たちのように、勇敢です。

今後わたしたちが、「上昇」の前・最中・後に起こった出来事から学べることを願っています。世界がはるかに小さくなったことはわかっています。ですが以前も小さな場所でしたし、ふたたびずっと大きな場所になるものと確信しています。五年後、十年後には無理でしょうが、五百年後、千年後ならば。わたしたちが再建するときには——必ずするでしょう——もう少し慎重にやることを、心から願っています。

わたしは数年かけて自叙伝の執筆に取り組みましたが、ゴーストライターの手を借りることは断りました。そして最終的に、自分にはそれをやり遂げるだけの忍耐力も気質もないことに気づいたのです。そこで、トーマス氏がその未完の草稿の抜粋を本書に使うことに同意しました。彼が選んだ部分はかなり広範囲にわたっていますが、わたしが記録しようとしていたことの核心はついていると思います。

ボイジャー一号が打ち上げられたとき、わたしたちは未来には人類にとって素晴らしいことしかないと楽観的に考えていました。たしかにボイジャーは、いまだにより広大な宇宙の果てへと漂いつづけ、信号が返ってくることも、かつて存在していた気配もまったくありませんが、わたしは自分たちが楽観的だったあの頃に戻れるよう望んでいます。

わたしたちはこの宇宙に存在するのは自分たちだけではないと知っていますが、自分たちが類《たぐ》い希《まれ》な存在であることも知っています。これは祝福されるべきことです。そしてこのあとのページには、祝うべきことがたくさん見つかることでしょう。

敬具

前大統領ヴァネッサ・バラード

二〇二八年六月二十五日

前書き

これは世界がどのように終わったかについての、口述記録《オーラル・ヒストリー》である。

本書の執筆には二十三カ月を要した。

わたしたちが知っていた世界は、たった二カ月で終わった。

二〇二三年十月十七日、特に有名なわけでも論文を広く発表しているわけでもないダリア・ミッチェルという天文学者が、銀河の遠い地点から発している信号を発見した。その信号は未知の知的生命体によって送信されたパルスであり、信じられないほど進んだ暗号で記されたデータが含まれていたことから、パルスコードとして知られるようになった。

パルスコードはメッセージではなかった。どこか遠くの文明からの通信の試みではなかった。それはトロイの木馬ウイルス、人口のおよそ三十パーセントの脳を変化させた生物学的ツールだった。パルスコードによって変化したものたちは、ほかの人間には見たり聞いたりできないものをとらえることができた。重力波、紫外線、まさに地球そのものの動き。そしてそれは、彼らの能力のはじまりにすぎなかった……。

この出来事は「上昇」と呼ばれた。

「上昇者」たちの多くは命を落とした――頭の内部で起こっている信じられないような変化に、肉体がついていけなかったのだ。生きのびた人たちのなかには、精神に異常をきたしたものもいた。そのほかのものたちは、彼らをわれわれの世界から別の世界へと移行させる出来事に備えて引きこもり、残りの人類との交流を絶った。

その出来事は「終局」と呼ばれた。

もちろん「上昇」や「終局」については、多くの本が書かれてきた――科学に焦点を当てたものもあれば、社会学に焦点を当てたものもあり、どれもそれ相応の畏敬の念を込めてこの問題に取り組んでいた。なんといってもそれは、人間の歴史において最大の、人類を永遠に変えた出来事だった。三十億人が――消えたのだ。

それならなぜ、この究極の出来事に関する本の山に新たな一冊を加えるのか？

とりわけ、主に小説家や映画製作者として知られているような人間が？

ほかの本やドキュメンタリーは、昨年公開された悲惨な長編映画でさえそうだったが、「上昇」の物語を全体として語ろうと試み、高度六千メートルの視点から描かれている。しかしわたしは、この物語は個人的な場所から語られる必要があると考えている。結局のところこれは、わたしたちの物語なのだ――われわれ全員の。この口述記録は、事の発端からその場にいた人々の声を伝える場となっている。

だがこのプロジェクトをユニークなものにしている要素は、もうひとつある。本書には、ダリア・ミッチェルの日記の一部が収録されているのだ。

長いあいだ、それは失われたものと思われていた。ダリアが大変な日記魔だったことは、多くの人がインタビューのなかではっきり語っていたが、誰もその日記帳を目にしたものはいなかった。なぜなら、それは日記帳ではなかったからだ。いかにもデジタル世代らしく、ダリアは自身の日記をパスワードを入力しなければアクセスできない個人のウェブサイトに投稿していた。わたしの知るかぎりでは、ダリアはそのパスワードを誰にも教えていなかった。

三年ほど前、わたしはS4yL4Frit3という仮名で通っているプロのハッカーから、一通のメールを受け取った。「上昇」に続いて起きた技術の崩壊によって仕事を失った多くのハッカーたちと同様、S4yL4Frit3は放棄されたサーバーを漁《あさ》ることで小遣い稼ぎに努めていた（余談になるが、世界のサーバーには三極――三の後ろに〇が四十八個つく――バイトを超えるデータがアクセスされずに残っていると推定されている）。S4yL4Frit3がダリアの日記に出くわしたのは、まったくの偶然だった。それはS4yL4Frit3がさらって集めたデータのなかの、「死んだ」ＳＮＳプラットフォーム（ほとんど忘れ去られたツイッターやフェイスブックと同じような）に保存されていた、数百万の個人ブログのひとつにすぎなかった。

わたしが数年前に書いたあるホラー・スリラー小説のファンだったため、S4yL4Frit3はその日記を送ってくれたのだ。ニュースと科学のちょっとしたマニアだったS4yL4Frit3には、それがなにか特別なものだということがわかっていた。ネットにそのまま捨ててしまったり、いくつか残っているニュース・ネットワークに投げてやるようなものではないということが。S4yL4Frit3からのメッセージは単純だった。「これに正当な評価を」

日記を読んだあと、それがまさに自分の為すべきことだとわかった。それから十一カ月かけて、わたしは国内を旅し、わが国を揺るがした信じがたい変化を目撃した人々から聴き取った話をまとめた。幸いにもわたしは、この国初の無所属の大統領だったバラードのような発言力のある人たちや、最初の「上昇」のひとつを目撃したトーマス・フランクリン・ベスのような無名の人たちと話をすることができた。

またわたしは多くの情報源から寄せられた、録音されたインタビューや筆記録にアクセスすることができた。筆記録のなかには政府と非政府組織、双方の関係者が密《ひそ》かに録音した記録から書き起こされたものもある。それらはすべて、わたしが個人的に行った一対一のインタビューと混じり合い、変化の真の姿を描き出している。

世界的なレベルにおいても、個人的なレベルにおいても。

ダリアが変わったように、世界も変わった。

「上昇」について語ることは、けっしてひと筋縄ではいきそうになかった。

すべての角度――中東で起こった戦争、シンガポールやオーストリアでの惨事――から語るのは無理だろうというのはわかっていたが、できるかぎりの歴史は扱った。脚《きゃく》註《ちゅう》もつけてある。

そこには驚きがあるだろう。

わたしが発見したなかには、まだ表に出ていなかったこともある。

そしてそのなかには衝撃的なこともあるだろう。

バラード大統領の政権内に彼女の計画に真っ向から反対するものがいたことには、わたしたちの多くが気づいていたが、そうした諜報員のうち何人が、何十年ものあいだ身を潜めているガン細胞のようにわれわれの政府内に深く根を張っていたのかは、知ることができずにいた。トゥエルヴの存在について論ずるのはわたしが初めてでないことはわかっているが、その元メンバーに話を聞いたのはわたしが初めてだ。

それらのページについても論争が起きるだろう。

わたしが接触した人々のなかには、歴史が好意的に記憶することはないであろうものたちもいる。読者の多くは彼らの名前がふたたび印刷されているのを見て、腹を立てるかもしれない。わたしが話題づくりのために彼らの意見をいいふらしているのではなく、論理的解釈を加えるため、われわれの存在をあとわずかで終わらせるところだった「上昇」のひとつの見方を示すためであることは、はっきりいっておきたい。

民話にあるように、最悪の分裂は内側から生まれる。

しかしながら本書は、多くの意味でダリア・ミッチェルの物語だ。わたしはそのことをあらゆる政治的、あるいは科学的騒ぎのなかに埋もれさせたくなかった。わたしたちみんなと同様、ダリアもまた「上昇」の混沌《こんとん》に巻きこまれたひとりの人間、安全を求め、安らぎを求めていたひとりの人間だった。成し遂げた科学上の大発見や彼女自身のなかに発見した驚くべき能力にもかかわらず、ダリアは夢想家であり、最後までそれは変わらなかった。

わたしは本書を、世の中に存在する夢見るすべての人たちに捧《ささ》げる。

キース・トーマス
二〇二八年二月

パルス

1

ダリア・ミッチェルに対するFBIの聴取記録を編集
パロアルト支局：録音番号〇〇一――J・E・マドック捜査官
二〇二三年十月二十三日

マドック捜査官：あなたの氏名、簡単な経歴、学歴、配偶者の有無、職業を述べてください。
ダリア・ミッチェル：名前はダリア・ミッチェル。生まれはルイジアナのフォートポークですが、世界じゅうを転々として育ちました。基地育ちの軍人の子です。ニコという兄がひとりいます。両親は離婚。父は十年ほど前に病気で亡くなりました。母は……、母は自殺しました。わたしはペンシルヴェニア大学に進み、それからコーネル大学大学院で天文学を専攻。独身で、カリフォルニア大学サンタクルーズ校に勤務する……というより勤務していた、天文学者です。
マドック捜査官：それで、そこでのあなたの専門分野は？　なにを研究し、学生たちになにを教えていたのですか？
ダリア・ミッチェル：わたしの博士論文は、銀河との関連で暗黒物質の分布をマッピングするための重力レンズの利用法についてでした。わたしたちは銀河団を見つけるために重力レンズを利用しています。そしてもしその銀河団を暗黒物質場との関連で見れば、銀河のだいたいの位置がわかります。もしそれが理にかなっていれば……。

マドック捜査官：わたしは専門家ではありませんので。直近の研究テーマを教えてください。あの出来事の前に取り組んでおられた研究を。

ダリア・ミッチェル：テーマは同じです。ただ……違った角度から研究していただけで。木を見て森を見ず、という表現をご存じですか？　まあ、それとは逆のようなことをやっていたわけですが。わたしは森に、より大きな全体像に集中しすぎていました。わたしは銀河を見ていましたが、ほんとうに必要だったのは、暗黒物質がどのように宇宙をひとつにまとめているのかを突きとめるために、そのあいだの空間に集中することだったんです。たとえ暗黒物質が、まだ基本的に理論上の存在であったとしても、暗黒物質が重力波や、ほかの……そう、宇宙空間を越えて発信されている通信に与える影響を研究する方法はあります。わたしは可能なかぎり広範囲に空をスキャンして電波バーストを集め、それが暗黒物質の作用をより深く理解させてくれるのを期待していました。簡単にいえばそんな感じです。

マドック捜査官：それで、その研究は大学ではどのように受け止められていたのでしょうか？

ダリア・ミッチェル：なんというか、ほとんどの場合、存在が噂《うわさ》されているだけのものを研究するのは大変なことなんです。つまり、かなり急速に変化しつつはありますが、基礎科学のレベルで基本的に実用的ではないと見られるテーマを研究することには、いまだに偏見があります。人の目には見えず、コンピュータで測定することさえできない、想像しているような形では実際には存在していない可能性があるなにかを調査している場合、基金や助成金を得るのはますます難しくなります。

マドック捜査官：すると、あなたの研究は学部内では支持されていなかったといっても差し支《つか》えありませんね？　ケルガード博士に話を聞いたのですが、彼はあなたの同僚の研究ほどには、あなたの研究を評価していません。パルス信号の発見に至るまでの数日間、あなたが暗黒物質の研究を中断するよう求められていたというのはほんとうですか？

ダリア・ミッチェル：ええ、ほんとうです。

マドック捜査官：そしてこの発見をした夜――本来ならあなたは、電波望遠鏡天文台にいるはずではなかった。あなたは実験を行うことを承認されていませんでした――

ダリア・ブラック：それは必ずしも正確ではありません。わたしがあの夜行っていたテストをすることは、数週間前に承認されていました。間際になって、わたしの……わたしの上司が計画を中止するべきだと判断して――

マドック捜査官：実際に、教授会はそういう決定を下しています。

ダリア・ミッチェル：ええ、わたしの上司の助言にもとづいて。ですがわたしは事前承認を得ていましたし、そのテストのことは研究者人生の大半を費やしてきたプロジェクトを完成させるための好機——実のところ、最後のひと踏ん張りのようなもの——としてしか見ていませんでした。理解していただかなくてはならないのは、この種の観察を行うためにはきわめて明確な条件が存在するということです。もし天候が悪ければ、あるいはパラボラアンテナが適切に調整されていなければ、重大な、取り返しのつかない事態を招きかねない遅延が発生することになります。わたしはその瞬間を逃すわけにはいきませんでした。たとえ——

マドック捜査官：たとえ上司からやめるようにいわれていても。彼はあの夜、あなたにはっきりと実験を続けないようにいっていましたね。

ダリア・ミッチェル：ええ。そのとおりです。

マドック捜査官：それは少々都合がいいのではありませんか？　あなたはその探査の手法を追求しないようにいわれたのに、上司の判断を瑕疵《かし》があるとして片づけ、当初意図していたとおりにプロジェクトを進め、そして史上類を見ない最も重要な発見をする……。

ダリア・ミッチェル：いいえ。違います、そういうことでは……。いったいなにがおっしゃりたいんですか？

マドック捜査官：つまり、あなたにはこの発見をするきわめてもっともな動機があるかもしれない、ということです。あなたはあの夜、実験や測定値の読み取り、機器の操作を進めないようにという指示に真っ向から逆らって、いわゆる「この発見をする」という明確な目的のためにあそこまで上がっていった。ミッチェル博士、あなたが偶然見つけたと主張されているデータは、もしかしてご自身で作成されたものではありませんか？

ダリア・ミッチェル：もちろん違います。とんでもない。けっしてそんなまねはしません。わたしは自分の仕事にとても真剣に取り組んでいます。信じられませんね——誰もそんなことはほのめかしもしないでしょう。あなたはデータをご覧になった、そうですね？

マドック捜査官：そのデータとはあなたが研究していた——

ダリア・ミッチェル：パルスに含まれていたデータのことです。それはしばらくあなたの手元にあり、その間ずっと研究されてきた。あなたではなくても、あなたのチームの人たちによって。わたしにはあの信号に含まれていた数学を捏造《ねつぞう》するのは無理でした。あそこまで洗練されたものを捏造することなど——

マドック捜査官：あなたは聡明だ。学部と大学院の成績証明書には、並外れたレベルの熱心さが表れている。さて、ここにあなたの指導教官が書いたものがあるので、ひとつ見てみましょう。そのまま引用します。「わたしの学生たちの誰よりも、ダリアには既存の枠組みにとらわれずにはるか先を考える能力がある。彼女はわたしたちのほとんどが、わたし自身でさえ見落とすような物事を見ている。ダリアはいずれ偉大な発見をするであろうタイプの学生だ」ひょっとしてこの信号も、あなたがいわゆる「発見した」ものなのではありませんか？

ダリア・ミッチェル：そんなばかな。あなたはこの件とは無関係なことを適当に引用して、こじつけようとしています。あのパルスに含まれていた情報、その中心にあるコードは……誰よりも型にはまらない発想の持ち主でさえ、あんなものを思いつくことはできなかったはずです。

マドック捜査官：あるいは、そんなふうに見えるだけかもしれない。異言のような、ただの無意味な言葉なのかもしれない。ヴォイニッチ手稿には詳しいですか、ミッチェル博士？

ダリア・ミッチェル：いいえ。

マドック捜査官：千四百年代にまでさかのぼる、風変わりで奇妙な手稿です。おそらく錬金術の教科書のようなもので、中世の科学実験や人類学的観察、植物学と動物学に関する論文、人間の生殖に関する調査記録が詰まっています。わたしが「おそらく」という言葉を使うのは、誰にも、ひとりの専門家にも、たしかなことはわからないからです。ヴォイニッチ手稿は未知の人工言語らしきもので記されています。一度も翻訳されたことがないし、この先翻訳されることもけっしてないでしょう。

ダリア・ミッチェル：そうですか……あなたがなにをおっしゃろうとしているのかわかりませんが……。

マドック捜査官：それはまったく言語ではないので、首尾よく翻訳されることさえないでしょう。言語に類似した構造や見た目をすべて備えているが、言語ではない。ちんぷんかんぷんだ。異言です。わけのわからないことを語っている。しかし優秀な数学者や言語学者、暗号解読者たちは、いまだにヴォイニッチ手稿の解読を試みています。人々は解読できないものを解読する試みに、人生の何十年という時間をなげうってきました。あなたが発見したこのコードは、それと同じなのかもしれない。

ダリア・ミッチェル：いいえ。あなたは見当違いをしておられます。わたしはあれをつくってはいません。つくれたわけがない。あのパルスコードをよく見てはいかがですか。じっくりと。あなたはこういうでしょう——そしてあなたのところの専門家たちも数日、もしかしたら数時間のうちに、同じことを報告するはずです——これはいたずらでも、気の触れた天文学者の仕業でもないとね。

マドック捜査官：それならあれは何なのですか、ミッチェル博士？

ダリア・ミッチェル：あなたが進んで心を開きたいとは思わないもの、あなたがなんとしても信じたくないと思うものです……。

2

ダリア・ミッチェルの私的記録より

エントリー番号三一二——二〇二三年十月十七日

今夜わたしはなにかを見つけたんだと思う。

こう書いてみると、どうかしてるみたいだ。

学部生の頃にケンタウルス座Aからの変わった高速電波バーストを「発見」して[1]、たったいま自分がなにかの大発見をしたんだと確信したときに戻ったみたいに。まったくばかみたい。ありがたいことにジヴコビッチ博士[2]は、そうではないことをやんわりと指摘してくれた。彼はわたしの熱意に水をかけることは望まなかった。もちろんわたしが見つけたバー

（1）二〇〇七年に初めて検出された高速電波バースト（ＦＲＢｓ）とは、深宇宙から届く瞬間的だが強烈なラジオパルスだ。たいていは数ミリ秒しか続かず、記録されたＦＲＢｓのほとんどは発生源がわかっていない。多くははるか一ギガパーセク、あるいは三十億光年の彼方《かなた》で発生している。
（2）コーネル大学の天体物理学者、エミール・ジヴコヴィッチ博士。彼は「上昇者」だった。

ストは、一九三四年に初めて観測されていた。そして毎日、一日千回、再発見されていた。それでも初めてあれを聞いたときの、あのわくわくした感じ――あれに勝るものはなかった。わたしはまたそれを感じたかった。もしかしたら、ほんとうにもしかしたら、この世の誰もかつて出くわしたことがないなにかを発見したのかもしれないと思いたかった。まだ地図に載っていない領域。宇宙の果ての……。

今夜わたしは同じような気持ちになった。

そしていまのところ、過去にその位置、その信号に言及した参考文献はひとつも見つかっていない。大学のデータベース、ＳＩＭＢＡＤ、ＳＤＳＳ、ＮＡＳＡのＡＤＳ、ＮＡＳＡ／ＩＰＡＣのＮＥＤを調べてみたけど、なにも出てこない。そこは宇宙の新しい場所じゃない。何世紀にもわたって子細に調べられてきた古い領域だ。いわゆるデッドスペース。文字どおり、ほかのどこよりもなにか新しいものをとらえることは期待できない場所。だからああいうことがあっても、わたしはまだ疑っている。わたしは常に疑念を抱いている……。

一日のはじまりは上々とはいえなかった。

「最悪」といったほうがいい。

暗黒物質に関する午前の講義――三年近くやってきて、眠っていても一言一句そらんじることができる入門編の講義――の最中に、フランクが入ってきた[3]。その表情からすると、内心ではあまりわたしの注意を引きたがっていないようだった。二日前の晩に教授会が開かれていて、彼がどういう話になっているのか伝えてくれるのを、わたしはやきもきしながら待っていた。どんな場合でも、不吉な沈黙はけっしていい兆候とはいえない。特にフランクの場合は。

そんなわけでわたしは、講義のあとで彼の散らかったオフィス——いったいあの人は部屋を片づけたことがあるんだろうか？——に立ち寄って、彼の机の前に座った。フランクは一瞬ペンをいじくり、なにかの書類に目を通すふりをしながら、わたしにニュースを伝える勇気を奮い起こした。「ダリア、教授会はきみの暗黒物質プロジェクトの規模を縮小することを決定した」

わたしの反応は、ボーリングの球をお腹にぶつけられたようなものだった。ほんとうにそれほど衝撃的な出来事だったのだ。痛かった。フランクはかぶりを振り両手をひらひらさせて、自分の考えではないように見せようとしたけれど、長くは続かなかった。最終的には覚悟を決めて、わたしに悪い知らせを伝えた。「中間解析はきみの論文の裏づけになっていない」

あたりまえだ。

そもそもわたしが中間解析を行うことについて教授会と争ってきたのは、そのせいだった。

（3）ダリアが言及しているのは、カリフォルニア大学サンタクルーズ校の天文学・天体物理学部長だった、天体物理学者のフランク・ケルガード博士のことだ。

そんなことをする必要はなかったし、結果は相当偏った数字になりそうだった。もちろん、その予想が正しかったことは明らかになっている。わたしはフランクに、三百テラバイトのデータを処理中だといった。たった三カ月で、わたしたちのマッピングの進行速度は倍以上になっていた。暗黒物質を探すのは必ずしもたやすいことではなかった。それが暗黒と呼ばれるのには、広大な宇宙のなかで、ほぼ目に見えないという理由がある。でもときには、それが目に見えないことが最も重要になることがある。間の抜けた考えだが、それは事実だ。

　毎日の暮らしに影響を及ぼしている、目に見えないあらゆるもののことを考えてみるといい。空気、重力、感情、信仰……。外宇宙にあることを別にすれば、暗黒物質はそういったものに匹敵する。それ以上にわたしたちは、それが既知の宇宙のほとんどを構成していると考えている。それは天体をいまある位置にとどめている、まさに基本構造、重力波の源なのだ。

　フランクは聞いていなかった。彼はけっして人の話を聞かない。

　そう、フランクはわたしがすぐに折れるのを期待して、スピーチを続けただけだった。「今年は抱えている授業の負担が大きい」という事実を持ち出しただけでなく――コリンやフレデリック[4]が相手なら、きっと同じ指摘はしなかったはずだ――視点を変えることで実際には有利になるかもしれない、ともいった。以前のように、暗黒物質には天体物理学の共同体に属するほかの学者たちが積み上げてきた努力に見合うだけの価値はない、とほのめかしはしなかった。そういわれるのはいつも、わたしにはいちばん気に障ることだった。それでも、もしこちらがしつこく食い下がればきっと、きみは人生をむだにしているといったはずだ。その話はよそう、ダリア……。

そこでわたしは、もうひとつテストを行うことを提案した。弾丸銀河団の(5)。フランクは鼻で笑って、それはミルグロムが何年も前に除外しているといった(6)。わたしは、ミルグロムは適切なツールを使っていなかったと主張した。

でもフランクは聞く耳を持たなかった。教授会がほんとうに判断を下したのか、それともフランクがわたしの研究を擁護するのに疲れただけなのか、彼は受動攻撃性を発揮して、もう終わりだと告げていた。気力が必要だったようだが、ついにフランクはこういった。「今夜からきみにはプロジェクトの停止に取りかかってもらう」

(4) ダリアがいっているのは、カリフォルニア大学サンタクルーズ校に勤務する、彼女より年下のふたりの天文学者のことだ。ふたりとも男性で、その時点ではどちらもそれほど成果を上げていなかった。

(5) 弾丸銀河団は、地球から数十億光年離れた場所でゆっくりと衝突しているふたつの銀河の集団から成り立っている。天体物理学者の多くは、弾丸銀河団は暗黒物質の存在を証明するきわめて有力な証拠になると考えている。正確に説明するのは困難だが、それには弾丸銀河団の質量が関係している。

(6) 物理学者のモルデハイ・ミルグロムは、弾丸銀河団に関連する質量「問題」には別の説明ができると主張した。彼に賛同する学者もいれば、そうでないものもいた。

そして彼にいわせれば、それでおしまいだった。わたしは頭にきて部屋をあとにし、フランクは教授会に電話して話はついたと伝えることができた――彼らが抱えているちょっとした問題児の天文学者は、教室の後ろの席に追いやられているところだと。終身在職権が完全に取り下げにはならないまでも先のばしにされそうなばかりか、どんな追加プロジェクトの承認を得るにも長い道のりが待っていることになりそうだった。これ以上悪い日になりようがある?

フランクのところから自分のオフィスに戻るとき、自分がやるべきことに気づいた。わたしは弾丸銀河団の暗黒物質観測を終了するつもりはなかった。それを実行して、結果は気にしないことに決めた。わたしには天文台で過ごす時間が与えられ、スタッフとコンピュータの使用時間が割り当てられていたから、それを利用するつもりだった。

父さんが知ったらぎょっとしただろうな。ごめん、父さん。

追加の書類仕事をいくつか仕上げ、何本かの論文に成績をつけたあと、わたしはウエスト・クリフ周辺の五キロのコースをジョギングした。タイムは平凡だけど、時間を見つけては何キロか走っていた。体を動かし、汗をかいてストレスを発散するのはいい気分だった。うちに帰ってシャワーを浴び、赤ワインをグラスに注《そそ》いでから、どっちの冷凍食品を食べようか(パスタかマサラか)と考えていたとき、ニコ(7)から電話がかかってきた。時間ぴったりね、兄さん。

わたしがなにがあったか話すと、ニコはいつものように、無茶なことはするなと言い聞かせようとした――その点については、少し手遅れだったけど。「この件については戦うつもりだから、ニコ」いつもわざと反対の意見をいうニコは、もしかしたら、ほんとうにもしかしたら、わたしのほうが間違っていてフランクはいいところに気づいたのかもしれない、とほのめかした。

「ニコ。わたしは味方をしてほしいんだけど」

彼は笑って、フランクの尻を蹴飛ばしてほしいかと尋ねた。わたしはそんな必要はないだろうし、もしフランクの尻を蹴飛ばす必要があれば間違いなく自分でやれるからといって、丁重に辞退した。

そのあとニコは、いかにもニコらしく、ヴァレリー(8)と子どもたちを連れて遊びにいくよ、というようなことをいった。わたしにはそれ以上ひどいことは思いつかなかった。でもほんとうのところ、今回のことは彼にとって、わたしを心配するまた別の口実にすぎなかった。母さんのことがあって以来……そう、すべてがどういう結末を迎えたか、わたしたちにはわかっている。ニコはあのとき受けたショックをすべて、問題なく乗り切った。セラピーを受

(7)　ニコ・ミッチェル、ダリアの兄。
(8)　ヴァレリー・ミッチェル、ダリアの義理の姉。

け、妻を信頼して打ち明け、なにもかもうまくやってのけた。一年もたたないうちに、ニコは以前の彼のようになった——もしかしたらより賢く、より謙虚かもしれないけれど、彼自身に。わたしのほうは、そうでもなかった。

　わたしたちは一緒に嵐を乗り切ろうとしていたようなものだった。ニコは完璧な操縦で、太陽が照っている暖かい向こう側にたどり着いた。でもわたしはいまだにここ、嵐の真《ま》っ只《ただ》中《なか》にいた——打ちのめされ、凍りついて。ニコはわたしがひと晩で考えを変えることを期待してる。わたしがふたたび立ち上がって、こういうのを期待してる。「つらい経験だったけど、自分自身についてたくさん学んだ」と。たしかにわたしは、これまでそんなふうにして物事に取り組んできた。立ち上がりはするけど、そのまままっすぐ進みつづける。内省はわたしの魅力のひとつじゃない。

　二時間後、わたしは砂漠に向けて出発した。

　早めにビッグ・イヤーズ[9]に着いたのは、指導している大学院生たちが行っているいくつかの実験に取りかかるためだった。クラーク・ワッツ[10]がジェイコブ博士[11]の三角測量に取り組んでいたが、その夜は読解の遅れを取り戻すための時間と考えているようだった。クラークは頭はいいけれど、特別熱心な学生だったためしはなかった。その点について彼が反論することはないだろう。わたしも指導教授たちからそんなふうに見られていたんだろうか。努力はしているが、本気ではないと。

わたしが制御塔に着いたとき、クラークは別の院生のためにフィッツプロード[12]を使ってスペクトル線のデータを引き出してやっていた。彼はわたしに気づかないほど忙しそうだった。わたしは咳払いをして、こんばんはと声をかけた。クラークは少しぼんやりした目でわたしを見上げた。明らかに居眠りをしていたようだ。

「あなたがくるとは思ってませんでしたよ」彼はいった。「片づけなくちゃいけないことがあるから」

(9)「ビッグ・イヤーズ」とは、カリフォルニア州ビッグ・パインにあるオーエンス・ヴァレー電波天文台の愛称である。この天文台は、いくつかの巨大電波望遠鏡――谷に並べられた白い「皿」――で構成されている。それらは宇宙に「耳を澄ます」ために使われている。

(10)クラーク・アシュトン・ワッツは、サンタクルーズ校の大学院生だった。彼はケルガード博士とX線連星に関連する研究を行っていた。「終局」後は、景観設計の道を進むことを選んだ。

(11)サンタクルーズ校の上級講師であるアンドリュー・ジェイコブ博士は、二千を超える星の集団、野ガモ星団の専門家であり、学生や同僚からとても人気があった。彼は「上昇」の初期段階で命を落とした。

(12)バイナリFITS（画像交換システム）テーブルからスペクトル線（星や銀河、ガス雲のなかに存在する分子を識別するのに使われる）を引き出すプログラムで、天文学の分野で最も一般的に利用されているデジタルファイルのフォーマット。

クラークは黙ってうなずくと自分の仕事に戻ったが、わたしが十月にとらえた異常なスペクトル分析[13]のプリントアウトをまとめるのを、横目で見ていた。わたしは自分が分離した領域をクラークに示し、どう思うか尋ねた。彼はフランクのように、弾丸銀河団はもう古いという考えで、異常はただの——不調和だと思っていた。

「あそこになにかがあるということにはなりませんよ」そう彼はいった。

「あそこになにかがあるとはいってない」わたしは応じた。「なぜこういうデータが得られたのかを理解する必要があるだけ。エラーだとは思わないし、結論を急いでいるわけでもない。あなたはラファエル・ティルソ博士[14]のクラスを取っていたよね？　わたしもほんの八年前、彼のクラスを取ってた。きっと彼はそんなに変わってないと思うんだけど」

クラークはうなずいた。

わたしはクラークに、ラファエルが学生の頭に叩きこんでいたひとつのポイントを遠回しに指摘した。宇宙の一区域は、どんなに小さくともけっして完全に除外することはできないということだ。デッドスペースは、けっしてほんとうの意味で死んでいるわけではない。そういってわたしは指導教官の立場を利用し、クラークにK４望遠鏡を再調整するよう頼んだ。わたしたちはふたたび弾丸銀河団をスキャンすることになっていたのだ。そのとき、真実が明らかになった。あるいは、少なくともその一部が……。

クラークは、わたしに望遠鏡の向きを変えさせないようフランクに指示されていると主張した。わたしが最後の観測を試みるかもしれないと考えたフランクは、大学院生のクラークに教授のわたしを止めさせたがっていたのだ。その言葉が口から出たとたん、クラークはそれがどれほどばかげていて、屈辱的に聞こえるかに気づいた。わたしにはこの装置をまかせられないって？　研究室の鍵《かぎ》を全部取り換えてしまえばいいじゃない。どうしてわたしを天文学系のウェブサイトのブラックリストに、異端者として載せないわけ？　信じられない話だった。

クラークはコードを入力し、K４の向きを変えた。

そのあとわたしは、クラークとは二度と口もききたくない気分だった。あまりに頭にきて、彼に向かって感情を爆発させてしまうのではないかとひどく心配だった。それは誉《ほ》められたことではないだろう。学生に怒りをぶつけるのは、けっして専門家のすることではない。とにかくつべこべいわずに、集中し直さなくてはならなかった。だからわたしはそうした。

(13) ミッチェル博士が言及しているのは、以前彼女が識別した「信号」、あるいは「スパイク」のこと。それは異常と分類され、今回のパルスとは無関係の高速電波バーストであり、その出所は天の川の超巨大ブラックホールである可能性が高いと判定された。

(14) ラファエル・ティルソ博士は、カリフォルニア大学サンタクルーズ校の天体物理学者だった。中性子星の研究をしていたが、「上昇」の初期段階で亡くなった。

そして三時間後、それは起こった。

正確には三時間十六分後に。機械は時を刻み、わたしがタフツ大学のハーツバーグが⑮行っているアクシオンのかたまりの研究の一部に詳しく目を通している一方、クラークのほうはフランクが大学院生に課す終わりが見えないレポートの束に取り組んでいた。その夜二杯目のコーヒーを用意しようと、わたしは廊下に出た。クラークはレッドブルで満足していて、ほしがらなかった。

エスプレッソマシンは気難しかった。

それは例の火傷《やけど》するほど熱くて薄いコーヒーがおぞましい発泡スチロールのカップに入って出てくる、古めかしい自動販売機のひとつだった。一枚きりの手持ちの一ドル札は少なくとも十年物で、明らかに誰かが洗濯していた。そのふやけて折り目のついた札を機械に受け付けさせることは、どうしてもできなかった。投入口に入れるたび、そのドル札は音もなく戻ってきた。あの瞬間、なぜ自分があれほどこだわっていたのかわからない。ほんとうに無意味でつまらないことだったのに、あの瞬間——すべてを変えた一分——を振り返ると、コーヒーマシンとよれよれの一ドル札が見える。わたしは苛立《いらだ》ち、怒りを募らせていた。それまで一度も自販機を蹴飛ばしたことはなかったけれど、わたしのスニーカーがマシンの横腹にぶつかりそうになったまさにそのとき、アラームが鳴った。

電波望遠鏡でアラームを聞くのは珍しいことじゃない。

それはときには較正《こうせい》の問題、ときには別の装置のひとつになにかがとらえられた場合もあった。でもそれは、初めて聞くアラームだった。煙感知器のように大きくも、物悲しくもない。もっとしつこくて不愉快な甲高い音だった。おもちゃの鳥のさえずりのような。ネコが遊ぶようなやつだ。

制御室に駆け戻ると、クラークがパニックを起こしていた。

「異常をとらえました！」クラークが叫んだ。

彼は先が尖った心電図のような線が表示されているモニターを指さした。ちょうど波のひとつのピークに線が途切れた箇所があり、そのポイントでは、なにか新しい異なるものが突き抜けたためにバックグラウンドのデータが失われていた。ここに、わたしが殴り書きしたちょっとした図がある。ひどい出来なのはわかってる。

クラークがいった。「これは高速電波バーストだと思います」

「そうかもしれない。あるいは、なにか別のランダムな信号か。詳しいデータをちょうだい」

クラークが分析に取りかかった。

(15) ウォレス・ハーツバーグ博士は、タフツ大学で暗黒物質アクシオンを中心とする研究を行う天文学者だった。「上昇」の際に、視力と聴力の両方を失った。

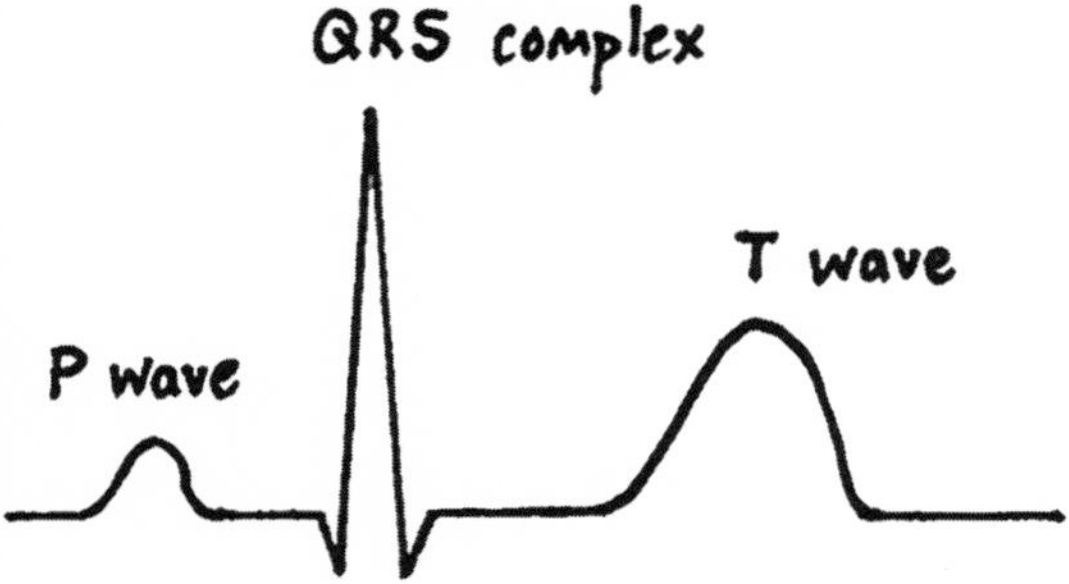

「ぼくには奇妙に見えます」

「結論に飛びつかないで」

「そういうわけじゃありませんが……ほんとうに奇妙なんです」

彼のいうとおりだった。それは高速電波バーストではなかった。それは脈動していた。

わたしはクラークが記録しているのを確認してから、その信号を移植して可視化した。入ってきている信号は不鮮明で、たいしたものには見えなかった。クラークとわたしは受信しているものが表示されるように、その場で間に合わせのモニターをつくった。父さんなら誇りに思ってくれただろう。数分かかったけれど、ついにパルスがスクリーンに現れたとき、それは……それは美しかった。モニターに表示されたデータのことを語るには、おかしな表現に聞こえる。でもそうだった。たとえ高速電波バーストと古い靴下の区別がつかない人でも、そう思うはずだ。優美で……とても有機的で……。

そしてそのパルスのなかに埋もれていたのは、その振動のなかに含まれていたのは、コードだった。一連の数字や文字、点や三角のような記号。クラークとわたしはそれらの数字がモニターを横切って流れていくのを、口を開けて見守っていた。できるだけたくさん書き留めたけれど……その連続したものは、とてつもなく複雑で長かった。

「これは深宇宙から届いてる」わたしはいった。

クラークは口もきけないほど呆然《ぼうぜん》としていた。

「ETIの確認用バインダーはどこ？[16]」

彼にはこちらのいっていることがまったく通じなかったので、わたしは見ていたモニターから離れて戸棚のなかを探さなくてはならなかった。幸い、それは見つかった。数年前にSETI協会[17]から大学に贈られた、手引書のバインダーだ。埃まみれで、届いて以来誰も見

(16)「ETIの確認」というのは、地球外知的生命体のことを指す。ダリアがいっているのは、「知的に生成された」信号が地球外の文明や知性によって送られたものかどうかを判断するのに使われる、SETI（脚注17参照）からの情報が綴《と》じられたバインダーのこと。

(17)「SETI」とは、「地球外知的生命体探査」を意味する。初の現代的なSETI実験は一九六〇年にはじまったが、非営利のSETI協会自体が設立されたのは一九八四年である。

ていなかったのではないだろうか。わたしはそのうちの一冊をめくり、必要なページを見つけた。

「『仮説上、星間通信における放射パルスは、一貫した最大規模の分散量度で複数回反復して現れるものと思われる』」わたしは声に出して読み上げてから、クラークを見上げた。「これはデータ。メッセージだ……」

クラークは混乱していた。「まさか本気でほのめかしてるわけじゃ——」

「わたしはほのめかしてるんじゃない。いってるの。このパルスはわたしたちの銀河の外のなにか、あるいは誰かによって送信されたものだって」

彼の反応は完璧だった。「まじか」

3

クラーク・アシュトン・ワッツに対する政府の聴取記録
パロアルト支局：録音番号〇〇二――G・レンジャー捜査官
二〇二三年十月二十五日

レンジャー捜査官：あの夜のことを、覚えているかぎり話してもらえるかな。
クラーク・アシュトン・ワッツ：いいですよ、ええと、ぼくはビッグ・イヤーズでシフトに入ってました。ふだんどおりの夜でした。あそこで月に三回過ごす夜のうちの一回で、長距離ドライブをして、数字を処理し、その週にとらえたものの一部を分析して、自分が抱えてるほかの課題を少し片づけようとする。お決まりの作業です。
レンジャー捜査官：そしてきみは、ミッチェル博士が現れるとは思っていなかった？
クラーク・アシュトン・ワッツ：ええ。ぼくは、その、ほかに誰がくるのかよく知らなかったんです。教授たちはそれぞれのスケジュールに従って交替でやってくるし、ときには取り組んでいるプロジェクトによってシフトを代わることもあります。だからミッチェル博士が入ってきたのを見ても驚きはしませんでしたが、ぼくたちが進めているなにかほかのプロジェクトを点検するためか、もしかしたら暗黒物質をスキャンした最新のデータを確認しにきたのかもしれないと思っていたんです。

レンジャー捜査官：しかし彼女がやってきたのは、ほかのプロジェクトを点検するためでも、古いデータを更新するためでもなかった、そうだね？　彼女は実験を続けたがっていた。

クラーク・アシュトン・ワッツ：電波望遠鏡のひとつを再調整して、動かしてほしいと頼まれました。

レンジャー捜査官：それで、その目的はなんだといっていたのかな？

クラーク・アシュトン・ワッツ：弾丸銀河団を見ることです。それは博士の暗黒物質の研究に関係してました。ぼくがフランクから、望遠鏡を動かさないよう頼まれていること、つまり、指示されていることは、ばれていました。でもぼくは動かした。三号機を動かし、そして、えー、数時間後に、ぼくらは信号をとらえたんです。それが起こったのはそのときでした。

レンジャー捜査官：信号がとらえられたとき、ミッチェル博士はどこに？

クラーク・アシュトン・ワッツ：建物のなかでコーヒーを買ってました。ぼくたちはまったく同時にアラームを聞いたんです。正直いって、最初はそれがなにを意味しているのかわかりませんでした。装置の調子がどこか悪いんだろうと思ったんです。でもそれは正常に機能してました。そのアラームは、ぼくたちが信号をとらえ、読み取っていることを知らせていたんです。そういうものがとらえられたときに、実際に建物のなかにいたのは初めてでした。いきなりだったんです。

レンジャー捜査官：そもそもきみは不安を感じたのかな？　ぎょっとした？　神経質になった？

クラーク・アシュトン・ワッツ：ぼくが？　まさか。とんでもない。落ち着き払ってましたよ。ぼくはなにがあろうと本気でびくついたりはしません。

レンジャー捜査官：そしてきみたちふたりは、受信したものを分析した。

クラーク・アシュトン・ワッツ：ええ。ただちに。

レンジャー捜査官：計画どおりにはいかなかったが、そうだね？

クラーク・アシュトン・ワッツ：ぼくならそういう言い方はしませんね。誰もああいうものを受信したら、という計画はしません。いえ、もしかしてＳＥＴＩの人たちなら準備をしてたかもしれませんが――彼らはその手のことに対処する手順を持ってます――最初ぼくは、てっきり地上のなにかが反射しているんだろうと思ってたんです。前にも見たことがあったし、よくあることです。でもその信号を分析して数分のうちに、地球から発したものではないことがはっきりしました。

レンジャー捜査官：それならその信号が、たとえば超新星の爆発や、ふたつの星が衝突したような天文現象ではないとどうやって判断したのかな？

クラーク・アシュトン・ワッツ：ぼくたちはメトリクス分析を実施しましたが、それはより進んだ一部のソフトウェアでその信号を処理してから、特に、弾丸銀河団のぼくらが調べていた区域に近い天文学上の源から発せられた相関性のある粒子の一部に、時間遅延ソフトを使ってからのことでした。なにがいいたいかというと、ぼくたちはそうしたすべてのテストを行い、返ってきた結果は天文現象を否定するものだったということです。その高速《F》電波《R》バースト《B》、そのパルスは、明らかに自然現象ではありませんでした。ミッチェル博士はそれが、「意図的」なようだといいました。彼女はそういう言い方をしたんです。

レンジャー捜査官：ちょっと方向性を変えてみようか？　きみは前にわたしの同僚数人から聴取を受けたとき、ミッチェル博士のことで不安を抱いていたと述べているね。

クラーク・アシュトン・ワッツ：それはケルガード博士の指示と関連していました。さっきいったように、彼はミッチェル博士に望遠鏡を触らせたくないと思っていました。既に彼女には研究を中止するよう求めてましたが、彼はこう考えていたんです……。

レンジャー捜査官：どう？

クラーク・アシュトン・ワッツ：ほら、ミッチェル博士が無理押しするかもしれないと。彼女は自分の暗黒物質の研究を、それほど簡単にあきらめるつもりはなさそうでした。何カ月もかけて準備していたんです。ミッチェル博士は頑固です。いい意味でいってるんですよ。フランクもそれはわかっていました。それでぼくに、彼女に強行させるなといったんです。

でもぼくにあそこを守らせるのは、チワワを番犬に使うようなものです。
レンジャー捜査官：なるほど。しかし、きみにはほかにも不安に思っていることがあった、そうだね？　われわれがより関心を持っているのは、この出来事の数週間前にきみがケルガード博士に伝えたことなんだ。彼がきみと会ったときに取ったメモのコピーが、ここにあったはずだ。ちょっと待ってくれ……。ああ、あった。きみはミッチェル博士の精神状態について、少し懸念を表明した。間違いないかな？
クラーク・アシュトン・ワッツ：あれはただの……ぼくが少し心配しすぎだったのかもしれませんね。そのー、精神状態という言い方は……。正気じゃないとほのめかしてることにもなるでしょう？　ぼくはけっしてミッチェル博士が正気じゃないとも、なにかを患ってるとも思っていませんでした……。あれは——
レンジャー捜査官：きみは彼女が薬を乱用しているのではないかと疑っていた。
クラーク・アシュトン・ワッツ：心配だったんですよ、ええ。学校で一緒だった友だちのなかに何人か、鎮痛剤依存症になったやつがいたんです。オハイオにいた頃の昔のガールフレンドとか。ぼくですか、ぼくはイブプロフェンより強いものは一度も飲んだことがありません。ほんとうに。思うんですが、ぼくたちは少々軟弱になってる……。人は昔みたいに痛みを我慢しない。人生は厳しい、そうでしょう？　それは——
レンジャー捜査官：ミスター・ワッツ。集中して。きみはどうしてミッチェル博士が薬を乱用していると思ったのかな？

クラーク・アシュトン・ワッツ：わかりました。すみません。ただ……。こんなことは初めてなんです。彼女にはそれらしいところがありました。気分にむらがあって、たいしたことじゃないんですが、機嫌のいいときにはほんとうにご機嫌でした。ミッチェル博士は、けっして誰よりもおしゃれな人というわけじゃありませんでした。彼女は天文学者です。でも、この一年かそこらのあいだに、ちょっと身なりにかまわなくなっていました。悪い意味じゃなくて、スウェットを着ることが多くなり、あまり化粧をしなくなっただけです。それに、コーヒーに砂糖を入れすぎてました。たいしたことじゃないように聞こえるのはわかりますが、前に見たことがあるんです。オピオイドの依存症患者は甘いものが大好きなんですよ。

レンジャー捜査官：彼女がどんな処方薬を飲むところも見たことはないんだね？

クラーク・アシュトン・ワッツ：ありません。あれはただの勘でした。

レンジャー捜査官：しかし、ミッチェル博士の上司に報告するほどの勘だった。それは気軽に踏み出せる一歩じゃないだろう。

クラーク・アシュトン・ワッツ：いいですか……ぼくはできるかぎり率直に話したいと思ってるんですよ、ほんとに。知っていることは全部お話ししてます。ただ、ちょっと必要なことが……ぼくはなんらかの保証がほしい――

レンジャー捜査官：クラーク、最初に説明したように、この会話は完全に極秘だ。きみがわれわれに話したことはすべて、いわばオフレコになるだろう。ケルガード博士、ミッチェル博士、カリフォルニア大学サンタクルーズ校の職員の誰にも、われわれが会っていることさえ知られることはない。それから、きみは宣誓をしていることを忘れないでもらいたい。これは犯罪捜査なんだ。さあ、どうか続けて。

クラーク・アシュトン・ワッツ：ぼくはケルガード博士にいい印象を与えたかったんです。そう、彼のスパイになりたかったんですよ。ぼくはミッチェル博士に起こっていることに気づいた。そしてそれを自分の胸に納めておくこともできたけど……情報は通貨だ、そうでしょう？　上司にいい印象を与えたいと思うのは奇妙なことじゃない。ぼくらはみんな出世の道を探してる。ぼくはただの大学院生ですが、外の混雑したフィールドを見ている。それに実をいうとぼくは、常にいちばん優秀な学生だったわけじゃありません。だから、ええ、ぼくはそういう理由でケルガード博士に話したんです。正直なところ、ミッチェル博士の健康を心配していたのと同じくらい、自分が優位に立つためにも――

レンジャー捜査官：そのパルス信号を見つけたときに、ミッチェル博士が処方薬を乱用していた可能性は？

クラーク・アシュトン・ワッツ：わかりません。そうかもしれない。つまり……人は依存症になったら、やめることはないでしょう？　そのことがどうして問題になるのか、ぼくにはよくわかりませんが。ぼくたちはあの信号を見つけました。あの部屋で彼女と一緒に分析したんです。ぼくはプログラムを走らせ、それが役目を果たすのを見守ったんだ。彼女がハイになっていようといまいと関係なく、パルスは本物でした。あれは本物です。

4

ダリア・ミッチェルに対するＦＢＩの聴取記録を編集
パロアルト支局：記録番号〇〇一――Ｊ・Ｅ・マドック捜査官
二〇二三年十月二十三日

マドック捜査官：最初はあの信号が地球外生命体のものだとはわからなかった、といいましたね。てっきりよくある宇宙からの信号だと思った、と。
ダリア・ミッチェル：ええ、最初は。わたしたちはそういうもの、宇宙が生み出したランダムなノイズを、いつも目にしています。実際、天文学者はそれらを……何世紀も前からとらえてきました。ほとんどの場合は高速電波バーストです。それは例外なくなんらかの自然現象によって生じたノイズで、たいていはなにかの爆発によるものです。
マドック捜査官：しかし今回は違った。
ダリア・ミッチェル：わたしたちが突きとめたのはそういうことでした。いまもいったように、最初はいつも見ているのと同じ、ただのバックグラウンドノイズだと思いこんでいましたが。

マドック捜査官：なるほど、それで？
ダリア・ミッチェル：するとあなたは、データの改竄でわたしを訴えるつもりはないんですか？
マドック捜査官：ありません。
ダリア・ミッチェル：さっきは、わたしとパルスにはなにか関係があると考えている、とかなりはっきりいわれましたね。わたしがそれを捏造したか、それともなんらかの方法で位置を知って、自分にとって職業上都合のいいタイミングで公表しただけだというみたいに。これほどばかげたことは考えられません。
マドック捜査官：現時点では、われわれはその線をさらに掘り下げることに興味はありません。その信号のデータを検証したあとでなにがあったのかを聞かせてください。
ダリア・ミッチェル：正直なところ、わたしはしばらくのあいだその件を棚上げしていました。自分が目にしているものをほんとうに見ているのか、確信が持てなかったんです。こういうものの分析には時間がかかります。三十年前に電波望遠鏡が拾って、いまだに解読されていない音があるんです。わたしはこの信号がそうしたものの仲間入りをし、これから数年かけて大学院生たちが数字を処理することになるんだろうと考えました。結局、わたしは間違っていました。
マドック捜査官：ええ。それでその認識は、正確にはどのようにして生まれたのでしょうか？

ダリア・ミッチェル：わたしはいくつかの初期分析を行いました。なにかを見つけたときには、わたしたちはすべてを適切に計測して記録します。わたしたちはかなり鍛えられた人種で――

マドック捜査官：説明してください。

ダリア・ミッチェル：それは映画に出てくるようなもの――望遠鏡をのぞいていたら突然なにかが見えて、全員が「見つけた！《エウレカ》」と叫ぶようなもの――ではありません。しかし、大ざっぱなものではありましたが初期分析を行ったあと、わたしは確信しました。これはいままでにまったく見たことがないものだと。ですが、そうとわかっていても、目《ま》のあたりにしていてさえ、それをほかの誰かに分析してもらって、わたしが考えているとおりのものだといってもらう必要がありました。

マドック捜査官：もっと具体的に、あなたはそれをなんだと考えていたのでしょう？

ダリア・ミッチェル：声に出していうとばかげて聞こえます。わたしはさっきお話ししたように、FRBから未知の種類の宇宙線、あるいは天体の衝突まで、考えられるかぎりの選択肢を検討しましたが、そのどれにもぴったりとはあてはまりませんでした。それにはっきりいって、これはとても……意図的なものでした。そういうわけでわたしは、これが銀河系外の未知の知的生命体からのメッセージにちがいないと考えたんです。

マドック捜査官：地球外の発信源からの。

ダリア・ミッチェル：ええ。最初に頭に浮かんだのはそういうことでした。ですがその考え自体、まったく別の厄介な問題を引き起こします。わたしは数分間、その可能性を考えました。たしかにクラークとわたしはそれについて話しましたが、ちょっと……あまりにことが大きすぎました。ですからわたしは、特異な衝撃的データ、単純につじつまが合わないデータに直面したときに行うよう訓練されたとおりのことをしました。一歩引いて、本気になって分析したんです。自分がどんな間違いをしているのか見つけようとしました。ですが、すべて確認が取れました。

5

フランク・ケルガード、天文学教授

カリフォルニア州ロサンゼルス
二〇二五年八月七日

フランク・ケルガード博士はがっしりした六十五歳の独《ひと》り者で、三年ほど前にサンタクルーズからロサンゼルスに移り住んだ。

天文学者であるフランクは、カリフォルニア大学サンタクルーズ校で十五年にわたって教《きょ》鞭《うべん》を執っていた。常に、自分は第一に科学者であり、第二に教師であるという考え方で、この方針は助成金を保証してくれたものの、彼の授業に対する学生の評価の低さにもつながった。フランクはわたしに、大学のほかの教授たちとくらべて自分がどのようにランクづけされているかを、一度ネットで調べたことがあるといっていた。彼はその結果に満足していなかった。

フランクは「上昇」によって、多くの望ましくない注目を浴びることになった。主にネット上の匿名の人々が、ダリア・ミッチェルがパルスコードの発見を報告したときに彼女を信じなかったといって、あるいは耳を貸したといって、彼を非難した。殺害予告も複数あった。それに「スワッティング」まで仕掛けられた。腹を立てたダークウェブの住人が、警察に電話して人質を取っていると主張し、フランクの住所を伝えたのだ。SWATの部隊が玄関のドアを蹴破って突入したとき、フランクはベッドのなかで怯《おび》えていた。

「終局」の直後に国が崩壊したとき、フランクはどうにかそれまでと同じ生活を続けようとした。午前六時に起床し、スーツを着てネクタイを締め、大学に出勤した。学生はいなかったが、フランクは電源が落ちるまで研究を続けた。そのあとはキャンパスの図書館に出かけ、日のあるうちはそれまで読む暇がなかった本を読んだ。そして最後には、略奪を防ぐためにキャンパスを封鎖するよう命じられた警察によって、退去を求められた。

サンタクルーズの自宅で過ごすのに退屈し、復興のペースに業を煮やしたフランクは、ロサンゼルスに引っ越すことを選んだ。そこでは数名の天文学者や天体物理学者も含め、大勢の研究者たちがグリフィス天文台のまわりにテントを張っていた。ここで彼らは思い出話をし、新しいプロジェクトの計画を立て、万一機会があれば、稼働している最新式の望遠鏡に最終的にどうやってアクセスするかをあれこれ考えている。

八月七日、わたしは天文台の階段でフランクと会う。暑い日で、ロサンゼルスの街が眼下にきらめいている。その向こうに見える太平洋はとても静かで、ガラスの板のようだ。フランクは古風なパイプをふかしながら話し、眼下の街を見渡す。十年前ならそこは、大渋滞していたことだろう。晩夏の暑さに焼かれた車が渋滞した交差点から交差点へとじりじり進み、歩道は人でぎっしり埋まり、飛行機やヘリコプター、ドローンが低いうなりを立てて飛び交い、空はかすんでいたはずだ。ダリアがパルスを発見する二カ月前、州間高速道路四〇五号線では記録的な三日連続の交通渋滞が発生していた。

いま、街は静まりかえっている。

ほんのひと握りの車が眼下の通りを疾走《しっそう》している。街を横切るほとんどの人たちは自転車に乗っている。人口がかつてのわずか四分の一になったこの街は、その大部分が自然に返され、自然は取れるだけのものを取っている。数年前には水深十センチほどのコンクリートの溝にすぎなかったロサンゼルス川は、いまは荒れ狂う激流だ。屋上にはヤシの木が根づいている。サウス・グランド・アヴェニュー沿いの廃墟と化したオフィスビルには、数千羽の鳥の大群が巣をつくっている。

パルスを発見した翌朝、ダリアはわたしのところにやってきた。

彼女はまるで眠っていないように見えたし、もちろんそうだった。わたしは興奮したダリアを見慣れていた。彼女は情熱的な教師でね。発見のあとの数カ月間、彼女が担当していた学生の多くがわたしのところにやってきて、いかにダリアが彼らの人生に影響を及ぼしたかを個人的に語ってくれたよ。それはすべてが起こる前、すべての変化が起こる前のことだった。ほとんどの人たちと同様、わたしも個人的に「上昇」の影響を受けた。妻と娘、それに義理の兄弟を亡くしたんだ。

わたしと同じか、それ以上に多くを失った人たちがほかにもいることは、わかっている。長いあいだ、そしていまなら認められるが、こんなことになったのはダリアのせいだと思っていたんだ。それがどんなふうに聞こえるかはわかっているよ。彼女はある種の国民的英雄、世界的英雄だったが、ほかの信号に関する情報がすべて出てくるまで、わたしは自分たちの身に降りかかったことの責任を、ダリアに負わせていたんだ。地球外のパンドラのようなものだが、ダリアは壺《つぼ》(18)を開けるかわりに宇宙全体を開けてしまった。

人生の大半を空を見上げて過ごしてきたというのに、わたしは新しい星や新しい天体現象以外のなにかを見たり見つけたりすることを、願ったためしはなかった。宇宙に別の知的生命体がいると信じたことは一度もなかった。わたしの頭のなかにはいつも、わたしたちしか存在していなかった。われわれは広大な宇宙のなかの奇跡だったんだ。

おかしな話で、ほかの誰もいいたがらないことだが、いまだにそうなのかもしれない。「上昇」のあと、「終局」のあと、われわれ生きのびたものたちだけがここに残っている……。

フランクはここで間を置き、煙を吐き出して、海を見やる。数秒後、彼は咳払いをすると、中断したところから話を再開する。

ダリアに信号のプリントアウトを見せられたときには戸惑ったよ。

彼女はいったんだ。「わたしたちはずっと重力レンズ(19)を見てきましたが、電波をとらえるために望遠鏡を再調整したときに、これを見つけたんです」

とにかくわたしの目には、ダリアが見ているものは映っていなかった。

「これはパルスです」彼女はコードの何行かを指さしながらいった。そして続けた。「グラン・サッソ(20)やミネソタ(21)みたいなものじゃありませんよ、フランク。このパルスはバックグ

(18) この言い回しは通常、「パンドラの箱」と表現されるが、この慣用句のもととなった神話では、実は箱ではなく壺だったことになっている。古代ギリシアでは、価値のあるもの（あるいは、この場合には力のある邪悪なもの）は箱のようなものではなく、大きな素焼きの壺に収められていたようだ。

(19) 「重力レンズ効果」とは、質量が光を屈折させるという事実を指す。惑星のように巨大な物体の重力場は、その周囲の空間を遠くまでゆがめる。通り過ぎる光線さえ曲がってしまうのだ。レンズ効果と呼ばれるこの屈折した光を探すことで、天文学者は遠くの物体を識別することができる。ダリアの研究分野である暗黒物質も、それ自体は目に見えないが、同様に光を屈折させる。

(20) グラン・サッソとは、イタリアにある物理学の地下研究センター、グラン・サッソ国立研究所のこと。

(21) ミネソタ天体物理学研究所。

ラウンドプロセスから生じたものじゃない。地上の発生源から反射して入ってきたものじゃない」

それからダリアは身を乗り出して、こういったんだ。「これはあれです」

あれ。

わたしは彼女に、マーティン・キーンを知っているかと尋ねた。

ダリアは首を横に振った。

わたしはいった。「もちろんきみは知らないだろう。誰もな。宇宙人の放送を偶然とらえたとき、彼はＭＩＴの大学院の三年生だった。新聞記事にもなった。彼が測定値を台なしにしていたことが判明するのに四年かかったよ。いま彼は、ニクソン以降の大統領のほとんどが実は爬虫類に似た宇宙人である、という講演をしている[22]」

ダリアはいった。「これは頭のおかしい人間の陰謀論じゃありません。証明可能なデータです」

わたしは彼女がたったいま、望遠鏡の目盛りを変更したといっていたことを指摘した。本人の言葉を借りれば、「それらを調整した」とね。

わたしは、それは挑戦ではないといった。

せっかく別のプロジェクトに移る機会を与えたのに、未知の知的生命体が送ってきたにちがいないといって訳のわからないコードを持って戻ってきたのか、とね。彼女は案の定、憤慨して嵐のように去っていったよ。
わたしはそうしてくれることを期待していたんだ。

フランクはふたたび間を置く。なにか大変なことを明かそうとしているのがわかるので、わたしは無理に聞き出そうとはせず、それが彼の頭のなかで形を取るのを待つ。わたしの前にも何人かの記者がフランクに接触して、ダリア・ミッチェルやパルスの発見、そしてその後の出来事に彼がどう対処したかについて尋ねていた。フランクは見るからに落ち着かない様子だ。

ダリアが立ち去ったあと、わたしは彼女が置いていったデータを手に取り、何本か電話をかけた。

(22)「爬虫類人」陰謀論全般は、一九八〇年代後半に誕生した。ほとんどの陰謀論と同様、それは秘教的思想（十九世紀の心霊主義）や政府の行き過ぎた介入に対する不安、ニューエイジの宇宙論、それにパルプフィクションがごちゃ混ぜになったものだ。その大まかな主張はこうだ。いつか遠い過去に二足歩行のトカゲ人間が地球にやってきて、いまでは世界じゅうの地下基地に住んでいる。彼らはその基地から、様々な政治家、有名な俳優やミュージシャン、さらには王族まで操っている（あるいは取ってかわっている）。

いまきみにこうして話しているのは……いってみれば、もう時効だからだ。わたしはあまりに長いあいだこの情報を秘密にしてきた。

わたしはダリアから受け取ったパルスコードを、国家地理空間情報局の知人に送ったんだ。おそらくきみは彼らのことなど聞いたこともないだろうし、正直なところ、もはやあの部署に誰かいるのかもわからない。しかし当時は、彼らはすべての地理空間データを提供し、人工と自然、両方の地球の特徴を分析する任務を負っていた。彼らの仕事は、われわれの仕事とある意味では似ている。彼らは下に焦点を当て、われわれは上に焦点を当てるが、持っているツールや科学技術の多くは共通している。だがわたしの知人は、地理空間の作業には携わっていなかった。それは彼の隠れ蓑《みの》だったんだ。

彼とは二〇二一年に会ったんだが、本名は知らない。

実際にはどの機関のために働いていたのかも知らなかった。文字どおり暗がりから出てきて、また暗がりのなかに消えていった男だ。彼はサイモン・グリーグと名乗っていた。ナポリのカポディモンテ天文台[23]で開かれた会議の席で近づいてきたんだ。彼はわたしの仕事の一部、特にパルサーが重力派に及ぼす影響について発表した論文を読んでいた。しばらく天文学に関する話をし、資金調達について愚痴を言い合ったあと、彼はそれとなく、今度ワシントンにきたら電話するようにいってきた。そして名刺を渡されたんだが、それはどう見ても正式なものに見えた。

それから十二、三カ月後、机の引き出しにその名刺を見つけたとき、わたしは好奇心をそそられた。それでサイモンについて二、三検索してみると、すべて彼が話していたとおりのようだった。政府職員で、静止衛星画像の専門家、勤務していた機関のなかにはＮＯＡＡも含まれていた。ネットの情報によれば、既婚で、娘がふたりいて、ヴァージニア州のレストンに住んでいた。もちろんそれは、どれも嘘《うそ》だったんだが。

三カ月後、会議でワシントンにいたわたしは、サイモンに電話をかけた。一緒に夕食をとるためにベジタリアンレストラン（わたしの好みでね）で会うと、サイモンはわたしが興味を持ちそうなことに関わっているのだといった。どうやら政府の奥深くにはわたしが聞いたこともない部署があって、銀河系外からの信号の分析を担ってきたようだった。

わたしたちの話題は主に、高速電波バーストだった。

そのあとの会話は、わたしのそれまでの人生で最も奇妙なものだった。サイモンの同僚が、われわれの注意を引くよう意図的に設計されたと思われる銀河系外からの信号を拾った、と聞かされたんだ。通信を。もちろんわたしは懐疑的だったよ。それはまさしく、わたしが大学院生になる前からずっと相手にしてきたＵＦＯマニアのたわごとの一種だった。ロズウェ

(23)　ナポリのカポディモンテ天文台は、イタリアの国立天体物理学研究所の一部である。

ル、レヴェルランド、テヘラン、レンデルシャムの森、「三角形の手術痕㉔」――わたしはそれらをすべて退けるのに充分なことを知っていた。集団ヒステリー、混乱、お粗末な報道、見間違い、説明のリストにはきりがなかった。しかしサイモンは明らかに、そういう類《たぐい》の人間ではなかった。わたしは証拠がほしいといい、そして、そう、彼にあるものを見せられたのは、あのときだった。

あれはDCで会ってから数週間後のことだった。また別の会議でニューヨークにいたわたしに、サイモンが電話してきたんだ。わたしはメリーランドで彼と会うことに同意し、レンタカーを借りて、シルヴァースプリングのとあるオフィスビルまで運転していった。彼はロビーでわたしを出迎えた。

なかに入って最初に気づいたのは、彼に武装したボディガードがついていることだった。サイモンはわたしに水のペットボトルを渡すと、エレベーターに案内した。わたしたちは十階に移動した。そして廊下を歩いていき、閉じたドアの前に着いた。サイモンが鍵を取り出してドアを開けた。わたしが足を踏み入れたオフィスには、家具の類がほとんどなかった。部屋の中央にスタンディングデスクがひとつあるだけで、その上にはノートパソコンが一台、置かれていた。サイモンはなにもいわずにパソコンのリターンキーを押し……。

フランクは、これから提供しようとしている情報が捜査対象になったり刑事責任を問われたりすることにならないと、再度わたしに確認を求める。わたしはこのプロジェクトとインタビュー対象者について、自分の弁護士から受け取った手紙を彼に見せる。フランクがそれに目を通しているあいだに、わたしは相手が既に知っていることをあらためて指摘する。世界は変わったのだと。

現時点で、「終局」に至るまでのあいだ情報を隠していたかもしれない人々を罰することには、誰も興味がない。それに裁判制度はかつての十分の一の規模になり、刑務所の八十二パーセントは閉鎖されていて、残っている数少ない地方検事は間違いなくもっとやるべきことを抱えている。もしフランクが話したいと思うなら、もし彼がパルス、「上昇」、そして「終局」について、ようやく真実が語られることを望むなら、いまがそのときだ。

彼は話を続ける。

動画があったんだ。

(24) UFO信者はこれらの五つの出来事すべてを、科学者や歴史家、ほかの専門家たちが、作り話だともよくある体験の誤認（飛行機や天体を地球外の飛行物体と見間違えたというような）だとも「証明」していない、基本的なUFOの目撃事例とみなしている。もちろん科学者や歴史家は、これらの事例は簡単に説明がつくと主張するだろう。

それは研究室で撮影されたものだった。外の映像はなかった。専門的な機器が載っている作業台、コンピュータのモニター、ありきたりのものが見えた。壁の前に椅子《いす》がひとつ置かれていた。飾り気のないプラスチック製の椅子だ。ふたりの人間がフレームに入ってきた。どちらも防護服とマスクを身につけていた。彼らは腕組みをして椅子の両側に立った。バイザーをしているせいで目は見えなかった。それから、これも防護服を着た三人目の人物がフレームに入ってきて、ひとりの若い女を支えて椅子に座らせた。彼女はとても具合が悪そうだった。

おそらく十五、六歳で、それよりずっと上ということはなかった。

目の下の皮膚がひどくたるみ、汚れた長いブロンドの髪をくくって緩いポニーテールにしていた。肌は日に焼けていたが、あばたや傷跡があった。その傷跡は自傷行為をしている人間に見られそうなものに似ていた。わたしにはそういうことをした姪《めい》がいたんだ。彼女の人生の大半は依存症との闘いで……まあ、それはどうでもいいことだな。

それから椅子の左側に立っていた防護服の人物が、おそらく男だったと思うが、小さなタブレット端末を取り出した。彼がそれをカメラに映るようにかざすと、カメラがズームインした。

男がタブレットの画面のボタンを押した。

まず数字が出てきた。たしか〇三〇四だったと思う。それから「ソノラの実験」と読み取れるカード。そしてあるコードがタブレットに表示され、画面の左から右へと流れた。そのコードは複雑だった。ダリアが見つけたものほどではなかったが、同じように複雑だった。わたしに説明できるのは、文字と数字、それに単純な図形の連続だったというくらいだ。それは三度繰り返され、長さは毎回二十二秒ほどだった。

男が椅子の右側に立っていたふたり目の人物に合図した。この人物はおそらく女で、身を乗り出すと、少女に後ろを向くよう合図した。彼女は従ったが、明らかに動くと痛そうだった。

男が下に手をのばして少女の病衣の背中を開き、肌を露出させた。ちょうど腕や脚についているのと同じような傷跡が見えた。カメラがこの少女の背骨にズームインした。

最初、わたしにはなにが目的なのかわからなかった。傷があるのと皮膚の一部が変色している以外、少女の背中に問題はなさそうだった。

そのとき彼女が動いた。

わたしには……わたしにはそれがフェイク動画ではなかったと保証はできない。

その動画の少女には、脊柱が二本あったんだ。それらは……それらは連動して動き、彼女が体を左右に曲げると一緒にねじれた。前屈みになると、その背骨はますます目立った。

動画が終わった。

わたしはショックを受けていた。正直なところ、それについて考えるといまだに言葉を失ってしまう。あれはずっと前のことだった。パルスより何年も前、ダリアが大学にきてもいない頃だ。もちろんサイモン・グリーグには、わたしがその動画に動揺し、混乱することがわかっていた。たぶんわたしが恐怖を感じることもわかっていたのだろう。とても注意深く話に耳を傾けるほど、恐怖を感じることが。わたしは動画について、より多くの情報をサイモンに求めた。あの少女になにがあったのか？　突然変異か？　遺伝子の異常か？

彼はいった。「両方だな」

わたしはタブレットについて、そこに現れたコードについて尋ねた。

サイモンは、それが少女の状態に直接関係しているのだといった。[25]

それからノートパソコンを閉じると、わたしを窓辺に連れていった。外では日が照っていて、わたしはその見晴らしのいい場所からシルバースプリングの中心部を見ることができた。サイモンはわたしの肩をポンと叩き、もし太陽系外からのコード化された通信、方向性を持った、あるいは意図的な高速電波バーストを見つけたら、彼に直接送るようにいった。その報酬として、わたしは相当な額を支払われることになる。利益はそれだけではなかった。サイモンははっきりといったんだ。わたしは聖域にいて、知るべき以上のことを知っていた。もし家族の無事、幸せ、健康を望むなら、同意するだろうと。

そしてわたしは同意した。

「上昇」のあとで知ったんだが、世界じゅうの様々な大学にいる八人の研究者仲間が、サイモンと同じ契約を結んでいた。

いうまでもなく、ダリアがあのパルスを持って現れたとき、わたしにはそれが何なのかを確信する必要があった。自分の判断に自信を持つ必要があった。またわたしは、彼女がそれをあきらめるように仕向けなくてはならなかった。もちろん彼女には無理だった。全世界が変わったのはそのためだ。

わたしはダリアに渡されたパルスの情報をサイモンに送った。

きっと彼は既に持っていたはずだ。

しかしわたしは二〇二二年に同意したとおりにした。五日後、わたしの銀行口座に合計二十五万ドルが直接振りこまれた。最後のメッセージも送られてきた。彼が何者だったにせよ、

(25)　フランクが説明している動画は、一度も公になったことがない。わたしは見つけられるかぎりの手がかりを駆使し、時間をかけて懸命に捜索した。フランクは動画について、わたしがここで記録した以上の情報を提供できなかったため、これはちょっとした謎のままになっている。もしかしたらフランクが自分の経歴を詮索する人々を混乱させるために話をでっちあげたか、あるいは彼が見たものは手のこんだつくりもので、動画は彼を怖がらせる目的で作成されたものだったのかもしれない。そうでなければ、動画は本物だったということだ。もしそうなら、それはパルスと「上昇」に至るまでのきわめて暗い経緯を暗示している。

それがサイモンとの最後のやり取りで、わたしの家族とわたし自身に危害が及ぶことはないと伝えられたんだ。

もちろんわたしは信じなかった。

「上昇」がはじまった三週間後、姪が症状の悪化に苦しむようになったあと、わたしは大学の仕事を辞めてここに引っ越してきた。わたしたちは家とそのまわりの土地を購入し、可能なかぎり世間から距離を置いた。わたしは「上昇」から逃れていたんじゃない。サイモンから、彼の背後にある官僚組織からできるだけ遠くへ逃げていたんだ。

そのことで弱気になっているんだろうな。そうするべきだったのに、わたしは一度もダリアとじかに連絡を取ろうとはしなかった。彼女の実に公平な態度には感銘を受けたよ。ダリアはけっしてマスコミに、わたしのことを悪くいわなかった。とにかく話の通じない凡庸な上司、意志の強い部下に不本意なことをさせる上司として、こき下ろしはしなかった。

ご承知のとおり、物語の裏には必ず物語があるものだ。

パルスコードの歴史と、その発見後にわれわれの世界に起こった出来事において、わたしは小さな役割を果たした――小さいが重要な役割だ。人々がわたしのことをダリアの上司、忘れられた天文学者として記憶するのはかまわないが、彼らがより大きな絵を知ることも大切だと思う。

これはダリアの発見からはじまったかもしれない。

しかし彼女が最初ではなかった。彼女の前に大勢いたんだ。

6

ダリア・ミッチェルの私的記録より

エントリー番号三一三——二〇二三年十月十九日

さあ、はじまりだ。

わたしは三十三時間近く眠っていない。疲れてもいない。それって悪《い》いこと？　トイレに走っていくのと（破裂寸前の膀胱《ぼうこう》が震えているときに）、コーヒーを淹れ直すのと、昨日の残りのペパロニピザを何切れか電子レンジで温めるのを別にすれば、ずっと自分のオフィスのデスクでパルスに含まれたデータをじっくり調べてきた。これはまともじゃない！

このパルスは、これまでに出くわしたどんなものにも似ていない。

芝居がかった言い方だけど……それが事実。ほんとうにそう。

子どもの頃、わたしはけっしてSFには夢中にならなかった。大きくなると、よく父さんがわたしたちを基地の外でやっている映画に連れていってくれた。父さんはスペクタクル映画が大好きだった——特殊効果が使われてて、オーッとかアーッとかいう場面が詰まった映画だ。ニコは『スター・ウォーズ』にすごく夢中だった。『スター・ウォーズ』のパジャマやいろんなおもちゃを持ってたっけ。わたしはもっと物悲しい映画、より現実味があって、よりリアルに感じられるものが好きだった。暗いでしょう？　もしかしたら母さんの——わたしたちみんなの——身に起こりかけていたことのせいかもしれないけれど、わたしは現実の世界、この世界の問題に対処している人たちの姿を見たかった。SFみたいな現実逃避はわたしには役に立たなかった。

もし宇宙人を見るのなら、なにかほんとうに異質なものを見たかった。

SF映画に出てくる宇宙人は、いつもわたしたちの変種にすぎなかった——出っ張りがいくつかよけいにあったり、目の色が違ったり、頭が三つあったりするかもしれない。でも彼らは、わたしたちのように酒場に集まった。わたしたちがするようにアルコールを飲んだ。彼らは戦い、セックスをし、姿形と言語を別にすればあらゆる点で、まさに人間だった。

子どもの頃でさえ、わたしにはそれが現実的ではないのがわかっていた。もし宇宙に別の生命が存在したとしても、その外見も行動もわたしたちには似ていないだろう。たとえわたしたちが彼らを見たとしても、そのはずだ。いや、宇宙人は——もし彼らが存在するなら——わたしたちとは似ても似つかず、あまりに違いが大きいために生き物だと認識することさえできないかもしれない。宇宙アメーバや光の生き物は忘れよう。いま話しているのは、この空間平面に暮らしてさえいない、不可視を超えた存在のことだ。

あのパルスを送って寄こすような。

そしてそのパルスコードは、わたしにはほとんど理解できないような知的生命体の存在をほのめかしていた。

必ずしもより優れているわけではなく、いや、優れてはいるのだが、思考法がわたしたちとはまるで違うのだ。わたしたちは直線的に考える。わたしたちの意識は時間にどっぷり浸かっている。わたしたちはスケジュールとカレンダーの生き物だ。寿命と循環の生き物だ。わたしたちの数学、わたしたちの物理学——それらは時間に縛られた脳によって生み出された。そのレンズを通して、わたしたちの世界や命は意味を持つ。万物は生まれ、生き、死んで、それが無限に繰り返される。

しかしパルスコードの背後にいる知的生命体は、時間を超越していた。どうしてそれがわかったのかは説明さえできないけれど、わたしにはわかった。感じたのだ。まさにこの胸の奥で。ただこれがあふれてきて……。

そしてたとえコードを翻訳できなくても——それがどのようにはじまったのかも、それを構成している数学も、理解することさえできなかった——わたしはすぐに気づいた。それがとてつもなく古いものであると同時に、自分が見つけるほんの数秒前につくられたものだということに。とても正気には聞こえないでしょう。フランクならそれを見て首を振り、なにかの間違いだというところだ。わたしなりに精いっぱい説明するなら、そのパルスコードは海を眺めているようなものだった。何世代も前に流れはじめたいちばん深い海流が、最後に波となって足元の浜辺に打ち寄せる。そう、そこには巨大で圧倒的な眺めが広がっている。

詩的すぎるけど……イメージが浮かんだでしょう？

フランクは例によって役に立たなかった。

わたしがなにか見る価値のあるものを発見したことを疑ったばかりか、それをちらっと見ようともしなかった。だからわたしは猛然と彼のオフィスを出て、うちに帰った。シャワーを浴び、ワインを一杯飲んだ。ワインがあってよかった。そしてフランクの考え方を理解しようとした。正直なところ、ほんとうに雑念を払い、まるで最初に誰かからでっち上げだと聞かされていたように否定しながら、新しい視点でそのデータにアプローチしようとした。それでどうなったと思う？　わたしは前と同じ結論に達した。

もしでっち上げなら、それはかつて見たなかで最高に美しいでっち上げだった。

そしてわたしはそれを完全に信じた。

母さんがだまされやすいのをよくからかっていたんだから、おかしな話だ。彼女はチェーンメールを受け取るたびに転送して——たいていは、ありとあらゆる幸運や幸せを約束するものだった——そのおかげでいいことがあると思いこんでいた。そしてそうならないと落ちこんだ。いまここでわたしは、解読不能なコードの切れ端ひとつをもとに、地球外の種との接触を明らかにしたばかりだと確信している。でも……でも……これは話が別だ。

わたしとは切っても切れないことなんだから。

それにしても、ああ、わたしはなんて無邪気な子どもだったんだろう。あまりに世間知らずで、人間の欠点や惨めさから大切に守られていた。思い起こせばわたしは、住んでいた街のひとつひとつを、そこの図書館で判断していた。アウクスブルク、ホノルル、ソウル……。もう繁華街の記憶はおぼろげだけれど、通った図書館の内部は、まさにこの瞬間そこに座っているかのように、いまもありありと思い浮かべることができる。書架のなかで経験した、いくたびもの素晴らしい発見の瞬間。存在することさえ知らなかったテーマを扱っている、聞いたこともない本を見つけたときの、ぞくぞくする感覚……。

そう、そこはわたしみたいな本の虫の少女には天国だった。

もちろんわたしが住んでいた——街から街、家から家、学校から学校、図書館から図書館、そして本から本へと移動しながら——そうした泡は、母さんがつくってくれなければけっして存在することはなかっただろう。母さんが死んだあと、ニコとわたしは自分たちのドイツ語の知識を寄せ集め、力を合わせて彼女の日記を訳しながら目を通した。その悲しみ、その苦い思いをすべて理解するのに、多くの知識は必要なかった。

もし母さんが健在だったら、薬のことでわたしに腹を立てただろうな。

問題なのはわかってるけど……わたしはよくなってきてる。

それはたしかだ。ほんとうに。わたしは感じてる……以前より少し集中力が増しているのを。感情的なたわごとは必要ない……。薬は一日を乗り切るのに必要なちょっとした元気をくれる。それ以上じゃない。なくてもやっていけるだろう……いまはその力がないだけだ。それにもしやめれば、幻滅してしまうんじゃないかと心配なのだ。ドラッグの問題を抱えた主婦としてではなく、ふたたび世界に畏敬の念を抱くあらゆる機会に後先考えずに飛びつく天文学者として。わたしが暗黒物質の研究をしているのは、そのためなんだから。わたしは常に発見の瞬間、押し寄せてくる新しい知識を待ち受けている。存在するかどうかすらわからない物質より魅力的なものはない。

おまえは自分探しのために星を探してるんだ、というのがニコの口癖だ。

彼は決まり文句や格言が好きで、複雑な考えをバンパーステッカーに収まるフレーズにまとめたがる。そして自分ではけっして認めないだろうけど、おそらくチェーンレターを転送したら、とても深い満足感をおぼえるタイプだ。だから、そう、ニコはわたしを煮詰めて心理学のごく短い言葉にまとめてしまうだろう。ダリアがすべての時間を費やして夜空を見上げているのは、この地球上で迷子になっているからだ。ニコならまさにそういうはずだ。

そしてたぶん、彼のいうとおりなのかもしれない。

もしかしたらわたしは、迷子になっていたのかもしれない。

でもいま……わたしは見つけられていた。

わたしたちみんなが。

7

ジョン・ウルタド、元国家安全保障局《NSA》アナリスト

ユタ州ソルトレイクシティ
二〇二五年六月十三日

ジョン・ウルタドはロサンゼルスに住んでいるが、出席している会議の関係で、わたしとはソルトレイクシティで会う。

この街がいまだに計画的電圧低下に悩まされ、「上昇」の前でさえインターネットの通信速度はかなり遅く、毎秒二メガバイトを超えることはめったになかったことを考えると、奇妙に聞こえるかもしれない。だがこの会議の主催者たちは、これらの科学技術の不均衡を強調したがっている。自分たちが思い描く未来の再統合されたアメリカ合衆国になんとか有利な立場で加わろうとする、起業家や元政府職員たちの会議というわけだ。しかし目下の議題は、テキサスとアラバマを説得してふたたびテーブルにつかせられるどうかだ。

ジョンはわれわれの国の再建について魅力的な意見を持っているが、わたしたちがここにいるのはそれについて話し合うためではない。ジョンはダリア・ミッチェルと親しかった数

少ない人たちのひとりであり、彼女の性格や意思決定に関する彼の洞察は、われわれが「上昇」と「終局」を理解する上できわめて重要だ。また、長らく噂されてきた組織トゥエルヴの存在が暴かれたとき、ジョンがその渦中にいたことも、いっておかねばならない。

ジョンはダリアの恋人だった。というより、元恋人だ。彼らは数年間つきあった――短い波乱の期間、同棲《どうせい》までしていた――のちに別れたが、友人関係は続いた。これは珍しいことだ。ほとんどのカップルは破局したあと、感情的な部分でどうしても前へ進むことができない。わたしの経験では、いつも片方があきらめきれないものだ。しかしジョンとダリアは違った。ふたりが別れた原因は、物理的な距離と知的なプライドだった。彼らは単純に、出会った時期が悪かったのだ。ふたりとも職業上の成功を追い求めていて、仕事に対する情熱を手放す気はなかった。彼女にとっては、それは研究と学問の世界での出世だった。彼にとっては、世界を救うという極秘活動を深く掘り下げることだった。たしかに不運な恋人たちだった。彼らは離れていた何年ものあいだ、ずっとメールで連絡を取り合い、ときには電話までしていた。たとえおたがいに相手を人生に受け入れる余地はなかったにせよ、彼らは完全に別れるつもりはなかった。

ダリアが信号を見つけ、ケルガード博士が耳を貸そうとしなかったとき、次に頼るべき人物はジョンだった。あの歴史――あの感情的なつながり――は、どう見てもダリアの人生の流れを最も変えたものだった。もし彼女があの信号を持ってジョンのところにこなければ、それは忘れられていたかもしれない。

少なくともしばらくのあいだは。

メキシコ移民を両親に持つジョン・ウルタドは、高校生のときにROTC（予備役将校訓練課程）に参加した。彼は父親と同じ道を歩み、軍隊に入った（父親のルイスはメキシコ軍の少尉だった）。第二次イラク戦争で通信士を務め、敵のテキストメッセージや無線放送を傍受し、携帯基地局のpingを通じて空爆の調整をした。

戦後はNSAの戦時情報収集部隊であるTAOに採用された。フォート・ミードのROC（遠隔操作センター）でアナリストとしてコンピュータシステムの監視や潜入を行ったあと、彼らのウイルス抑制部隊――マルウェアが安全に分解され、分析される「デジタル刑務所」――の監督に昇進した。TAOで成功したジョンは、サイバー戦争プログラムに取り組むためにCIAに採用され、カリフォルニアに移った。

わたしたちはジョンが泊まっているホテルのロビーで、コーヒーを飲む。いまの彼は細身の若々しい四十歳で、きちんと手入れされたごま塩のあごひげを生やし、髪はふさふさしている。ジーンズにパーカーというラフな格好だ。片手にギプスをしていて、サイクリング中に事故にあったそうだ（「友人とシルヴァーレイクの周辺をサイクリングしていて、シカと正面衝突したんですよ――いま、あのあたりはシカだらけなんです」）。

ダリアは最高ですよ。

妙な言い方ですね。

彼女がいまにもドアから入ってきそうだ。自宅のポーチに腰を下ろしていると後ろでドアが閉まる音がして、彼女の姿が見えるのを期待して振り向くけど……なにもない。誰もいない。あれから二年たっても、彼女の話をするときには現在形を使っているんです。そうせずにはいられない。

ダリアはほんとうに死んだわけじゃないんだ、そうでしょう？

すべてはどんなふうにはじまったのか、と訊《き》きましたね。信号。コード。発見。ほとんどの人たちは、すべては彼女とともに、電波望遠鏡天文台のなかでの一瞬からはじまったと記憶しています。

それはけっして事実ではありませんが。

わたしたちがそう記憶しているというだけのことです。彼女の顔はニュースを賑《にぎ》わせていました。あの朝、無名の人間、西海岸のカレッジのひとつに勤務する、人気はあるが論文はあまり掲載されていない教授として目を覚ましたのが、その日の晩までには地球上で最も話題の人物になっていた、という感じです。そしてそれはすべてが起こる前、誰もほんとうのことをまったくわかっていなかった頃のことでした。

ダリアは名声を求めていたわけじゃありません。

情報を求めていたんです。

率直にいって、彼女は研究者人生のほとんどを宇宙のいちばん片隅に焦点を当てて過ごしていました。わくわくするような部分じゃない、わかりますか？　ブラックホールや超新星、彗星《すいせい》、星々ではなくて、そのあいだの空間です。ほら、天の川の写真を見ると、誰かが黒い布の上に砂糖をこぼしたみたいに、惑星や太陽が密集しているでしょう。そう、ダリアが見ていたのはそこではなかった。彼女が研究していたのは、星と星がうんと離れていて、どんな探査機も到達することはなさそうな場所だったんです。

それはただのデッドスペースでした。忘れられた、忘れられがちな、空っぽの。

人に悪夢を見せるような類の空白です。

子どもの頃、よく落ちる夢を見たものです。それが起こるのはたいていが、眠りに落ちたすぐあと、目を閉じた直後でした。足の下の床がいきなり消える感覚があって、虚空に転りこむ。断崖や階段から落ちるのではなくて、まっすぐ虚空に落ちていくだけです。心臓がどきどきして、わたしははっと息を吞《の》み、ベッドの上にがばっと起き上がりました。突然目が覚め、怯えて、アドレナリンで満たされた状態で。

ダリアが研究している空っぽの空間の話を初めて聞いたとき、あの夢のことが頭に浮かびました。

わたしはその隙間に落ちていくところを想像しました。

どこまでも永遠に落ちていくんです。

おかしなことですが、彼女にその話をしたことさえあったと思います。

わたしの頭に浮かんでいたのは、自分が落ちていき、宇宙服のなかで年老いて、あごひげが少しのび、死んで骸骨になって、永遠に宇宙空間を転がっていくところでした。ちっぽけな点のなかのひとつになって。

その話をすると、ダリアはわたしをロマンチストと呼びました。

宇宙はわたしがいったようなものではない、とダリアはいいました。

わたしが心配していたようなものではないと。

どうやら人は宇宙に落ちることはできないらしい。とにかく理屈の上では。

宇宙空間には方向は存在しません。ちょうど時間が存在しないように。そうしたものはすべて、わたしたちが地球上で仮定していることであって、宇宙空間では幻想です。上も下もないのだから、落ちることはない。

とにかく、これは発見の二年前のことでした。

ダリアは終身在職権の審査対象になっていて、かなりピリピリしていました。

彼女とはパーティーで会ったんです。

あの夜、どういうわけで出会ったのかはよくわかりません。

あれはピア32に停泊していた、誰かのハウスボートでのことでした。政府機関の仕事を請け負っていた友人のチャールズに気紛れで誘われて、ほかにやりたいこともなかったし、流行の先端をいく人たちとハウスボートでワインとチーズを少し楽しめば気分転換になるだろうと思ったんです。その前の年はNASAのラングレー研究所で計算に費やし、窓のない奥まった部屋に隔離されて、一日十五時間コンピュータのモニターに張りついてました。ハウスボートで一杯やりながら夕日を眺めるのは、かなりいい息抜きになりそうでした。

いざ出かけてみると、チャールズはボートの所有者本人のことはろくに知りませんでした。招待されていた女性とつきあっていたんです。彼らはパーティーの二週間後に別れましたが。

とにかく、まるで自分がその場に――ボートにひしめきあって、政治や芸術、映画、限定生産のビールの話をしているかなり退屈な大勢の人たちのなかに――無断でもぐりこんでいるような気がしたので、わたしはボートから降りてドックを少し歩きました。

ボートに打ちつける波が静まり、頭上には星がきらめいていた――特にロマンチックな瞬間ではありませんでしたが、簡単にそうした瞬間の舞台になってもおかしくない感じで……。そのとき彼女が現れたんです。

「七姉妹」

ダリアはついさっきわたしがちらっと見ていた星を指さしながら、ドックをこちらに歩いてきました。

「プレアデス星団」彼女は続けました。「巨人《タイタン》のひとりの七人娘。印象的な星団ね。いちばん明るい星は、わたしたちの太陽の優に何百倍も明るい」

わたしはダリアが指さした星を見上げました。たしかにかなり明るいようでした。

「それは知らなかったな」そう、わたしはいいました。

そしてダリアを振り向きました。彼女は髪をアップにして、黒のドレスを着ていた。あのときみたいにメイクをしてコンタクトレンズをつけている彼女を見たことは、数えるほどしかありません。そんなことをしなくても魅力的ですからね。わたしは、少なくとも意味のある恋愛からは、何年も遠ざかっていました。積極的に相手を探してもいなかった。

探し物は探すのをやめるまで見つからないという、陳腐な決まり文句があるでしょう？　まあ、わたしの場合はいつもそうだったんです。

あの夜がはじまりでした。わたしたちはパーティーのことはすっかり忘れて、夜明けまで話しこみました。実は彼女も、参加する予定ではなかったんです。わたしと同様、友だちに誘われて出かけてきただけで。ダリアは会話が退屈で、外の空気を求めていました。

ダリアとわたしは二年と二カ月間つきあいました。

いいときもあれば、悪いときもありました。わたしは出張ばかりで、その間はずっと実質的には東海岸に住んでいたし、彼女のほうはとてつもなく長時間働いていました。そのことはかなりの緊張を生みました――わたしが会いたくても彼女の都合がつかないこともあれば、彼女がわたしの時間が空いているのを期待していても、こちらは出張にいかなくてはならないこともありました。わたしたちのけんかが、珍しいものだったというつもりはありません。ふたりとも愛するには難しい人間だったんです。

わたしはいまだにそうだ。

別れたのは大統領誕生日(26)でした。わたしは臨時のシフトに呼び出されていて機嫌が悪く、彼女は兄さんとつらいやり取りをしたあとでした。ダリアはほんとうに傷ついていて、なにもかも話してすっきりしたがっていた。ただ、わたしは精神的に相手ができる状態ではありませんでした。そのことをわざわざ彼女に話す気にはなれませんでしたが。ダリアは泣きながらわたしのところにやってきたのに、わたしのほうはろくに話を聞いていなかった。

ダリアは怒りを爆発させました。そして飛び出していった。

それでおしまいでした。

わたしはひどく不機嫌だったので、追いかけませんでした。電話もしなかった。

あの日のばかな判断を後悔してますよ。何度かセラピーのセッションを受け、友人や身内と話すことで、自分がほんとうに素晴らしいものをどれだけ台なしにしてしまったかに気づきました。自分のことで頭がいっぱいで、彼女は戻ってくるだろうと思っていたんです。でもダリアは強い――わたしがこれまで出会ったなかで、いちばん強い人間です。自分はわたしよりうまくやれるとわかっていました。

ですから、二〇二三年十月十九日に彼女から電話があったときのわたしの驚きは、想像がつくでしょう。あの日のことは絶対に忘れられません。

ダリアは話があるといいました。

信頼できる誰かが必要なんだとね。

実をいうと、電話を切ったあとで泣いたんですよ。あの電話にどうして感情が高ぶったのかわかりませんが、そうだったんです。もしかしたらまずい状況にあったのかもしれないし、仕事ですっかり参っていたのかもしれませんが、自分が誰かにとってなにか意味のある存在だというメッセージがもたらす高揚感を、わたしは必要としていました。彼女にとってわたしは、信頼できる誰かだったんです。

モントレーのブラック・ベアー・ダイナーで彼女に会いました。

彼女は素敵でしたよ。くつろいだ様子で。

わたしは向かいの席に滑りこんで、前より短くなった髪型を誉めました。

ダリアは早速本題に入り、わたしにUSBメモリを渡しました。

「こんなことをいうと頭がどうかしてるみたいに聞こえるだろうけど」彼女はいいました。「惑星全体を包むパルスを見つけたんだ。これまでにもわたしたちが珍しい深宇宙からの信

(26) ジョンはその年の、ページの隅を折ったスケジュール帳まで見せてくれた。大統領誕生日の欄には、青いインクでこう書かれていた。「ダリアと終わった」

号に遭遇したことはあったけど、それはいつも消滅しかけのブラックホールや太陽フレアだったことが判明してる」

「それとも電子レンジか。異常に強力な信号にすっかり興奮した天文学者たちの話を読んだよ。結局、誰かが休憩室でフォーの入ったボウルを温め直していただけだとわかって……」(27)

わたしはくすくす笑いを期待して微笑《ほほえ》みました。

ダリアはにこりともしなかった。

「このメモリに記録されているものは、電子レンジじゃない。ブラックホールや太陽フレアでもない。何度も何度も計算してみた。結果はいつも同じ」(28)

「正確には、それはなんだと考えてるんだい？」わたしは尋ねました。

「接触《コンタクト》」彼女はそう答えました。

その言葉の意味をわたしが飲みこむまで、ダリアは一瞬、間を置きました。

それからこう続けた。「このパルスは銀河系外からきたの、ジョン。これほど複雑なものはいままで見たことがないような数学の断片。それに美しい。数学は言語を意味してる。これはメッセージ。わたしたちへのね。でも……そこからなにかを引き出すには、スーパーコンピュータが必要になるでしょう。データのほんの一部を吟味するだけで、ひと晩がかりだった」

わたしはNASAかSETIへ持っていくべきだといいました。

「フランクには渡した。でも相手にされなかった。うちの人間のことは信用してないの、ジョン。それにうちの人間はわたしのことを信用してない。わたしが信用してるのはあなただけ」

それを聞いて、わたしはゴクリと唾を飲みました。「ぼくはNSAのために働いてる。そしてNSAは必ずしも誠実さで知られてるわけじゃない」

ダリアはテーブルの向こうから手をのばしてきて、わたしの両手を取りました。

「お願い、ちょっと見直してみて。もしそのデータがくずなら、わたしがそれを持ちこんだことは忘れてくれてかまわない。わたしのことをイカれてるっていってもいいから」

「わかったよ」わたしはいいました。「ただしひとつ条件がある。金曜にバンザイスシでディナーだ。ぼくが迎えにいく。ディナー。それだけだ」

(27) 実話である。オーストラリアの天文学者たちは、自分たちが受信している奇妙な信号に十年以上頭を悩ませていた。その干渉の原因は落雷か高層大気からくるなにか別のものにあると考えられていたが、結局は休憩室の電子レンジだと判明した。

(28) 太陽フレアはほとんどの場合、太陽からプラズマ（および地場）が放出される「コロナ質量放出」と関連している。それらはしばしば地球上の電子システムを妨害し、天文学者にとって心配の種になっている。

ついにダリアは笑顔になりました。そしていったんです。「たったいまあなたに渡したUSBメモリには、人類史上最も重要な発見が入ってるかもしれない……」

「そしてぼくはきみに、最高のサシミを少しと面白いジョークをいくつか提供しようといってるわけだ」

彼女は承知して帰っていきました。

はっきりいって、そのまま自分の席で軽く勝利のダンスを踊りましたよ。

うちに帰ると、USBメモリをコピーしました。そんなことをするのは少々偏執的な感じがしたので、それを隠すときには鍵のかかる箱や靴下の引き出しといった、いつもの場所には入れませんでした。以前FBIの友人から、物を隠すならシリアルの箱がいいと教わっていたんです。

わたしはそのコピーをそうやって隠しました。

キャプテンクランチの袋に押しこんだんです。

翌朝、そのコードを職場に持っていきました。ダリアからは慎重に扱うよう注意されていました。彼女はそれがリノのどこかのファイルや引き出しにしまいこまれ、政府のブラックホールのなかに消えてしまうことを望んでいませんでした。ダリアはそれを、わたしが信頼する誰かに――その重要性を理解してくれそうな相手に――渡してほしがっていたんです。

ですからオフィスに入るとまっ先に、同僚のひとりザック・ジャフェにそれを見せました。

彼はちょっとしたひょうきん者で、偏執症の気《け》がありましたが、わたしが知るなかでは最高のプログラマーでした。もし誰かがその代物を読み取るとすれば、それは彼でした。

その後なにがあったかは、ご存じの通りです。

8

ザッカリー・ジャフェに対する聴取記録

サンフランシスコ支局：記録番号〇〇一一――S・ペンダーヴス捜査官
二〇二三年十月二十七日

ペンダーヴス捜査官：記録のためにあなたの氏名と職業を述べてください。
ザック・ジャフェ：ええっと、ぼくはザック・ジャフェ、三十歳です。政府の仕事をしています。
ペンダーヴス捜査官：もっと詳しくお願いできますか、ミスター・ジャフェ。あなたは政府のためになにをし、それをどのくらいやってきたのですか？
ザック・ジャフェ：これは記録されてるんですか？
ペンダーヴス捜査官：ええ。断っておきますが、あなたは宣誓をしているだけでなく、最高で二十年から二十五年間、連邦刑務所に入ることになる司法妨害の容疑をかけられているのですよ。
ザック・ジャフェ：ちょっと、ぼくは質問してるだけじゃないですか。ぼくは自分から出頭してきたんだ、そうでしょう？　知ってることを共有したいと思ったのはぼくなんだ。

ペンダーヴス捜査官：あらためて、あなたが政府のためになにをしているのか教えてください。

ザック・ジャフェ：NSA。コーディング。要するにそういうことです。いくらでも派手な専門用語で好きに飾り立ててもらってかまいませんが、ぼくはコード化をしてます。以前はよく、企業や政府のデータベースを破って喜んでましたよ。陰謀の痕跡を探してるんだといって――ほら、CIAの職員が都心部にドラッグを密輸入してるとか、一般の国民は知らなかった暗殺のことと か。(29)でも実のところ、それは自分のやってることを飾るぼくなりのやり方にすぎなかった。実際には、ぼくはなにも探してませんでした。ただ、なかにいるの

(29) ザックが引き合いに出しているのは、一九八〇年代から九〇年代にかけて流行したクラックに関連する陰謀論だ。この説の信奉者たちによれば、コカインはCIAによって合衆国に密輸入され、ドラッグ戦争によって最も深刻な被害を受けたアメリカの大都市のスラム地区周辺に運ばれたという。なぜか？　CIAはそうして得た金《かね》を、ニカラグアを支配する社会主義軍事政権の打倒を目指す革命勢力、コントラへの資金提供に使っていたからだ。なかにはその陰謀は事実だった可能性があると考える歴史家もいるが、そのほかの人たちはクラックの「流行」全体を、モラル・パニックであり、「悪魔的儀式の虐待」事件やUFOによる誘拐事件のようなメディアがあおり立てた妄想の一種と見ている。

が好きだったんです。とにかく、話が長くなりすぎてますね。ぼくはつかまった。下着姿でホット・ポケットを食べながら机に向かってたときに、警官がアパートに踏みこんできたんです。おまえは刑務所に十年入るようなものを見ていたんだ、といわれましたよ。ぼくは取引をして、そう、彼らのために二年間ただ働きをしたあと、この仕事が好きになったんです。それからこつこつがんばって、NSAやROCで働くようになりました。

ペンダーヴス捜査官：ROC?

ザック・ジャフェ：リ《R》モート・オ《O》ペレーション・セ《C》ンターのことです。ぼくはサイバー戦情報を収集する組織、オフィス・オブ・テーラード・アクセス・オペレーションズにいたんです。ぼくたちは専門家の陰の専門家でした。イランの発電用ダムで使われてる装置のひとつに働く、特定のウイルスを設計するために誰かが必要だとしましょう。ぼくらはそれを設計できたし、さらにそれをエアギャップを越えて感染させる方法を見つけ出すことができた。ぼくらもあごひげを生やしたすごいやつらだったんですよ。シールズは自分たちが最初に生やしたみたいなことを言い張ってたけど……ぼくたちのほうが似合ってた。

ペンダーヴス捜査官：そしてあなたはそこで、ジョン・ウルタドと一緒に働いていた……。

ザック・ジャフェ：どっちともいえませんね。つまり、彼とは部署が違ったんです。ジョンはもっと物事を分析する側にいました。ぼくの仕事は標的を見つけることで、ぼくの仕事は潜入だった。でも何度か一緒に仕事をしたし、馬が合いました。音楽の趣味が共通してて、N

SAでパンクな姿勢を保とうとしてた。簡単じゃなかったですけどね。

ペンダーヴス捜査官：ジョンは分析してほしいといって、パルスコードをあなたのところに持ってきた、そうですね？

ザック・ジャフェ：USBメモリを受け取りました。彼の話は単純で、メモリに入っている情報はカリの電波望遠鏡が拾ったものだということでした。ジョンはそれが、ぼくたちのデータベースにある情報と一致するかどうかを確認したがったんです。ぼくは注意しましたよ――もちろん、やんわりとね――ぼくらはNSAで、NASAじゃないって。そのときジョンがいったんです。自分はそれを、いわばこっそりやる必要があるんだって。そこのところははっきりさせておきたい、いいですね？

ペンダーヴス捜査官：われわれは理解していると思いますよ。彼はそれを密かに調べてもらえると考えて、あなたのところに持っていった。その件は政府のプロジェクトとはみなされなかった。あなたの日常業務外のことのはずだった。そうですね？

ザック・ジャフェ：完璧ですよ。そこで彼は、そのUSBメモリをぼくに渡し、調べてほしいと頼む。もしそこがぼくのアパートで、がらくた、つまりぼくの道具がそろってるときなら、問題なかったでしょう。でもぼくらは職場にいた。そして職場では、ぼくのキーストロークのひとつひとつはすべて上司に追跡されている。

ペンダーヴス捜査官：しかしあなたには回避手段があった。

ザック・ジャフェ：もちろんありましたよ。ジョンはちょっとお世辞をいうだけでよかった。自分の腕はまだ錆《さ》びついてないと知るのが好きなんです。とにかくぼくは自分のマシンに入ってる追跡ソフトを迂回して、ジョンに渡されたデータを開き、ざっと目を通しました。正直いって最初は、誰かが彼をからかっているんだと思いました。つまりそのUSBに入っていたものは、馴染《なじ》みのあるどんなコーディング言語でもなかったんです。それはぼくたちのものじゃなかったし、ほかの誰のものでもなかった。ただのでたらめに見えたし、奇妙で、つまりは危険を意味してました。実際、ぼくは強く引かれましたが、そのウサギの穴にあまり奥のほうまで飛びこみたいとは思いませんでした、わかるでしょう？　きっとあなたがたは、マックス・ヘッドルームの電波ジャックのことはよくご存じですよね？

ペンダーヴス捜査官：いいえ。それはパルスコードに関するわたしたちの会話と関係があるのですか？

ザック・ジャフェ：もしそうでなければ、持ち出しませんよ。ええ、真面目な話、ぼくはそういうつもりでお話ししてるんです。いいですか、一九八〇年代後半、この奇妙な出来事はシカゴで起こりました。人々がただぼんやりと九時のニュースかなにかを見ていると、テレビの画面が突然まっ暗になって、マックス・ヘッドルームのマスクをかぶったやつが現れる。マックス・ヘッドルームというのは、当時のカルト的なテレビのキャラクターでした。そんなわけで、そいつは手作りのスタジオセットに現れ、奇妙なブンブンいう電子音を鳴らしながらひょこひょこ動きまわり、それから姿を消す。いま話題にしているのはテレビ信号を乗っ取った何者かのことで、その侵入信号にはあるコードが埋めこまれ――

ペンダーヴス捜査官：ミスター・ジャフェ、頼みますよ、いまわれわれが話しているのは――

ザック・ジャフェ：わかってます、わかってますよ。ここからが重要なところなんですから。最後まで聞いてください、いいですね？　そのヘッドルームというやつの下には、あるコードが隠されていました。とんでもなく洗練されていて、それについて知ってるものはほとんどいないようなコードです。ぼくとディープウェブの同志たちはそのコードを分析し、それが乱数放送らしいと突きとめました。CIAの内部からスパイに送信するためのコードです。あまりに不可解で内容を理解することはできませんでしたが、いくつかの単語は判読できました。「突然変異」に関するなにかと「永遠に」、それから一度も聞いたことがないトゥエルヴと呼ばれるグループの名前。ぼくと一緒にそのコードを解析していた人たちですか？　彼らは死にはじめた。そうなんです、事故、薬の過剰摂取……。まともじゃない。要するにジョンが持ちこんできたコードは、ヘッドルームの侵入コードに似てたんですよ。正直いって、ぼくはそれを見るのが少し不安だった。だからあまり見すぎないようにしました。

ペンダーヴス捜査官：ヘッドルームのコードから収集した情報――あなたはそれをどうしたんですか？　転送したのか、それとも……。

ザック・ジャフェ：いいえ。いまいったように、そいつにはなにか悪い魔力がありました。人々が殺されていき——

ペンダーヴス捜査官：あなたの話では、彼らは事故や過剰摂取で……。

ザック・ジャフェ：(笑)そう、そのとおり。ぼくがなにをいおうとしてるかわからないなんて、いわないでくださいよ。いいですか、いまぼくたちは、自殺願望のない人たちが突然自ら命を絶ったという話をしてるんです。遺書を書かずに。いつも車の手入れには人一倍気を使っている人たちが、なぜかブレーキの異常を見落とす。行間を読んでもらうつもりはありませんよ。ぼくはその人たちが殺されたといってるんです。誰か恐ろしいやつらに、事故や自殺に見せかけられて……。

ペンダーヴス捜査官：もちろんそうでしょう。それで、あなたとジョンは、ダリア・ミッチェルから提供された情報をどうしたのですか？

ザック・ジャフェ：だから、そう、ぼくがそのメモリにあったコードをざっと見ると、ジョンはぼくらがあの晩に拾ったコードとそれを照らし合わせてくれと頼んできました。

ペンダーヴス捜査官：もっと詳しく説明してください。

ザック・ジャフェ：それが、テーラード・アクセスでやってることなんです。ぼくたちは基本的に世界を盗聴し、記録する。すべての国、すべての政府、すべての大統領——ぼくらはそれに聞き耳を立ててます。いってみれば、世界の耳ですよ。ジョンがやりたかったのは、地球上の別の誰かがその電波望遠鏡と同じ信号をとらえたかどうかを確認することでした。百パーセント確信があったわけじゃありませんが、あのコードがなんであったにせよ、それは一部分でした。彼は全体を見つけたがっていたんです。

ペンダーヴス捜査官：それであなたがたはなにか見つけたのですか？

ザック・ジャフェ：ええ。見つけましたよ。同じコードの別の一部が、ロシアの電波望遠鏡アレイにとらえられていました。ロシアの保安機構、FSBも、そのコードのことでパニックになってましたよ。ありとあらゆるうろたえたやり取りが飛び交ってました。ロシア人たちはそれがどこからきたのか見当もついていませんでしたが、サイバー兵器ではないかとほのめかされて震えあがっていたんです。

ペンダーヴス捜査官：それで、あなたとジョンはそれがなんだと考えたのですか？

ザック・ジャフェ：ぼくたちにはわかりませんでした。それが上を向いた電波望遠鏡でとらえられたことから、発生源がぼくらの星から離れたところらしいというようなことは、たしかに推測していましたよ。でもぼくはちらっと見ただけで、そのコードがなんなのかはわかりませんでした。兵器？　自然に発生したひどく奇妙な現象？　店に届かなかったピザの注文？　さっぱりです。でも、もうそれ以上関わるのはごめんでした。だからぼくたちは、よき政府職員ならみんなそうするようにしたんです……。

ペンダーヴス捜査官：というと……？

ザック・ジャフェ：ぼくらはそれを、いわゆる階段の上へ送って、上司に対処をまかせたんです。

9

カニシャ・プレストン、元国家安全保障担当補佐官

フロリダ州サラソータ
二〇二五年六月二十五日

サラソータはけっして大都市ではなかったが、いまは事実上、廃墟と化している。ビーチはいまでも観光客に人気だが、ここに住んでいるのは引退したか、新しく興った水産業に従事するひと握りの人たちだ。

全世界の人口が七十七億人から二十五億人に減少した五年後、それらの海域の漁業資源は回復し、いまは驚くほど安定している。ホグフィッシュ、ブラックドラム、キング・マカレル、ヨーロッパマダイ、メカジキ、それにワフーは、すべて沖で簡単に獲ることができる。シエスタ・キーの白い砂浜を歩いていると、何十艘《そう》もの小さな船がイルカやマナティでいっぱいの海を行き交っているのが見える。

そうした小型船のひとつはカニシャ・プレストンのものだ。

現在四十六歳のカニシャは、ボルチモアの中流黒人家庭の出身だ。自らシングルマザーに

なることを選んだカニシャは、法学部に転向する前は医科大学に通っていた。ハーヴァード・ロー・スクールを卒業し、国務省に入省。その後、バラード大統領の異例な無所属での大統領選出馬を、上級外交政策顧問として支えた。バラード大統領がホワイトハウス入りを果たしたとき、カニシャは国家安全保障担当補佐官の本命候補だった。

　カニシャの娘のローズには特別な支援が必要で、そのための費用は彼女を破産寸前まで追いやった。ローズが「上昇者」になったとき、カニシャは娘の障碍《しょうがい》があっさりはがれ落ちていくように見えるのを、驚異の念で見守った。悲しいことにローズは、第二段階から第三段階への移行を乗り切ることができなかったが。

　カニシャは政治の世界で成功し、米国議会で尊敬される存在だったが、今日《こんにち》彼女が最も記憶されているのは、情報公開対策本部の最初の政治的犠牲者としてだ。対策本部が地球外の知的生命体とのファーストコンタクトについてアメリカ人に知らせるのを怠ったことに関して、カニシャが果たした役割については多くの疑問が残っている。彼女が自身の行動を正当化したのに対し、バラード政権の内部には――そして外部にも――彼女が大統領とトゥエルヴ（あらゆる異星の種との接触に関する情報の開示および接触、またはそのどちらかを阻止することに取り組んでいた機関[30]）双方のために働く「二重スパイ」だったのではないか、と疑うものは多かった。

　カニシャにインタビューする条件のひとつは、トゥエルヴのことやその指導者であるサイモン・ハウスホールドと接触していたのではないかという疑惑は話題にしないこと、だった。その時点では、わたしはカニシャの希望を尊重した。しかし本書の後半では、彼女とトゥエルヴのかかわりに関する疑問のいくつかに答えることができた。「終局」のあと、トゥエルヴとサイモン・ハウスホールドについて、より詳しい調査が可能になったのだ。なかには今日もまだ機密になっていることもあるが。

カニシャとはクレセント・ビーチで会った。カニシャはわたしに約五十八分間、話をする時間を与えてくれた。これはビーチを端から端まで歩くのにかかった時間だ。

信号のことはブロクソン副補佐官から聞きました。

(30) トゥエルヴが情報公開に反対していたのが、たんに未知の知的生命体との接触についてだけでなかったことは、注目に値する。彼らは地球外の信号の受信、あるいは地球外の「文明」との交流——人工物、通信など——についても、いかなる形であれ公にすることに、声高に異を唱えた。もしなにかが見つかれば、それは秘密にしておかねばならない。なぜなら彼らの考えでは、人類はほぼ間違いなく悪影響を受けるからだ。もちろんこの考え方は、パルスコードや「上昇」に対してトゥエルヴがとったすべての行動に通じている。

彼がそれを目にしたのは、ＮＳＡの誰かに再調査を頼まれたからでした。わたしたちがジョンに、そしてダリアにたどり着くのに長くはかかりませんでしたが、それが電波望遠鏡がとらえたデータだとしかわかっていなかった最初の数時間、わたしたちは呆然としていました。

宇宙からの信号、放射性のボトルに入った手紙。

それについて報告するブロクソンの口調、それがなにを意味するかを息を切らして説明する彼の様子に、わたしはひとつのことしか考えられませんでした。これは好むと好まざるとにかかわらず、政治の流れを変えることになる、と。

ぜひ覚えておいてほしいのは、バラード大統領はまだ一期目で、どこもかしこも問題だらけ、国はちょっとした小康状態にあり、景気づけになるものを求めていたということです。多くの政権において、この件はそのときの政治状況次第で簡単に隠蔽《いんぺい》され、忘れられていた類のことだったかもしれません。

わたしはそんなことにはならないようにしたかった。

そこでブロクソン、グレン・オーウェン首席補佐官、大統領上級顧問テリー・クイン、報道官パー・アカーソン、それに国家情報長官ナジャ・チェン中将を招集したんです。わたしたちはホワイトハウスの閣議室で顔を合わせました。パーとナジャはその場にいることを──特に、「緑のこびとから届いたラジオ放送」に関するなにかを聞くためとなれば──必ずしも喜んではいませんでした。

コードを見ると、彼らの気持ちはすぐに変わりました。

わたしは自分が知らされたように、このパルスはそれまでわたしたちが受信してきたどの電波信号より千倍も重要だと説明しました。さらにはそれが人工的なものであり、人類がつくり出せるどんなものより技術的に優れていると。

それはでたらめではありませんでした。

政治家になる前、わたしは医師としての訓練を受けていました。

科学がどのように機能するかはわかっていたんです。その信号には説得力がありました。

チェン中将は統合参謀本部に警告したがりましたが、テリーが早々に阻止しました。まるでブロクソンがわたしたちに差し出したものではまだ不充分だといわんばかりに、確証を求めたんです。その一方で彼は、宇宙生物学やコンピュータ科学、天文学の分野における最高の頭脳を見つけ、パルスコードに関する見解を聞き、それについて大統領になにか話すのは控えようと提案しました。

ほんとうにいったん車輪がまわりはじめたら、なにもかもがあっというまでした。ワシントンでは変化は緩やかに起こると決めてかかる風潮がありますが、それはおもに政策面での話です。なにか大きなこと、市民の安全と安心を脅かす恐れのあるなにかが起こるときには、物事は急速に進みます。指示が出され、それに従って……まあ、あのとき起こったのはそういうことでした。

わたしたちはすぐに専門家たちにきてもらいました。

こういう早い段階のことを話すのは、妙な感じがしますね。これまで話を聞きにきた人たちのほとんどは、もっとあとで起こったことを知りたがった――わたしたちが「上昇」を、情報公開対策本部の文書を、バラード大統領の奮闘をどう扱ったかをね。パルスが現れてから最初の数日間のことは、おぼろげにしか覚えていません。わたしは多くの電話をかけ、多くの会議に出席し、大陸全体に相当するくらいあちこちにメールを送りました。

そして正直なところ、その重みに実感が湧いたのはオフィスを離れたあとのことでした。当時のわたしはシングルマザーで、仕事をしているあいだは、母に娘のローズの面倒を見てもらっていたんです。ときには一週間かそれ以上も、娘に会えないことがありました。そのことでわたしは参ってしまい、胸が張り裂ける思いでした。

実をいうとパルスが届いた次の夜、ローズと一緒に食事をしたんです。あの子は食事を終えると、フライドポテトをつまみながらわたしを見上げて尋ねました。「ママ、どうしてママは毎日お仕事にいくの？　悪い人たちがはじめたことをなんとかするため？　その人たちは休みたいと思わないの？」

あの子を見ながら、わたしはほんとうに久しぶりに楽観的な気分になっていることに気づきました。理解してほしいのは、ローズは正しかったということです。部分的には。ほんとうにたくさんの悪いことが起きていて、わたしは政権内での自分の仕事の一環として、毎日それらを直視しなくてはなりませんでした。自分が疲れ果てていたとは思いませんが、世界を基本的に不愉快なものとして見ることに慣れてしまっていたんです。

　バラード大統領が政治の舞台に現れたのは、きわめて重要な時期でした。世界は混沌としていたとはいいませんが、粉々に壊れる瀬戸際のような感じがしました。貧富の差は過去八十年間で最大になり、二大政党はおたがいに憎しみをかき立てあい、ご近所どうしで話をしなくなり、SNSはわたしたちを怒らせるあらゆる些細な物事についてがなり立てていました。状況は最悪で、わたしたちには変化が必要だったのです。

　バラードが選挙戦に加わったときには、どこからともなく現れたような感じがしました。真のダークホースの候補者です。

　彼女の新鮮さ、ごくふつうの人らしい雰囲気――それは人々を興奮させました。いい意味で、さわやかな形で。バラードはわたしたちみんなが経験したことを、わたしたちみんなが覚えていて取り戻したがっているものを知っていました――世界はよくなる、そしてそれに必要なのは新しい視点だけだという希望に満ちていました。

　彼女が選挙に勝利したことは、わたしにとって驚きではありませんでした。

　市場は混乱し、政治家たちはまさに二度と立ち直れないほどの一撃を腹に食らったような気分だったかもしれませんが、わたしのような人間、改革を求める人々は、歴史の新しい一ページに足を踏み入れていました。そしてわたしは、その一部になりたかったのです。それまでの選挙ではシステムを破壊しようという話が多く出ていましたが、うまくいきませんでした。アメリカの民衆はビジョンを持った人々を選ぶ代わりに、例のごとく政治にうんざりし、すっかりいやになって、己の野心のことしか頭にない人たちを呼びこみました。だまされた彼らは、ますます憎しみと分裂のなかに引きこもりました。

だからバラードは本物に見えたのです。そして彼女は本物でした。

政権に加わったとき、わたしが見つけたのは再建に打ちこみ事態の収拾に励む、ほんとうに希望に満ちたホワイトハウスでした。パルスコードが届き、わたしたちみんながそれを自分たちよりもはるかに進んだ文明からのメッセージだと思ったとき、わたしは胸のなかに温かいものを感じました。わたしたちが発見されたいま、世界はずっといい場所になるかもしれないという気がしたのです。

実際、わたしはそう考えていました。彼らはわたしたちを発見したのだ。そして何者であれ、彼らはわたしたちの世界をよりよいものにする計画を持っている。そうにちがいない。わたしにはそれ以外に考えられませんでした。

まったく、思い違いもいいところだった……。

もちろん、たとえパルスコードはダリアが発見し、その功績は彼女にあると信じられていても――正当なことだと思います――それを見つけたのは、彼女だけではありませんでした。

「上昇」以前、わたしたちは科学技術がいたるところであらゆるものに使われていた、歴史上途方もない瞬間にいたことを覚えておいてもらわなくてはなりません。世界がなんらかの形で記録することなしには、デートも新しい靴を買うこともできないような感じでした。まったく、偏執症的に聞こえますが、そんなふうだったんです。

10

エイブラム・ペトロフ、ロシアの天体物理学者

カリフォルニア州グラスヴァレー
二〇二五年七月十二日

二年前にカリフォルニアに移住したあと、エイブラム・ペトロフはいま、シエラネヴァダ山脈の中心部でダブルワイドのトレーラーハウスに住み、馬を育てて暮らしている。

この高名な科学者は、母国で豊かなキャリアを築いたあとで、まさかこのようなところで暮らすことになるとは予想もしていなかった。最近出版されたほかの歴史書に詳しく述べられているように、「上昇」後、ロシアは特に不安定になり、「終局」に続く何年かで崩壊した。わたしたちはみな、ヴォルゴグラードが燃える画像やサンクトペテルブルクを襲った暴動の映像を見てきた。もちろんそれは、とりわけ醜悪なものだった。さらなるSNSの集団ヒステリーは、致命的な結果をもたらした――「上昇者」の子どもたちがひと組のカップルを襲って殺害するディープフェイク動画が何千回もシェアされ、それが初めて現れてから数時間以内にアンチ「上昇者」の暴力がはじまったのだ[31]。当然、富裕層が最初に脱出した。合

衆国にコネがあったものたちは、国を出る最初の便に飛び乗った。ペトロフは金《かね》はなかったが、多くのアメリカの大学や著名な研究者と強いつながりを持っていた。

ペトロフの話によれば、母国で過ごした最後の数日は恐怖に満ちたものだったらしい。真夜中に暴徒が自宅のある街区に現れたとき、彼と妻のサーシャはふたつのスーツケースに詰めこめるだけ詰めこんで、ぼろぼろのラーダ・カリーナに飛び乗り、裏道を通って空港へ向かった。ふだんならわずか四十五分の道のりは、ほぼ三時間という長丁場になった。この話をするとき、ペトロフは目に見えて身をすくませる。あの夜、街を車で走り抜けるのは、まさに地獄を走り抜けるようなものだったという。

「あのとき見た人々の行動は……」彼は頭《かぶり》を振りながらいう。

(31) ディープフェイクとは、人工知能をベースにした機能強化技術を用いてコンピュータによって補正された画像や動画のことである。二〇一七年に初めて登場したそれらのツールは、画像を重ね合わせるために使われた。初期のディープフェイクはポルノだった（驚くにはあたらない）が、それらはたちまちデマ動画として現れた。有名人や政治家が、実際にはまったく口にしていない下品な、あるいは物議を醸すような発言をしている動画だ。プログラマーたちは、そうしたフェイク動画にタグづけする方法をすぐさま開発したが、多くは野に放たれて（偶然ではなく）あらゆる種類の大混乱を引き起こした。サンクトペテルブルクでのように。

一日半後、夫妻はニューヨーク州スケネクタディのユニオンカレッジにいた。仲のいい友人で南アフリカの天文学者レタボ・ピレイが、自分のアパートに泊めてくれたのだ。ふたりはそこに二週間滞在し、わたしたちと同じようにテレビに釘付《くぎづ》けになって、ロシアが自らをずたずたに引き裂くのを見守った。不穏な暴動からはじまり、圧倒的な軍事対応、そしてモスクワを壊滅させた汚い爆弾の衝撃波を伴う白く熱い爆風にいたるまで。それが終わったとき、ペトロフとその妻は国無き民であり、彼が二度訪れたことがあるだけの国でさまよう難民だった。

それから数カ月で、ふたりの結婚生活は破綻した。

サーシャは女きょうだいと一緒に暮らすため、東側のルーマニアに戻っていった。気落ちし、心許《こころもと》ない気分になったペトロフは、抜本的な変革を決意し、宇宙をじっと見上げるよりも大地にしっかり目を向けておこうと決めた。そんなわけでカリフォルニアに移住し、馬を育てるようになったのだ。

ペトロフの居場所を突きとめるのには数日かかり、彼の隣人に何度も電話をかけなくてはならなかった。この国にきてからほんの数年しかたっていないにもかかわらず、彼の英語は驚くほど流暢《りゅうちょう》で、人々とのおしゃべりを楽しみ、ロスコスモス国営宇宙公社にいたときのことや、ロシアで行っていたパルスに関する仕事について語っている。

あるイギリス人の作家が、もしかしたら詩人だったかもしれないが、こんなことをいっていた。

世界は爆音ではなく、ささやきとともに終わるだろう(32)。

これはやさしく言い換えたものだが、意味ははっきりしている。すべての爆弾、すべての戦争、それらは悲惨だが人間的だ。竜巻、ハリケーン、津波、そうしたものは惑星の——ときどき肩をすくめ、われわれ人間に誰がボスかを知らせる必要がある——一部だが、予測はつく。それらがドカンとくるのは想定内で、大変な困難が引き起こされることはわかっているが、そのあとに立ち直れることもわかっている。すべての戦争は終わる。すべての嵐は消える。

しかしささやきは……。

われわれはあのアメリカ人科学者がそれを発見した夜、宇宙からの同じささやきを聞いた。

(32) エイブラムの間違い。彼が引用しているのはT・S・エリオットが一九二五年に発表した「うつろな人間」に含まれる、この結びの連だ。「こんなふうに世界は終わる／爆音ではなく、すすり泣きとともに」。エイブラムによる原文のフレーズ——かなりありふれたものになっており、しばしば誤って引用される——の改変は、本人の意図する観点からは理にかなっているため、そのまま訂正せずに載せることにする。

しかし彼女とは違い、われわれは見ていた。なにしろ当時われわれは、数多くの電波望遠鏡を同じ場所、つまり弾丸銀河団に向け、数カ月前にごく一部を記録した謎の信号を追跡していたのだから。わたしのいうごく一部とは、ほんの数パーセントという意味だ——ある歌に含まれる音のうち、ふたつか三つというような。利用したり分析したりするには不充分だが、最も鈍感な天文学者でさえ興味をそそられるには充分な。

そしてわたしのいうその鈍感な天文学者とは？　それはわたしだった。

わたしはレニングラードで生まれた。父はとても勤勉な軍人で、出世はかなり速かった。彼はあなたが想像するような人ではなかった。ひとりっ子のわたしを溺愛《できあい》する、温かくて愛情深い人だった。父はわたしが十歳のときに亡くなった。ガンだった。お察しのとおり、わたしは打ちのめされた。わたしは父の制服を自分のクローゼットにしまい、それを着て卒業式に出ることを幾度となく夢見た。

そして二十三歳のときに、それを実行した。

わたしは数学向きの頭を持っていた。いまでもそうだ。理由はわからないが、人の顔を思い出すよりも数字を思い出すほうが得意なのだ。映像記憶の持ち主なのではないかとほのめかすものもいたが、わたしはそうは思わない。わたしは実用的な頭脳を持っている。訓練によるものであれ、生物学的幸運であれ、わたしはそれを様々な部分に細分化することができた。いささか陳腐な言い方だが、わたしはそれを大きな金属製のキャビネットに入っているような、ファイリングシステムに喩《たと》えている。わたしは言語のファイル（三カ国語を話す）、天文学のファイル、そして数学のファイルを持っている。

われわれがパルスを受信したとき、わたしはそれらのファイルをひとつひとつ利用した。

一日のうちでもかなり退屈な昼下がり、プーシチノにあるわれわれのサイトで、なにかふつうではないものがとらえられたことを示す警報が鳴った。[33] とらえたのは電波望遠鏡 RT-22s の巨大アレイで、[34] 近くには農場がいくつかあり、詮索好きな目や耳からは遠く離れていた。そう、あれは巨大なアレイだった。信号受信の知らせを受けてから数カ月のうちに破壊されてしまったが、それはまた別の話だ。

これからあなたに伝えようとしている情報は、たしかにいまとなっては世間に広まっているが、わたしはその背景にあったことをもっと話そうと思う。いくらあなたがここで、なにがあったのかを記録するために最善を尽くしていようと、わたしにはパルスの真の歴史が語

(33) プーシチノはモスクワ州の小さな町で、厳密な意味でのモスクワのちょうど外れにある。そこには科学アカデミーの巨大な研究センターが存在した。その科学の一分野が天文学であり、敷地内には電波望遠鏡アレイがあった。

(34) 「RT-22」とは、基本的に直径二十二メートルの電波望遠鏡を意味する。RT-22は、空をスキャンしてミリ波やセンチ波を探すために使用される。

られてきたとは、あるいはこれから語られるとさえ思えない。残念ながらそれは、どう考えてもあまりに複雑な話なのだ。

とにかく、あれはわれわれがロシアで見た最初のパルスではなかった。

ダリアがとらえたのは二回目のものだったのだ。最初のパルスのことは、いままで忘れられてきた……英語ではなんというのかな？　歴史のちりとりのなかで？　そう。まあ、それは、自分たちがなにを見ているかをわれわれが理解していなかったからなんだが。ダリアが素晴らしかったのは、パルスを理解しようとしたことだ。われわれの過ちは単純にそれを記録して、理解するのはほかのものにまかせようとしたことだった。当時わたしの国ではそういうものだったのだ。

われわれが発見した最初のパルス信号は、ダリアが記録した事象より約三日前のものだった。発生源は空のだいたい同じ区域で、二回目よりは弱かったが、ほぼ同じ情報を伝えていた——要するに、そのコードはよく似ているように見えたということだ。

われわれはそれについて上司に報告し、黙っているよう指示された。

だからわれわれはいわれたとおりにした。

わたしは官僚制度のなかで育っていた。それはある意味で解放感を与えてくれもした。ときには上の立場の人間でなくてよかったと思うことがあったよ。彼らは判断を下さなくてはならなかったし、判断というのは重く、危険なことになり得るものだ。

記録していたパルスの断片を指揮系統の上に送ったあと、われわれはそれについて忘れた。もしかしたらアパートに帰る車のなかで、パルスの源はなんだったのだろうと思ったかもしれないが、長くは続かなかった。帰宅し夕食を前にくつろいでいる頃には、パルスはとうに忘れられた記憶になっていた。

それでおしまいだった。パルスの一件でわたしが関与したのはこれがすべてだ。

数日後、われわれが送ったデータのことで上司たちがひどく困惑していると聞かされた。あれは兵器で、おそらくアメリカ人が設計したものだという噂があった。もちろんわたしはもっと分別があった。あれは宇宙の最深部から届いた信号だった。あれは兵器ではなかったし、人間がつくり出した何物でもなかった。

「上昇」がはじまり、ダリア・ミッチェル博士の言葉がロシアの新聞に載ったとき、わたしはひとりでにやにやしたよ。それを見た妻が、なにか知っているのかと尋ねたんだ。わたしは彼女にこういっただけだった。世界には間違いなく同じものをとらえた人間がほかにもいるときに、アメリカ人はいつもあれやこれやを発見したといっているのを、腹のなかで笑っているのだと。

11

ホワイトハウス首席補佐官グレン・オーウェンのオフィスで録音された会話を編集した歴史的記録

彼自身
国家安全保障担当補佐官カニシャ・プレストン
ホワイトハウス報道官パー・アカーソン
国家情報長官ナジャ・チェン中将
科学技術担当副補佐官イアン・ブロクソン
二〇二三年十月二十七日、ホワイトハウスにて録音

カニシャ・プレストン：天体物理学者はいつも宇宙からの電波信号を見ていますが、このようなものはありません。このパルスはこれまでにとらえられてきたどんな信号より、千倍も重要です。信じられないほど強力なんです。

グレン・オーウェン：技術的に進んでいるというようなことかな？

カニシャ・プレストン：いまわたしたちにつくることができるどんなものよりも進んでいる、

ということです。

ナジャ・チェン：それがなにを示しているのかは、わかっているのかね？

イアン・ブロクソン：いいえ。ですがうちの連中がいうには、このパルスに含まれたデータを暗号化するのに使われている数学は、とてつもなく高度なもののようです。

ナジャ・チェン：統合参謀本部に警告する許可をもらいたい。われわれは――

グレン・オーウェン：われわれにはこの件に関する確証が必要だ。たんなる偶然の可能性がある。もっと悪くすればいたずらかもしれない。われわれが……地球外知的生命体からのメッセージを検知したのではないかという説があることは承知しているが、それがなにを意味しているのかがわかるまでは、どのような判断も下すべきではない。もしこの件について鐘を鳴らしはじめて、それがインチキだとわかったら、われわれは笑いものだ。

ナジャ・チェン：それで、もしパルスがインチキではなくて、われわれがパーティーに遅れているとしたら？　中国人が既にパルスを持っていないと、どうしてわかる？

カニシャ・プレストン：それはわかりませんね。ロシア人は持っていますが。

ナジャ・チェン：いかにも。

グレン・オーウェン：副補佐官、最初から頼む。

イアン・ブロクソン：われわれのＴＡＯに所属するオペレーターのひとりジョン・ウルタドが、サンタクルーズ校の天体物理学者からＵＳＢメモリを渡されたのです。ダリア・ミッチェル博士。暗黒物質かなにかの専門家です。どうやらなにかの実験のために電波望遠鏡アレイを再設定して、このパルスを発見したらしい。それがなんなのかを彼女が理解していたかどうかははっきりしませんが、元恋人と共有するだけのことは知っていたわけです。

ナジャ・チェン：それで、彼女がウルタド以外の誰かにそれを渡した証拠はないと？

イアン・ブロクソン：現時点では。

パー・アカーソン：彼女はひとりきりだったのか？

イアン・ブロクソン：遅番の大学院生がひとりいました。名前はクラーク・ワッツ。

パー・アカーソン：ＦＢＩはそのどちらかと話を？

イアン・ブロクソン：ええ。

グレン・オーウェン：けっこう。そういうことなら、さしあたってわれわれは、自分たちがなにを手にしているのかを突きとめよう。もしそれが、みなが思っているとおりのものだと判明すれば、大統領に報告する。この件の公表のしかたを間違えれば、われわれは大変な問題を抱えることになりかねん。なにか考えは？　厳密には、この種のことに対するマニュアルはなかったな？

ナジャ・チェン：実をいうと、ある。マジェスティック。一九四七年。

グレン・オーウェン：おい、勘弁してくれ。あのカビが生えた代物か？　もうどれも時代遅れだろう。

ナジャ・チェン：わたしならそう簡単に否定はしないね。彼らはこういうときのための手順を持っている。
パー・アカーソン：冗談だろう？　マジェスティックは昔の話だぞ。
カニシャ・プレストン：いいですか、はっきりいっておかなくてはなりませんが、もしこれが本物なら、はるかに進んだ知的生命体から――既にこちらの全システムに潜入しているかもしれない存在から――送られてきているんです。おそらく彼らは、わたしたちの百万手先をいっている。
グレン・オーウェン：だからわれわれは大統領の科学顧問、広報担当者、それにＮＳＡを招致する。副補佐官、誰かこのデータの解読に推薦できるものはいないか？
イアン・ブロクソン：ひとり心当たりはありますが……。
グレン・オーウェン：なぜためらう？
イアン・ブロクソン：彼は厄介なんです。ゼイヴィア・フェイバー博士は。
グレン・オーウェン：彼を連れてくるんだ。

対策本部

12

ゼイヴィア・フェイバー、計算言語学博士、情報公開対策本部の元メンバー

コロラド州ベイフィールドの近く
二〇二五年八月八日

ゼイヴィア・フェイバーの人生とキャリアには、数十年にわたって噂がついてまわってきた。

彼が初めて広く知られるようになったのは、動的最適性仮説を独力で証明したときだった。それはスレイターとタージャンが一九八五年に発表した二分探索木の論文に書かれたコンピュータプログラミングの問題で、解くのはきわめて難しく、一部では不可能だといわれていた。動的最適性仮説とはふたりのコンピュータ科学者、ダニエル・スレイターとロバート・タージャンが一九八〇年代半ばに提唱した概念だ。ふたりは異なるデータ構造、「スプレー木」（コンピュータのメモリからより簡単にアイテムを検索するために設計された自動調整式の二分探索木）を含む、コンピュータシステム内の情報を整理するための方法を考案した。二分探索木の論文のなかでスレイターとタージャンは、スプレー木は動的に最適なの

ではないかと考えていた――すなわち、スプレー木はほかのどの探索木アルゴリズムにも劣らずうまく機能するのではないか、と。だが、それが証明されることはなかった――ゼイヴィアが現れるまでは。

当時ゼイヴィアは、ペンシルヴェニア大学で数学を専攻する二十二歳の大学院生だった。彼はちょっとした民衆扇動家で、ミニストリーのようなインダストリーロックを寮の部屋の窓から大音量で流しながら芝刈りをすることで知られていた。

その明快な案がゼイヴィアをMITへ、そしてNASAへと導き、NASAでは、いまでは中止されているいくつかの火星探査プログラムに取り組んだ――それが中止されたのは、主にゼイヴィアが難しすぎるとみなしたからだった。彼は同僚や上司、清掃スタッフとまでけんかをした（一度は殴り合いの結果、ERで十針縫うはめになった）。ゼイヴィアはわずか一年でNASAを解雇され、ノヴァスコシア州ハリファックス郊外の森のなかに引っこみ、そこで開発を進めた機械学習ツールを様々な種類のテクノロジー企業に販売した。このやり方は彼のかなり型破りなライフスタイル――年に何度か、ひと組の衣服と安い携帯電話だけを持って地図上の適当な場所へ冒険の旅に出かけ、言葉の壁に関係なく一カ月間滞在を試みる――を支えてくれたが、ゼイヴィアの真の情熱はスキンウォーカーという、自ら開発したほとんど知られていないマルチパラダイムプログラミング言語に注がれていた。そして情報公開対策本部のメンバーとしてゼイヴィアの名前が挙がったのは、そのスキンウォーカーのおかげだった。

このところゼイヴィアは、コロラド南部の大牧場でアルパカを育て、緑のわが家——合衆国西部でエネルギーギャップが最大の地域の真ん中にある、ソーラーパワーのオアシス——を微調整して暮らしている。彼は生化学者のヤムナ・チャクラヴォーティと結婚し、八歳と十歳のふたりの子どもを養子にしている。

彼の経歴や現在の電力網に頼らない暮らしぶりを考えれば、ゼイヴィアの居所を突きとめるのに苦労したことは、たいして驚くにはあたらない。彼と直接連絡を取る手段が見つからなかったため、わたしはデンヴァーまで出かけていって車を借り、何枚かの色あせた紙の地図を使って彼の家に近い小さなゴーストタウンを見つけ出した。わたしは地元の牧場経営者の助言に従って、そこに二日間キャンプを張った。ゼイヴィアが週に一度「山を下り」、廃墟と化した田舎の空港近くの駐車場に車のバッテリーを漁りに出かける途中で町を通るというのだ。わたしは舗装されていない道の真ん中で、彼に停《と》まってくれるよう合図した。わたしと話をするためにぼろぼろのジープを停めたとき、彼は車の窓を下げてこういった。「十分やる。そして十分後にあんたがここにいる理由に興味がなければ、いちばん近くの交差点で降ろす」

わたしは承知して、話を聞かせてくれるよう五分間で彼を説き伏せた。あまり自慢げなことはいいたくないが、わたしはジャーナリストとして経験を積んできた。情報源の心を開かせる方法は知っている。ゼイヴィアの場合はひとつの名前を口にするだけでよかった。ダリア・ミッチェル。彼はわたしを自宅に招き、マス（彼が自分で獲った）とイスラエル風サラダ、それにハラペーニョのコーンブレッドという夕食をつくってくれた。食事がすむと、わたしたちは彼の自宅のポーチに腰かけて、星を見上げた。彼の小屋から半径三百二十キロ圏内の明かりはすべて消えていたから、わたしたちは広大な天の川の星をほぼすべて見分けることができた。

誰もが最初に尋ねるのはこうだ。いつあなたはほんとうに知ったんですか？

それに対する答はない。

あればいいんだが。

すべてがどんなふうにはじまったのか、少なくともおれにとってはどうだったのかを、わかってもらわないとな。ありふれた木曜の午後、ノヴァスコシアの自分の小屋で座ってたら、一機のブラックチョッパーが森の上を低空飛行して八百メートルほど離れた野原に着陸した。連中は隠そうとはしなかった。おれを目当てにやってきたんだ。

おれはサバイバリストじゃないが、予告なしに現れた見知らぬ連中には、あまり礼儀正しい態度は取らなかったよ。

この国のあまり評判がよくない何人かの友人のために開発していたソフトウェアのことで

おれをぶちこみにきたんだと思いこんで、スレッジハンマーをつかんで自分のハードドライヴを叩き壊したんだ。[35] 二十七台全部を粉々にしたとき、玄関のドアをノックする音がした。出てみると、猪首《いくび》で上腕二頭筋がおれの太腿《ふともも》くらいある男が、ＨＫ４１６を手にしてた。

　こっちがスレッジハンマーを持ってるのに気づくと、そいつはゼイヴィア・フェイバー博士かと尋ねた。おれがうなずくと、一緒にチョッパーまできてもらう必要があるといった。

　それだけだった。飛行時間はざっと四時間。付き添いの兵士たちは、誰も話しかけてこなかった。おれには秘密の周波数帯で何度かマイクに向かって冗談をいってたが、ほとんどの時間は眠ってた。おれは目を閉じることができなかった。頭が高速回転してたんだ。なぜかって？　つまりこういうことだ。人がおれと話をしたがらないのは、怪《あや》しげなプログラムを――彼らがダークウェブに広まってほしくないと思っているプログラムを――書いたからだというのはわかってた。もし連絡先を何件か白状させたいんなら、もっとこれ見よがしに力を見せつけて、しゃべることがおれにとっていちばんの、そして唯一の選択肢だと証明しようとしたはずだ。護衛たちがそこにいるのは意思表示のためじゃなかった。連中がそこにいるのは、おれがまだ提供していないなにかを必要としていたからだ。そいつらを使ってるやつは、おれがつくったものじゃなくて、おれの頭脳をほしがってた。

　おれたちはある陸軍基地に着陸して、待機してたＳＵＶの車列に飛び乗った。なにもかもが、まさしくあんたの想像どおりだったよ。おれが二台目のＳＵＶに乗りこむと、グレン・

オーウェン、われらが高名な当時のホワイトハウス首席補佐官が笑いかけてきた。彼はふたりのシークレットサービスに挟まれて座ってた。おれたちは世間話をした。彼のことはテレビで見たことがあって、バラードの選挙運動で見せた運営手腕を誉めてやったんだ。本気で政治に関心を持ったことは一度もなかったが、無所属候補としての彼女の勝利にはたしかに注意を引かれていたからな。バラードが有権者にとって重要な、雇用、治安、減税といったふつうの課題に集中しておけるように、グレンが桁外れに大きな役割を果たしたことはわかってた。

「きみは正確には推薦されていない」グレンはいった。

「当ててみましょうか。ブロクソンでしょう？」

グレンはうなずいた。「きみを大人しくさせておくことはわれわれの手には余ると心配しているんだ」

「彼には無理でしょうね」

(35) ハードディスクの上で強力な磁石を振れば中身を消去できるという説が、世間では広まっている。映画やテレビで見かける考え方だ。しかしゼイヴィアによれば、それは間違っている。そのやり方で効果を発揮するには、家庭にあるようなものではなく、ほんとうに強力な磁石が必要になるだろう。彼にいわせれば、もっと効果的な方法は、とにかくハードディスクを粉々にしてしまうことだ。

会話はそれ以上広がらなかった。なぜ自分がそこにいるのか、ほんとうに自分を呼び寄せたのが誰なのか――ブロクソンには会議のためにおれの居場所を突きとめるほどの力はなかったからな――尋ねたかったが、求めている答が得られないことはわかってた。

おれたちはホワイトハウスで顔を合わせた。閣議室で。ドアが閉まると、そこにはアメリカで最高の頭脳の持ち主たちが顔をそろえてたんだ。そのうちの何人かは知っていた。

宇宙生物学者のニール・ロバーツ博士とは、ＮＡＳＡで一緒に仕事をしたことがあった。年は四十歳で、宇宙の果てと海王星のいちばん大きな衛星であるトリトンの分厚い氷の下の両方でどうすれば生命が生きのびられるかについて、革新的な論文をいくつか発表してた。[36]その手のあらゆる思考実験と同様、説得力はあったが、物事を俯瞰的《ふかんてき》に見れば、結局のところほとんど役に立ちそうにない代物だ。

セルゲイ・ミコヤン博士のことはよく知ってた。言語学者で、ざっと二十五カ国語を操った。機械学習の分野で開発に貢献した――研究者たちが言語の違いの識別法をコンピュータに教えるのに協力した――いくつかの仕事で、伝説的な人物だ。おれは彼が関わったプロジェクトには参加してなかったが、論文は読んでいたし、それは見事なものだった。

ミコヤンの隣は知らない女性だった。グレンが、素粒子物理学者のソレダード・ヴェネガスだと紹介してくれた。ソレダードは若くて、たぶんおれより五つくらい年上の三十代半ばだった。ショートヘアで、五つの大きな電子が軌道をまわってる原子に似た、大きなフープイヤリングをしてた。いい趣味だ。

アンドレア・シスコ博士はワシントン大学の天体物理学者だった。重力波の研究でよく知られていて、それまでに数回しか会ったことがなかったが――MITの会議でな――イライラして、ほとんどの天体物理学者よりもさらに社交性に乏しい印象だった。おれが紹介されたときも、目を上げてこっちを見ようともしなかったよ。

いま挙げたのは科学者たちだ。部屋にはほかに政府関係者がいた。カニシャ・プレストン国家安全保障担当補佐官、ホワイトハウスの法律顧問テリー・クイン、それに国家情報長官のチェン中将。

おれは席につくと、ニール・ロバーツ博士に軽くいやみをいった。それがおれのやり方なんだ。

「それで、NASAは宇宙の虫をなにか見つけたのか、ボブ？」

彼は顔をしかめて答えた。「きみがくびになってからは見つかってないな」

これは一本取られたね。

グレンが特注のタブレットコンピュータをおれたちに一台ずつ配った。OSはGNU/

(36) 海王星の十四個ある衛星のひとつであるトリトンの氷の下に生命が存在している可能性は、長いあいだ取りざたされてきた。もし存在するとすれば、それはきっと顕微鏡でしか見えないようなものだろう。

Linuxでハードウェアは特注、セキュリティ対策はかなり厳重で、Wi-Fi、カメラ、GPS、モバイルデータ通信の強制停止スイッチがハードウェアに組みこまれてた。それは新品で、データファイルがひとつ入っている以外は空《から》だった。おれたちはそのファイルを開いて目を通した。

もしあんたが歩きで旅をした経験があれば——日帰りのハイキングみたいなのじゃなくて、どこかの辺鄙《へんぴ》な荒れ地を何日もかけて旅するような——初めてパルスを見たときにおれが感じたことがわかるだろう。それは原生林のなかを、くる日もくる日も濃い下生えを切り開いてよじ登っていくみたいなものだった。疲れ果て、血を流し、あざをつくり、死ぬ一歩手前まで殴られたような気分で、傷ついた体をどこかの吹きさらしの峰の頂まで引きずっていき、それから見渡すんだ……いままで見たことがないような素晴らしい景色を。濃い緑の森に囲まれた青々とした谷、雪をいただいてそびえる山々と、その麓《ふもと》に抱かれた小さなコバルトブルーの湖。空気は爽やかで、松のにおいが鼻を刺激する。空には雲ひとつなく、見たこともないほどの澄み切った青空だ。

タブレットにあったパルスはそんなふうに見えた。

おれはお粗末なコンピュータ言語やひどい設計のコードという荒れ狂う水を導いて、Objective-Cのまっ暗な湿地帯やC++の地雷原を通すことにキャリアを費やしてきた。その時点ではおれ自身が開発した言語、スキンウォーカー[37]でさえ、すっきりしてはいても弱点があった。すべてのコンピュータ言語には、克服できないひとつの問題がある。それが人間のために書かれ、人間によって設計されてるってことだ。例外があるのはわかっているが、そのほとんどは本質的に損なわれてる。なぜならおれたちの頭には、将来の潜在的問題をすべて予測する能力はないからだ。当然のことさ。

パルスの中心にあったコードは、とんでもないものだった。

ほかの天才科学者たちやおれが闇議室にいた理由は、それだったんだ。政府はそいつのせいで途方に暮れてた。たとえ何分か見ただけとはいえ、おれにはそのコードがなにをするために設計されたのかも、誰がそれをつくったのかも見当がつかなかった。多少思い当たる節があったことは認めるがね。

グレンがおれたちにそのコードの背景を説明した。

(37) ゼイヴィアの話では、スキンウォーカーという名前はちょっとした内輪の冗談だった。それは一九八〇年代後半にユタ州のスキンウォーカー・ランチとして知られる牧場を巻きこんだ、超常的な事件にちなんだものだ。そこはもともとシャーマン・ランチという名前で、所有者や一九九〇年代に立ち退いた数人の超常現象研究家によれば、UFOや「スキンウォーカー（ナバホの言い伝えに由来する、姿を変える邪悪な魔女）」に関わるとても奇妙な出来事が起こった場所だった。ゼイヴィアはその牧場について読み、スキンウォーカーという名前は「実にクールでメタルだ」と考えていた。

　誰がどこで拾ったのかはわかったが、たとえそれは謎だったとしても、はっきりしていることがひとつあった。政府はそのコードを解読したがっていたんだ。それも急いで。もし他国の勢力のものなら、それがどの勢力かを知りたがってた。もし自然現象なら――まったく正気とは思えない仮定だったが――それがどのようにして生じたのかを理解する必要があった。

　グレンが尋ねた。「これは新手のサイバー兵器だろうか？　本番前に漏れてしまったある種のスタックスネット[38]なのか？　それともこれはほんとうに宇宙からのメッセージなのか？」

　最初に口を開いたのはおれだった。「これは兵器じゃありませんよ。手が込みすぎてる」

　もちろんロバーツはおれに反論した。「わたしならそう簡単には決めつけないね。わたしは信じられないほど手が込んだマルウェアを見たことがあるぞ、フェイバー博士」

「あんたは手が込んでるのと複雑なのを、ごっちゃにしてるな」おれは言い返した。

　グレンが咳払いをして、おれたちの軽口の叩きあいを止めた。

「よし。では、質問を変えよう。もしこのデータが外からのものなら、もしかするとある種の自然現象かもしれない。そう考えることについてはどう思う？」

　おれはいった。「これは意図的だし、膨大です」

　セルゲイ・ミコヤンが尋ねた。「これが無作為に発せられたアラームのようなものではないと、どうしてわかるのかね？」

「あなたはありのままを見てませんね」と、おれ。

いつも冗談好きなロバーツ博士がいった。「きみはどうしてNASAをくびになったんだったかな」彼はゲラゲラ笑った。ほかのものは誰も笑わなかった。

次に発言したのはヴェネガス博士だった。「そもそもあなたはなにがいいたいの、ゼイヴィア?」

それがひらめいたのは数秒前、ロバーツ博士とおれが口げんかをはじめる直前のことだった。規則性に関するミコヤン博士の質問はまるで見当外れだったが、それでも考えさせられた。パルスは完璧だった。従ってパルスをつくったものは、このテーブルを囲んでいる誰よりも聡明で、はるかに技術的に熟練していたことになる。そしてそれは、なにかひどくまずいことを示唆していたんだ。

「おれがなにをいおうとしてるか知りたいって?」部屋にいる連中にそう尋ねてから、おれは自分のタブレットで渦を巻いてるパルスコードを指さした。「これが示してるのは、おれたちはおしまいだってことだ。出所は地球じゃない。これはある文明、おれたち自身のものよりはるかに進んでいる可能性がある文明世界から届いたものだ。なぜ彼らはおれたちに手

(38) スタックスネットとは、アメリカとイスラエルのコンピュータ科学者によって設計された、信じられないほど先進的なコンピュータワームのことである。それは二〇一〇年、イランのウラニウム濃縮の試みを狙って、彼らの遠心分離機を感染させて破壊するために放たれた。

をのばしてくる？　彼らと接触することで、おれたちはなにを得られる可能性がある？」

われらがお抱え楽天家、ロバーツ博士がいった。「意見交換だろう」

おれは彼に、パルスの残りの部分を見る必要があるといった。

カニシャがはっきりといった。「わたしたちが持っているのはそれで全部です」

「そいつは困りましたね」おれはいった。「すべての電波望遠鏡を、どこだか知らないが空のこれがきた方向へ向けてもらいたい」

「いまやっているところだ」グレンがいった。

「早くしたほうがいいですね」

おれはいらいらしてきた。テーブルを囲んでいるものは誰も、おれの話についてきてなかった。おれたちはみんな同じ情報を知らされたばかりだったが、政府側からもっとなにか出てくると期待してたんだ。人類史上最大の発見を科学者集団の膝の上にただ放り出しておいて、あとは答が出るのをのんびり待つというわけにはいかないからな。

カニシャはおれの苛立ちを読み取ってた。「理由を説明してちょうだい、ゼイヴィア」

「これは最初のパルスにすぎない」おれはいった。「ほかにもくるでしょう」

そのあと、全員が静かになった。

グレンが立ち上がった。「どうしてわかるんだね？」

「わかりませんよ」おれはいった。「百パーセントじゃない。だがこのパルスを見てまずいえるのは、繰り返しのシーケンスがいくつか含まれているということだ。それを小さなタイマーのようなものだと考えてください。もし一回限りなら、そんなものをつけ加えることはないはずだ。もしそれが働かなければ、彼らはまた送ってくるでしょう。もしかしたら、たとえ働いても」

おれたちはそのことをじっくり考えた。全員が確信したわけじゃなかった。

「それでは不測の事態に備えるとしよう」グレンがいった。「もしこれがフェイバー博士が示唆するようなものなら、われわれは大統領に報告する必要があるだろう。きみたち全員で、今夜じゅうに概要をまとめてもらいたい。わたしは朝になったら戻ってきて聞かせてもらう。コーヒー、紅茶、食事はすべてこちらで用意する。なんらかの結論を出してくれ」

部屋は片づけられ、あとには科学者たちが残された。おれたちは顔を見合わせ、一瞬の気まずい沈黙のあと、仕事に取りかかった。

その夜あったことをいちいち細かく説明してたら、信じられないくらい退屈な話になるだろう。あんたが知る必要があるのは、おれたちがコーヒーを浴びるほど飲みながら八百枚のポスター用紙いっぱいに殴り書きをし、何度かほんとうの激論を繰り広げ、ある結論に達したってことだけだ。夜が明けてすぐに、グレンがふたたび現れた。彼はまるでおれたちよりもさらに睡眠不足のように見えた。ネクタイを整えながらドアを閉めると、彼はため息をついて席についた。

「それで、わたしはこの件についてバラード大統領になんと伝えることになるのかな？」

少なくとも最初のうちは、カニシャがほとんどしゃべった。

「わたしたちは、これが地球外の知的生命体から届いたものだと確信してる」カニシャはいった。「この地球上でわたしたちに可能なことを窺《うかが》わせる特徴は、なにひとつない。あなたが大統領に伝えなくてはならないのは、わたしたちが異星人からの交信を受信し――」

ここでおれは彼女をさえぎらなくちゃならなかった。

「これがメッセージだという確信は、おれにはありませんね」おれはいった。「その点についてはまだ話し合ってるところだが、おれの考えでは、これはもっと送信信号に近い。こちらが応答できるものじゃない。受け取って、対処しなくちゃならないものだ」

グレンはがっかりしてたよ。人類が初めて自分たちの惑星以外に知的生命体が存在する証拠を受け取ったと報告されたばかりだっていうのに、おれたちがその件をきちんとまとめられなかったのが不満だったのさ。

「どうやって対処するんだね？」彼はおれに尋ねたが、カニシャを見た。

「われわれはこれを解読する必要があります」シスコ博士がいった。「しかしここには必要な機器がありません。われわれは作業部会を設け、もっと多くの人間を巻きこんで、このメッセ――つまり送信信号が正確にはなんなのかを解明する必要があります。いったん解読してしまえば、それがどういった脅威を――もしなにかあるなら――もたらすのかわかるでしょう」

グレンは歯を食いしばってじっくり思案した。

「するときみたちはわたしに、われわれは間違いなく異星人の放送を傍受したが、それがなにをいっているのかもなにを意味しているのかも見当がつかない、と大統領に報告させたいわけだ。そしてもしわたしの聞き間違いでなければ、それはわれわれが懸念すべきものである可能性さえあると。ゼイヴィア・フェイバー博士、このパルスはある種の侵略の合図なのかね？」

おれはいった。「可能性はあると思います」

「わたしはそのパルスコードが実際になんなのかがわかるまで、この件についていっさい大統領に報告しにいくわけにはいかない」グレンはいった。「それは銀河系間のコーンブレッドのレシピなのか、それともはるか彼方をうろうろしている百万隻の宇宙船のための戦闘計画を含んでいるのか？　もしかしたら――ただそこに放り出されただけで――なんの意味もないかもしれない。結局解読してみたら、二百万年前に滅びたどこかの文明の最期《さいご》の言葉だとわかる可能性は？」

おれたちにはちゃんとした答はなかった。

だが、おれにはひとつ考えがあった。

「サー」おれはいった。ニール・ロバーツ博士が変な顔をしてこっちを見たのは、おれが誰かにそう呼びかけるのを一度も聞いたことがなかったからだ。「シスコ博士のいうとおりです。われわれは委員会か対策本部、あるいはなんとでも好きなように呼んでもらってかまいませんが、それをつくって、こいつを解読する必要があります。昨日そうするべきだったんだ。そのためのリソースを与えてもらえれば、われわれは全プロセスを秘密裏に行い、一週間であなたに答を提供できます」

どうして一週間といったのか、自分でもさっぱりわからない。パルスコードがいかに複雑かを見れば、解読には何年もかかってもおかしくなかったんだ。だが頭に浮かんだのは一週間で、おれはそれを口にした。ほかの博士たちは、気はたしかかという目でおれを見た。

「いいだろう」グレンがいった。「だがパルスコードはここに、タブレット内にとどめて、ホワイトハウスから持ち出さないこと。現時点ではきみたち全員が対策本部だ。なんでも必要なものを取りにうちに帰って、明日ここに戻ってくるんだ。きみたちの持ち時間は、今日の真夜中から一週間。そのコードを解読しているあいだに出てきたどんなことも、なにか気になることを目にしたらただちに、それがどれほど些細なことに見えようと、わたしに知らせること。いうまでもないと思うが、もしパルスコードのたった一桁でも作業部会の外に漏れたら、きみたちはわたしの思いつくかぎりで最も長く身柄を拘束しておける政府の部局に送られることになる。おわかりかな？　われわれがことを掌握する前にこの件が漏れた場合、きみたちは消息不明になるだろう」

グレンは出ていき、後方支援計画の立案に取りかかるために自身の顧問とサポートスタッフを送りこんできた。おれは少なくとも一週間はノヴァスコシアに帰る用事はなかったから、近くのホテルを仮の宿にして、同僚たちが戻るのを待った。

だが、おそらくもう知ってるだろうが、おれたちがシスコ博士を見たのはそれが最後だった。

痛ましいことに、自宅に帰る途中、自動車事故で命を落としたんだ。

もしくは、おれたちはそう聞かされたってことだ。

13

ダリア・ミッチェルの私的記録より

エントリー番号三一七――二〇二三年十月二十七日

今日は最悪の頭痛からはじまった。

とにかく、最悪の。

シャワーを浴びていたら突然はじまって、うなじからこめかみにかけて針の指みたいなものが頭を這っていき、それから目の奥に落ち着いた。これまで一度も片頭痛の経験はなかったけれど、シャワーから出るとなにもかもが脈打って見えた。浴室の照明、窓から差しこむ日の光――それは波のように薄暗くなったり明るくなったりしていた。わたしはベッドに戻り、同僚に今日は遅れるとメールして、体を丸めた。

一時間後に目を覚ましたときには、気分がましになったようだった。でもそれほどではなかった。

この手の片頭痛にいつも悩まされている人たちの苦労は、想像がつかない。わたしはバイコディンを二錠飲んで、キャンパスに向かって車を走らせた。フランクは会議でＬＡにいたし、昼食のあとまで講義は入っていなかったから、書類をいくつか見直し、溜まる一方のメールの山を片づける時間があると信じて、自分のオフィスにこもった。それにもしかしたら、ほんとうにもしかしたら、ずっと読みたくてたまらなかったいくつかの学術論文に目を通す時間もあるかもしれない。残念なことに、どれも実現しなかった。パルスが待っていた。

それはクリスマスの朝に感じるような気分だった。

わたしはまたパルスを見られるという思いを抑えこむのでやっとだった。

あれを発見してジョンに渡した最初の興奮のあと、わたしは人生の退屈な現実——働いて、運動をして、食べて、寝て、キャンパス近くのカフェでハンサムなバリスタを品定めする——に意識を集中しようとしてきた。でも無理だ。あのパルスのあとでは、世界にふつうのことなどない。わたしはジョンにUSBメモリを渡したときの会話を、何度も何度も頭のなかで繰り返していた。一言一言を微調整し、隠された意味を見抜くために転がした。ほんとうをいうと、あのときでさえわたしはことの重要性を軽視していた。でも、もともとわかっていたのだ。全身のあらゆる細胞で、パルスコードにはほかのどんな発見よりも大きな意味があるということが。

またしても、わたしとメロドラマだ。

地球は丸いという発見（疑い深いみなさん、そうなんですよ）、あるいはペニシリンの開発、それとも電気通信の発明のようなことをわたしが否定するのは、ふざけているように思える。車輪はどう？　火は？　微積分は？

それらはすべて前進だ。大変動、戦争、人間の人間に対するむごい仕打ち——すべては歴史という同じ木の恐ろしい枝だ。でもパルスは違う。それは木を切り倒す。人々がパルスについて知るとき、自分たちはもう宇宙のなかで孤独ではないと人類が理解するとき、なにもかもが変わるだろう。

わたしは本気だ。

そしてわたしは、誰よりも合理的であるよう訓練されていた。量り、研究し、計算するため、証拠にもとづいてすべての判断を下すために。その合理性によって理解がもたらされる。発見は健全な懐疑的態度によって発酵させる必要がある。もし科学者が潜在的な大発見にいちいち理性を失っていたら、科学は単純にいって機能しない。それはわかっている。でもわたしには、あのパルスが新しい星やブラックホールの発見とは違うのもわかっている。暗黒物質の発生源の特定にさえ似ていない。そういったことはすべて道端に転がっている。このわたし、「ミス・暗黒物質以外どうでもいい」が、そういっているのだ。

これはガンの治療法よりも大きなことだ（わたしたちをその治療法のひとつに導いてくれさえするかもしれない）。

これは死を克服するよりも大きなことだ。

いまこうして書きながら、早々と感じている……気まずい思いをするべきだって。わたしはパルスコードをコンラッド(39)やイシカワ(40)に蹴飛ばしてやり、自分はのんびりかまえて、それがどれほど重要かを教えてもらうべきだったのに、と。もしかしたら彼らは、わたしが見落としたなにかを見つけていたかもしれない。でもわたしはそうしなかったし、彼らがなにかを見つけることもない。わたしはそれを、ほかの天体物理学者や天文学者ではなくジョンに渡した。彼らが同じように飛びつくことはないだろうとわかっていたからだ。

こんなふうに。これだけの熱量で。

天文学者であるわたしは、それが可能なかぎり批判的に分析されることになるのは理解していたが、彼らはゆっくり時間をかけて数字を計算し、それから……それから訓練されたとおりの行動を取るだろう。もしパルスコードが重要なものなら、もしそれが本物なら、上にあげるのだ。上では計算を再チェックし、数字を再実行して、なにが再現可能かを確認する。査読つきの論文が出てきて、機構は適切に機能するだろう。最後に、もしかしたらいまから二、三カ月後、おそらくもっと先に、その情報は知らされる必要がある当局者に届くはずだ。

(39)　コンラッド・ナーハ博士、カリフォルニア工科大学の天体物理学者。連星の専門家で、コロラドのEMP攻撃の最中に行方不明になった。

(40)　スンジン・イシカワ博士、ペンシルヴェニア州立大学の天文学者。彼女は「上昇」の初期段階に大動脈破裂で死亡した。

それから一般の人たちが知ることになるかもしれない。あるいはそうはならないかもしれない。

そうはならないかもしれない、という部分が重要なのだ。

わたしは陰謀論者ではない。

その手のものは嫌いだ。

ある妄想を維持するために進んで嘘をつきつづける人々が、何百万人とはいわないまでも何十万人もいるなんて、信じられない。九月十一日の同時多発テロは内部の犯行ではなかった。ノルウェーは存在する。気候変動は現実だ。陰謀のように見えるものは、実のところ個人の失敗が周囲の道具立ての大きさによって拡大されただけなのだ。人は間違いを犯すし、宇宙は予測不能で、物はなんの理由もなく壊れ、脳は説明もなく一時的に働かなくなり、感情は脱線する。実際にはどんなシステムであろうと、円滑に機能するのは奇跡なのだ。

線路と道路の両方を走るDMVを見てみるといい。

わたしは陰謀論者ではないけれど、それでももしパルスコードをしかるべき経路で送っていたら、失われてしまった可能性はかなり高いと考えている。あるいは認識されないか。いま現在、どれだけの未発見種の動物が博物館に眠っているか知ってる？　真面目な話、ばかげてる。毎年、進取の気性に富んだ若き動物学者が、過去百五十年間埃っぽい棚に放置されていたワニやジャガーの剝製《はくせい》のDNAを調べて、それが新種だと気づいてるんだから。

陰謀かって？

いいえ、ただの見落とし、技術上の不手際、嫉妬《しっと》深い学芸員、標本のラベルの貼り間違い、管理者のミス、ファイリングの間違い、あるいはなによりも論理的な答。その剝製は、殺されたときにはありふれたワニやジャガーで、それ以前に誰もが見てきたほかの何百万という種とどこも変わらないように見えた。そして誰も気に留めなかったために、棚に置かれたのだ。そしておそらく、いまだに誰も気に留めていない。

パルスコードも同じくらい簡単に、忘れられたハードドライヴ上のデジタルアーカイヴのなかで、行方不明になってしまう可能性がある。ひとつのミス、ひとつの見落とし、ひとりの嫉妬深い同僚、ひとつの計算間違い、それでパルスは忘れ去られてしまうかもしれない。わたしはそんなことになる危険を冒すつもりはない。彼らはわたしがそれについて知っていることを知らない。わたしが感じていることを感じていない。

だからわたしの午後は、ふたたび詳細をじっくり検討することに費やされた。

そしてパルスを目にすると毎回のように、どんどん興奮が募っていった。わたしは授業の開始時間に気づかずに遅刻して、重力波についての退屈な講義をした。実際、学生のひとりにひどく疲れて見えるといわれてしまった。

授業のあと、わたしはジョンにメッセージを残した。

彼がなにを聞いたのか知らなくては。

ジョン、二分おきにメールをチェックしてるんでしょう！

わたしはただ……わたしは自分が正しいことをしたのだと知る必要がある。彼にパルスコードを渡された人たちがそれを真剣に受け止めてくれていて、わたしに劣らず興奮するだろうと。自分がおかしくなったわけじゃない、そして世界が変わろうとしているという確信があるからというだけで、手順を破ったわけじゃないと知る必要がある。

今夜はまた頭痛がして、それは前よりもひどかった。

ほんとうに、ほんとうにひどかった。

バイコディンをもう二錠飲んだけど、ほとんど効かなかった。耳のあたりの痛みは同じだった。部屋の照明が脈打った。電球のひとつひとつがストロボのようだった。光の波紋がはっきりした強弱のリズムを刻んで広がった。たとえ頭がずきずき痛み、耳が破裂しそうになっていても、わたしはそれを観察せずにはいられなかった。光の波の間隔は一定していた。それは妙にあり得ないことに思えた。

わたしはキッチンに座って目を開けておこうとし、その波が部屋の壁から壁へと広がるのを見守った。波は実際には壁を突き抜けた。

そして波がぶつかってくるたびに、わたしはそれを感じることができた。

ひとつひとつの光の波は、わたしを後ろへ押しやった。強くはない。軽く、まるで光の波が……もちろんそんなことはあり得ないが、液体のなかを移動しているようだった。空気中ではなくて。わたしは感覚のゆがみを片頭痛のせいにした。

頭痛は十分前に治まった。

痛みはだんだんと弱まって、脳に突き刺した針のような指をのばしてうなじまで引っこむと、ふたたび皮膚の下にもぐりこんだ。痛みがぶり返すのはわかっている。いくらバイコディンを飲んでも、これを振り払うことはできないだろう。きっとストレスだ。パルスの発見と睡眠不足、その情報を掘り下げる興奮――わたしはそれに圧倒されていた。

頭痛が治まったあと、わたしはまたシャワーを浴びた。

わたしは怯えていた。

頭痛は消えていたけれど、わたしの脳は……。

わたしにはそれが一日前とは違うのがわかる。

なにかが変わっていた。たぶんごくわずかに。

実をいうと、わたしにはまだ光の波が見える。

14

情報公開対策本部の第一回非公式会議の記録を編集

出席者：国家安全保障担当補佐官カニシャ・プレストン、ゼイヴィア・フェイバー博士、ニール・ロバーツ博士、ソレダード・ヴェネガス博士、セルゲイ・ミコヤン博士

二〇二三年十月三十日、ホワイトハウスにて録音

専門家たちはパルスに関する専門的意見を聞くために連れてこられたが、カニシャ・プレストンと会うためにホワイトハウスに集められた彼らは、情報公開対策本部――バラード大統領がファーストコンタクトについて世界に伝えるメッセージを書くことを課せられた集団――のメンバーになっていた。

ゼイヴィア・フェイバー博士のほかに、対策本部は次の専門家たちで構成されていた。

ニール・ロバーツ博士――NASAの宇宙生物学者、ニール・ロバーツ博士（当時四十歳）は、異星人と人類との交信についてゼイヴィア・フェイバー博士と長きにわたって議論を闘わせていた。案の定、ふたりは異なる立場からパルスコードを解釈した。ロバーツは地球外

知的生命体との交信に希望に満ちた未来を見たが、ゼイヴィアは地球がより技術的に進んだ種から攻撃を受ける可能性を見た。その性格が考慮され、ニール・ロバーツ博士はじきに対策本部のチアリーダーになった。

セルゲイ・ミコヤン博士——計算言語学の第一人者、セルゲイ・ミコヤン博士（当時五十六歳）は、ロンドン大学キングス・カレッジでコンピュータ言語の講師を務めていたときに、対策本部に連れてこられた。科学者というよりも哲学者のようなセルゲイ・ミコヤン博士は、チームの共感の核だった。彼の考えでは、パルスはふたつの文化の架け橋であり、人類が最高の潜在的能力を発揮する機会を意味していた。

ソレダード・ヴェネガス博士——ソレダード・ヴェネガス博士（当時三十二歳）はイェール大学を拠点とする素粒子物理学者で、パルスへのアプローチの仕方ではミコヤン博士とニール・ロバーツ博士の中間の立場を取った。彼女はセルゲイ・ミコヤン博士のような夢想家でも、ニール・ロバーツ博士のような理想主義者でもなかった。彼女の頭のなかではパルスの発生源は、その創造物の背後にある想像を絶する科学にくらべれば、まったく重要ではなかった。

カニシャ・プレストン：それでは。お知らせがあります。シスコ博士が事故に遭われたようです。ここを出て帰宅する途中、自動車事故に。体内からドラッグが検出されましたが、ストレスのせいかもしれません。道路を外れ、病院に運ばれたときには息がありませんでした。
ニール・ロバーツ：なんてことだ。彼女には家族が……。
カニシャ・プレストン：現在、ここは封鎖されています。誰も建物を離れることは許されません。いまからわたしたちは寝るのも食べるのも、すべて監視下に置かれます。もう誰にもけがをさせるわけにはいきません。
ゼイヴィア・フェイバー：あるいは、もう誰にもこの件について漏らさせる危険を冒すわけにはいかない。
カニシャ・プレストン：そんなことをほのめかされたら、わたしたちみんなが気を悪くすると思いますよ、フェイバー博士。これは悲劇的な事故であり、タイミングが悪かったとは思いますが、よくあることです。ここには運勢を占う茶葉はありません。わたしたちは仕事を続けなくてはならないし、うまくいけば誰かシスコ博士のような専門知識を持つ人を見つけられるでしょう。それはそうと、ミコヤン博士、あなたは最新情報を伝えてくださろうとしていたのでしたね？
セルゲイ・ミコヤン：われわれの考えでは、「優越者」には――
カニシャ・プレストン：なんですって？

セルゲイ・ミコヤン：申し訳ない、われわれがゆうべ遅く送ったメモのなかにあるのだが。きっとまだあなたの元には届いていないんでしょう。まあいい。われわれはパルスの発信者を「彼ら」とか「ほかの人たち」と呼ぶことに違和感があってね。少々ばかばかしい気がしたし、すぐにややこしくなってしまった。それで名前をつけなくてはならなかったんですよ。ゼイヴィア・フェイバー博士が彼らを「優越者」と呼び、いまのところそれが定着している。公式に使う必要はありません。

ゼイヴィア・フェイバー：いい名前でしょう。セクシーだ。

カニシャ・プレストン：あなたはその名前でなにをほのめかしているのですか？

ゼイヴィア・フェイバー：いわなくてもわかるでしょう、実際。

カニシャ・プレストン：聞かせてください。

ゼイヴィア・フェイバー：そうだな、われわれは既に、パルスを作成した知的生命体が自分たちよりはるかに進んでいると知っている。コードを研究することで、いまわれわれは彼らがどことなく自分たちに似ていることも知っている。彼らの外見や乗っているスペースカーについてなにかわかってきた、という意味じゃありませんよ。われわれにはさっぱり見当もつかないし、パルスにその手の情報はなにも含まれていない。しかし彼らがこちらの思考法を把握していることはわかっている。彼らはわれわれの頭の働き方を知っている。このパルスコード、そこに埋めこまれたデータの書き方は、われわれだけに向けられたものだ。これは全銀河に鳴り響いた大音響じゃなかった。われわれはそれを見ることになっていたんだ。そういうわけだから、この知的生命体をなんと呼べばいいか考えたとき、「優越者」がぴったりだと思ったんですよ。彼らはわれわれに似てるが、はるかに先をいってる。

ニール・ロバーツ：そしてフェイバー博士は、われわれ全員を代弁しているわけではありません。ご承知のとおり。

カニシャ・プレストン：そうでしょうね。フェイバー博士、たったいまあなたは、このパルスがわたしたちに向けて書かれたものであると確信している、あるいはたしかにそう思える、といいましたね。その理由は？　ただの星々に向けた挨拶かなにかではないと、どうして言い切れるのですか？

ゼイヴィア・フェイバー：その書き方ですよ。まだ実際にはコードの働きがわかっているわけじゃないと聞けば、あなたはがっかりすることになるでしょうが――

カニシャ・プレストン：がっかりですね。

ソレダード・ヴェネガス：コードについてはまだ多くはわかっていません。ほんとうはなんの影響もないのかもしれませんが、その議論はあとまわしにしても――

ゼイヴィア・フェイバー：影響はあります。もちろんなにかしてる。ここでおれがなにを扱わなくちゃならないか、わかりますか？　よく聞いてください、実に単純なことだ。われわれの精神は論理的に機能する。数学や物理学、すべては宇宙がどのように働くかという概念に関連している。われわれはそれをパターンによって判断する。それが、われわれの脳が探求のために発展させたものだ。パターンです。しかしわれわれのパターン、われわれが理解し探しているパターンは、別の精神が探し求めるものと同じではないかもしれない。わかりましたか？

セルゲイ・ミコヤン：フェイバー博士がいっているのは、われわれの現実という概念は、ある否定しがたい事実の——時間、空間、運動、重力、等々の——上に成り立っており、そうした真理はすべてパターンにもとづいている、ということです。パターンはわれわれにとって、種《しゅ》と同じくらいはっきりと区別できるものなのです。

ゼイヴィア・フェイバー：だからこのパルスコードは、パターンを探すわれわれの脳に直接入りこむために、「優越者」によって書かれたものなんです。犬やクジラに影響を及ぼすために設計されたものじゃない。われわれが初めて顔を合わせたとき、おれはこれがトロイの木馬だといいました。初めてわれわれがパルスコードについて話をしたときに。ここにきてもまだ、おれはそう思ってます。つまり、ふたつのうちひとつが含まれている可能性があるということです。特別に製造された除草剤のような、われわれを抹殺するために設計された兵器か、それともたぶん常温核融合炉かベーグルがちょうどいい具合のきつね色に焼ける完璧なトースターの設計図みたいな贈り物か。

カニシャ・プレストン：それであなたはどちらだと思うんですか？

ゼイヴィア・フェイバー：きっと察しはつくでしょう。

カニシャ・プレストン：ミコヤン博士は？

セルゲイ・ミコヤン：わたしは贈り物の可能性が高いと思っています。見たところ、このパルスははるか彼方からわれわれに向けて送られてきたようだ。われわれに確認できるかぎりでは、その包みには害になるものはなにも入っていなかった。われわれのコンピュータに甚大な被害をもたらしてはいない。そしてわたしの見解では、コードが最も雄弁に物語っている。それは慎重に、美しく、そして現時点のわれわれの世界に存在する科学技術を考慮して、簡単にアクセスできるように設計され――

ゼイヴィア・フェイバー：それはすべて兵器にもあてはまることでしょう。トロイの木馬みたいな[41]。

ニール・ロバーツ：わたしはミコヤン博士に賛成です。

ゼイヴィア・フェイバー：こいつは驚いたな。

ニール・ロバーツ：もしこれがほんとうに、フェイバー博士がほのめかしているように兵器であれば、それをあれほど無計画に送信するとは信じにくい。もし兵器なら、広範囲に送られていたでしょう。カリフォルニアの末端の研究者だけでなく、地上に設置されたできるだけ多くの電波望遠鏡に拾わせたいと思うはずだ。忘れないでください、われわれが聞かされたところでは、ミッチェル博士はパルスをたまたま見つけたんです。彼女は最初、自分がなにを手にしているのかもわかっていなかった。そのことは、わたしには兵器らしくないように思えますね。

ソレダード・ヴェネガス：わたしの考えはフェイバー博士寄りです。パルスがこういう形で送られてきたのには違和感がある、というロバーツ博士の意見には同感ですが、コードそのものを見れば、数字以上のなにかを含めるためのものである証拠は見当たりません。もしこのコードが贈り物なら、適切にコード化されていなかったのか、それともひょっとすると時間がたつうちにコードが壊れてしまったのかもしれない。博士がたは誰も触れていませんが、これはとても古いもののようです。太古の、といってもいい。

カニシャ・プレストン：太古の？　どうしてそうなるのですか？

ソレダード・ヴェネガス：これが実際にいつ送信されたのかを突きとめることは、わたしたちにはできません。発信源や移動速度のデータが乏しすぎます。多くの意味でこれは単純に現れ、それからまるで実際には宇宙を渡ってなどこなかったかのように消失したと思える。

カニシャ・プレストン：するとこれは宇宙からきたものではないと？

(41)　ときには単純にトロイとも呼ばれるトロイの木馬とは、作成者によって合法的、あるいは無害なソフトウェアに偽装された、コンピュータウイルスの一種をいう。当然ながら、トロイウイルスには常に悪意がある。

ゼイヴィア・フェイバー：われわれがいっているのはそういうことじゃありません。ややこしい話だが、そのあたりのことは少しあとまわしにしましょう。せっかくヴェネガス博士がおれの旗色がよくなる主張をしてくれていたことだし、話を戻しましょう。

ソレダード・ヴェネガス：このコード自体、その言語から受ける感覚は、それがわたしたちの歴史のきわめて早い時期に書かれたものであることを示唆しています。だいたいどんなものでもそうですが、言語は時を経て進化します。多様化し、どんどん複雑になると同時に、操り利用するのが簡単になります。もしすべての言語をさかのぼっていけば、おそらく祖語にたどり着くでしょう――すべての言語の起源である、もともとの言葉に。いまはまだまったくの推測ですが、この人類祖語は、ほぼすべての人類の言語が備えているいくつかの語根、音で構成されているかもしれません。たとえわたしたちの分析がまだごく初期の段階にあるとしても、パルスコードとこの理論上の祖語のあいだにはいくつかの類似点が見えます。実はパルスコードは、わたしたちに理解させるために設計されているのです。それは人間の精神に合わせて設計されています。奇妙に聞こえるのはわかりますし、わたしの意図するところは必ずしもうまく伝わっていないと思いますが、これは芸術のようなものです。芸術とはなにかを定義するのはとても難しいことですし、常に良い芸術と悪い芸術を区別するのはさらに困難です。わたしたちはなにか自分の好きなもの、人間の心理に訴えかけるものを見れば、たとえそれが絵の具の染みを額縁に収めただけのものであっても、ゆるやかにねじれた流木の切れ端であっても、心惹《こころひ》かれます。そこには美学がある。コードはわたしたちに訴えかけてくるんです。
カニシャ・プレストン：いいでしょう。フェイバー博士、なにかいいたいことがありそうですね……。
ゼイヴィア・フェイバー：まさにソレダードのいうとおりです。これはわれわれに訴えかけている。このコードはわれわれが受け取り、取りこみ、研究し、コピーし、見ることを望んでいる。だがおれは、長い目で見ればそれは問題ですらないと思う。パルスはある理由があってわれわれの星に到達した。電波望遠鏡がパルスを拾ったかもしれないが——たしかにミッチェル博士がとらえたわけだが——それは最終目標ではなかった。これは太陽放射が惑星に、われわれ全員に打ち寄せてくるようなものです。われわれはそれをコードとして見て、数学を使って解読しようとしてますが——こんなことをいうと少々イカれているように聞こえるでしょうが——これが本来の目的だとは思わないんです。
ニール・ロバーツ：ここで彼は、完全に脱線しているんですよ。
ゼイヴィア・フェイバー：パルスコードはプログラムだと思います。
カニシャ・プレストン：というと。
ゼイヴィア・フェイバー：これはわれわれを狙ったものです。解読するためのものでも、頭を悩ませたり返事の電報を打ったりするためのものでもない。これは物理的にわれわれのために設計されている。おれはパルスコードがウイルスのようなもので、われわれはみんなそれに感染してしまったんだと思うんです。

15

ダリア・ミッチェルの私的記録より

エントリー番号三二〇——二〇二三年十月三十日

パルスを見つけてから十日あまりで、なにかが変わった。

ひとつは片頭痛。つらいし奇妙だったけれどすぐに治まったし、光の波が見えるのと合わせて考えると説明はついた。ネットを見ると、同じような症状を報告している人の数が爆発的に増えていた。わたしが信号をとらえたあとであらわれたような片頭痛だ。恐ろしい。これはいったいなにを意味しているんだろう？　たくさんのフォーラムに、片頭痛に襲われたときに放射状の波を見た人たち専用のスレッドが、何十も立てられていた。なかにはかなり大ざっぱなものもあったけれど、妙なことに慰めになった。

でもそれはすんだことだ。それは最初の頃の話だった。

これが変化する速さときたら……。

今朝目を覚ますと、わたしにはわかった。さらになにかが進んでいることが、とにかくわかったのだ。

前にポッドキャストで、自分の脳に腫瘍があるのを感じ、三カ月後にＭＲＩを受けて実際にそれが見つかったという男性の話を聞いたことがある。イカれてる、そうでしょう？　どうしてそこになにかあるとわかったのかと尋ねられたとき、その男性は変化を感じたんだと答えた。それは、はっきりこうと指摘できるような変化ではなかった。男性の説明によれば、右耳のすぐ内側にむずむずする感じ……かゆみがあったらしい。それを綿棒でかこうとしたのが大きな間違いだった。鼓膜が破れるほど奥まで差しこんでしまったのだ。痛っ。激しい痛みのほかに、その後彼は数カ月にわたってしつこい耳鳴りにも悩まされた。むずむずする感じ、かゆみ――それは消えなかった。

後日ふたりの医者に精密検査をしてもらったところ、腫瘍が見つかった。腫瘍は摘出されて、男性は無事に回復した。手術がすんで目を覚ましたとき、彼にはすぐに成功したのがわかった。かゆみがなくなっていた。むずむずする感じが消えていたのだ。

この話は印象的だったけれど、もちろん信用できるとは限らない。

最高に面白い話というのはみんなそうだ。

もしかしたらその腫瘍は、神経にくっついていたのかもしれない。わたしは専門の医者ではないし、なんともいえない。でも、その男性がなにかおかしいと感じたことはわかる。きわめて一般的な感じ方で。そして実際に腫瘍はあった。医者がそれを見つけるのに、数カ月よけいにかかったというだけのことだ。

わたしの頭のなかでもなにかおかしなことが起こっていた。むずむずする感じではない。かゆみとも違う。頭のなかで反響しているのだ。ほんとうにそういう表現でしか、ちゃんと説明することができない。片頭痛がしたときに現れた波打つ光と同じような脈動だけど、それが頭の内側で響いてる。どうかしてるみたい。自分の一部が正気を保てなくなってるように聞こえるけど、わたしは実際にそれを感じてる。奥のほうに。そこで育ってる。

子どもの頃、父さんがニコとわたしをドイツの湖へ連れていってくれた。夏になるとみんなが泳ぎにいく場所だ。そんなに大きな湖ではなかったけれど、そよ風が強くなると水面にさざ波が立って、ほんとうにそっと岸に打ちつけたものだ。ニコとわたしはよく脚を水につけて、ぬかるんだ砂の上に仰向けに寝そべった。腕で顔を覆ったわたしたちは、小さな波に身を委ねて眠りこんだ。あの波が肌をなでる感じは、いま頭のなかでしているのと同じ感覚だ。

わけがわからないけど、痛みはないし、不快な感じもしない。じっとしているときの心臓の鼓動がどんな感じかわかるでしょう？　筋肉の脈動に合わせて体全体が働いてる感じが？　あの感覚。それは自然なものだ。奇妙だけれどある意味ふつうの、新しいふつう——変化した状況だ。

わたしはこれをニコの家で書いている。

今回は兄さんの勝ちだった。

二時間前に、夕食を食べるために車を運転してやってきたのだ。甥《おい》っ子たちは笑いながら、楽しそうに理科の実習のことを話してくれていた。わたしはほんとうに話を聞きたかった、彼らに助言し、手を差し出して導いてやる、いいおばさんでありたかった。わたしはずっと夢見ていた。成長して、世界を理解しようとしている二十代の若者になった彼らに、頼ってもらえることを。甥たちから電話がかかってきて、彼らが街にいるときに一緒にコーヒーを飲みに出かけ、支えになってやれることを。仕事上の問題、恋の悩み、友だちとのトラブル。ほんとうに、彼らに対する自分の役割を果たしたいのはやまやまなのだが……。夕食のあいだずっと、わたしは話に耳を傾けることができなかった。

とにかく……集中することができなかった。

今夜は頭のなかの波に気を散らされていた。また片頭痛が起こりかけていて、針のような指がふたたびうなじからのび、頭を横切って痛みの跡を残す用意をしていた。

いつものように、兄さんは様子がおかしいことに気づいた。

わたしはニコに、ちょっとひと休みして横になりたいだけ、少しのあいだ静かな暗い部屋で体を休めたいだけだといった。

それが、いまわたしがいる場所だ。

そしてここにはまた、光の波がある。

それは部屋の隅の、ちょうど壁と天井が交わるところから滑り下りている。放射された光の波は、その隅とわたしのあいだの空間をゆっくりと脈打ちながら横切ってくる。息を呑むような光景だ。美しい。

いいえ、あれは光じゃない。

あれは……あれは重力波だ。

こんなことはあり得ない……。

16

ニコ・ミッチェル、ダリアの兄

カリフォルニア州サンフランシスコ
二〇二五年八月二十二日

ダリア・ミッチェルはおそらく最も有名な「上昇者」だったが、彼女の兄のニコは、それ以上家族の誰も「上昇」で失うことはなかった。

彼はいまでも妻のヴァレリーと中学生の息子ふたりと一緒に、サンフランシスコで暮らしている。ニコは熟練した建築家だったが、最終的にマーケティングの仕事に就いた。彼とヴァレリーは「上昇」の五年ほど前に、自分たちの広告会社を立ち上げた。会社は順調で、やりがいも感じていた。

ニコは九時から五時までの仕事をしていた頃を懐かしんでいる。

ニコとヴァレリーは、市内で朝食つきのホテルを二軒営んでいる。近頃はこの街を訪れる人は多くないが、彼らはビジネス客や旅行客の需要に応えている。閑散期には、ニコは市の中心部の復興計画に協力し、ヴァレリーのほうは近所の子どもたちの家庭教師をしている。

ニコはわたしが思っていたよりも背が高く、痩せ型で、四十代半ば、白髪交じりでフレームが透明な眼鏡《めがね》をかけている。わずかに足を引きずって歩き、その顔にはにこやかな微笑みが浮かんでいる。ニコは家のなかをぐるっと案内したあと、あの晩ダリアが泊まった部屋を見せてくれる。彼女が初めて重力波を見た夜に……。

妹がテーブルを離れた何分かあとに、ここにいるのを見つけたんです。わたしは妹のことが心配でした。あの夜に至るまでの数カ月間は厳しいものでした。彼女はもがいていた。わたしには話したがりませんでした。いつも口が重かったんですよ。ダリアにはそういう決意、自分のことは自分で決めるという思いがあったんです。おそらくそれは、わたしたちの母の……そう、母の死に方のせいだったのではないかと……。

妹は職場で苦労していました。まともに相手にされていないと感じていたんです。ろくでなしの上司に研究のことでうるさくいわれてました。妹がそこでなにを探していたのかまったく理解していなかったことは、誰よりもわたし自身が認めますが、ダリアはそれを見つけようとかたく決心していました。そういう一途さは、彼女に犠牲を強いていた。誰にでもそうだったでしょう。

鎮痛剤のことは知ってました。

妹は典型的な例でした。ランニング中に転んで背中を痛めたんです。医者はオピオイドを処方し、その処方薬を補充しつづけた。もうやめた、と何度ダリアから聞かされたことか。でもわたしは機会があるたびに薬棚をのぞき、ハンドバッグのなかを漁りもしました。だって、わたしは兄なんですから。

ダリアはいつも薬を持ち歩いてました。

だからわが家で食事をしたあの夜、客間に入っていって、妹が……正気とは思えない行動をしているのを見つけたときには、てっきり薬のせいだと思いました。それはよけいな気をまわしていただけ、というわけでもありませんでした。わたしが部屋に入ったときにダリアが倒れ、床にハンドバッグが落ちたんです。部屋じゅうに錠剤が散らばって、わたしたち夫婦は何週間も、幅木のひび割れからそれを拾い上げるはめになりました。息子たちが入りこんで偶然見つけることがないように、ドアには鍵をかけなくてはならなかった。

わたしが部屋に入っていったとき、ダリアは波についてしゃべってました。

彼女はそれが天井から発して、自分と壁のあいだの空っぽの空間をさざ波を立てて横切るのを見ていたんです。光の波のように見えるといっていましたが、それは重力波だということでした。

あとで調べなくてはなりませんでしたが、わたしが理解したことにもとづけば、重力波は目には見えません。それを検出するためには、フットボール場ほどの大きさのとてつもなく高価で複雑な機械が必要です。そして「上昇」のほんの数年前まで、重力波は検出されていなかった。それらは理論物理学の概念であり、突然目に見えるようなものではない。でもダリアは、あなたやわたしが夕日を見るのと同じように、それを見ていたんです。

ダリアは呆然とし、魅了されていました。

それが彼女にとってどれほど意味のあることだったかは、想像するしかありません。神の顔を目にするか、それとも突然、宇宙最大の疑問に対する答を得たようなものだった。畏怖。それがダリアの顔に浮かんでいた表情でした。部屋じゅうに散らばっている錠剤を見て、わたしはてっきり薬が引き起こした幻覚だと思いました。彼女はトリップしていて、なにかの啓示を受けたんだと。いっておきますが、わたしの目にはなにも映っていませんでした。埃は少し舞っていましたが、ひとつの波も、光も、重力も見えなかった。

それからダリアは気を失いました。

いま振り返って見ると、色々あったあとで、わたしは怯えていたんです。彼女の健康のことだけじゃありません。少々のあざや病気くらいになら対応できたでしょうが、ダリアの精神状態に――彼女がそういうものを見ているという事実に――わたしはほんとうに落ち着かない気分になりました。ヴァレリーもです。理解してもらわなくてはなりませんが、精神を病んで自殺した親を持っていると、奇妙な考えが浮かんだりおかしな言動をしたりするたびに、それがよけいな意味を持つことになるんです。

病院での精密検査は最初、異常なしでした。

血液検査もスキャンもすべて――結果は正常値だった。ダリアはオピオイドのせいでハイになっていましたが、それは予想されたことでした。でもそのほかのすべてが、予想どおりだったんです。ガンもなし、慢性疾患もなし。そんなわけで、残ったのは精神面の問題でした。翌朝目を覚ますと、ダリアは何人かの精神科医と面談をしました。それでもわたしたちはなにも得られなかった。医者たちは網膜性片頭痛や統合失調感情障碍、お決まりの潜在的な問題を並べて帰っていきました。そして彼らがわたしたちの家族の歴史を知ると、物事は二重に複雑になりました。

ダリアの気分がましになってくると、わたしは病室にコーヒーとデニッシュを持っていってやりました。

彼女の部屋は駐車場を見下ろす五階にあって、うんと目を細めれば駐車場のすぐ向こうに海が見えました。わたしが入っていくと、ダリアはベッドを出て窓際に座っていた。

ダリアはコーヒーをすすって、わたしに尋ねました。「どのくらい悪いって?」

わたしは状況はよくないと伝えました。「彼らはおまえがイカれてると思ってるんだ」

その言葉が口から出た瞬間、わたしはいうべきではなかったと悟りました。母のことがあってから、ふたりとも精神疾患に関する冗談には敏感になっていたんです。それでもわたしは、いわずにはいられなかった。

「わたし、そうなの?」ダリアは尋ねました。

「違うさ」わたしは嘘をつきました。「おまえが思ってたとおり、ただの片頭痛だよ」

「わたしが飲んでる薬のことは知ってるでしょう？」

「ああ。そのことでおまえに話したいことが――」

「あれはもう効いてない。効き目がなくなってる」

本人がいうには、鎮痛剤はいらいらをやわらげてくれた。少し気持ちを落ち着かせてくれた。でも一回に飲む量はいつも用量の倍でした。

わたしは心配だった。

だから、それが以前のように効かなくなっていると聞かされたときには、悪いことじゃないかもしれないといったんです。

ダリアはうちに帰りたがりました。

わたしは医者たちが最後の検査結果をひと通り見直したら、すぐに帰してもらえるだろうといいました。妹は出ていきたくてそわそわしていました。パルスのことには触れませんでしたが、上司が自分の研究をどう考えていようと、仕事が溜まっているんだといいました。

わたしはダリアに、いま取り組んでいることについてもう少し話してほしいと頼みましたが、返事はありませんでした。

彼女はわたしたちのあいだの宙をじっと見つめていた。

彼女が見つめているところには……なにもありませんでした。

ダリアがいいました。「また波が見える。前より強い」

彼女はそのひとつに触れようと、手をのばした。少なくともあの動作はそういうことだと思います。ダリアは慎重に指をのばして、あなたが埃をつまむのと同じように、目に見えないなにかを宙からそっと摘み取ろうとした。

それをつかめたかどうかはわかりません。

でも数秒後に、ダリアは発作を起こしはじめました。

17

ゼイヴィア・フェイバー博士とカニシャ・プレストンの通話記録を編集

（録音：ゼイヴィア・フェイバー博士、編集：キース・トーマス）

二〇二三年十一月四日に録音

カニシャ・プレストン：もしもし？

ゼイヴィア・フェイバー：プレストン国家安全保障担当補佐官？　起こして申し訳ない。グループのゼイヴィア・フェイバーです。われわれは、あー、われわれはあることを突きとめました……。

カニシャ・プレストン：続けて……。

ゼイヴィア・フェイバー：トロイの木馬。おれはこのコードが人間のＤＮＡをハックするために設計された、トロイの木馬プログラムだと思います。どういう結果が想定されているのかはわかりませんが、この信号、パルスがメッセージじゃなかったことはわかってます。これは小包なんだ。こいつはわれわれひとりひとりに届けられたんですよ。

カニシャ・プレストン：人間のＤＮＡをハッキング？

ゼイヴィア・フェイバー：すさまじく複雑なんです。もちろん、ロバーツ博士にはいくつか考えがありますが……。われわれはこんなものは見たことがない。

カニシャ・プレストン：どうやって？　そんなものがどうやって働くというの？

ゼイヴィア・フェイバー：あなたは医者ですよね。おれの想像では、いま科学者たちがDNAを操作しているのと同じやり方で働くんだと思います。DNAはバイオテクノロジーで編集可能だ。傷ついた遺伝子を除去したり修復したりできる。われわれが遺伝性の大規模な変性に関わる遺伝子を修復するために誰かのDNAを編集するようになったのは、ほんのひと世代前のことです。もしこのコードが人間のDNAをハックするなら、だいたい同じことをするでしょう。ただし遺伝子を修復するかわりに、改変するわけですが……。

カニシャ・プレストン：人間のDNAを改変する目的はなんなの？　なぜ未知の知的生命体がそんなことをしたがると？　どうしてあっさり……侵略しないで？

ゼイヴィア・フェイバー：最も考えられるのは、これはわれわれを読み取る試みだということです。声に出していうと自分でもばかみたいに聞こえますが、それがわれわれのいちばん有力な説です。パルスコードはなんらかの受信機とリンクしていて、彼らは基本的にわれわれの遺伝子コードを丸ごとスキャンしているだけなのかもしれない。しかし……。

カニシャ・プレストン：しかし？

ゼイヴィア・フェイバー：おれがいちばん心配してるのは、こういうことです。たとえこのコードを解読して、その働き方や目的を正確に解明したとしても、われわれは既にまずい状況にある。パルスはもう地球に到達しています。もしパルスがなにか悪さをするなら、われわれは既にみんなさらされてしまっているんです。

上昇

18

ヴァネッサ・バラード前大統領

ミシガン州デトロイト
二〇二五年九月十八日

デトロイトに入るわたしが乗った飛行機は、自然の変化に完全に身を委ねた都市の上を低空飛行で通過した。「終局」を受け入れ、ほとんどのところが大惨事ととらえたものを好機に変えたアメリカの都市は、ほかにはない。国を横断して空路デトロイトを訪れる人たちを、わたしは「ダメージポルノ」観光客とは呼ばない。もっともしばらくのあいだは、それが人々の彼らに対する印象だったのだが。SNSに自撮り写真をアップするために廃墟と化し草木が生い茂った建物の前でポーズを取り、下水処理場の湖をカヤックで巡る。もちろんこの街は以前、「上昇」前にもその手のことを目にしており、都市の荒廃をとらえるためだけにデトロイトで撮影された映画が複数存在した。だがそれは別物だった。他人の痛みや苦しみに便乗したものだ。いま人々は去った。街は空っぽだ。

全盛期には百八十万人が暮らしていたかつての大都市の人口は、一万五千人をわずかに超えるくらいまで減少している——オレゴン州のベンド、あるいはニューオーリンズの沈下都市と同じ規模だ。そしてその一万五千人のひとりが、われらが前大統領だ。

彼女はパーマーウッズ歴史地区のフィールドハウスに住んでいる。それは勾配のある広々とした屋根を持つ、一九五〇年代の有名な建築学上の驚異だ。その独特な形状から「バタフライハウス」というニックネームで呼ばれているその家の近隣には、誰も住んでいない。通りを挟んだ真向かいの、シークレットサービスが事務所を構える一軒を除き、すべての家が空き家になっている。そのうちの何軒かは屋根から木がのび、どの家にも窓はない。これは「終局」直後の数時間にこの国の大半を飲みこんだ、略奪の証だ。

白髪交じりの髪を長くのばした、現在六十代半ばのバラードは、いまだに最初の選挙運動中とまったく変わらず大統領らしく見える。裏庭が見渡せる居間の窓のそばで、わたしたちは座り心地のいい革張りの肘掛け椅子に腰かけて、お茶を飲む。バラードはかなり健康を意識するようになっていて、自身の手でお茶を栽培し、乾燥させ、淹れることを大いに誇りに思っている。彼女はそのお茶を自ら楽しみ、友人や家族、ときおり訪ねてくるお客に振舞っている。

初めてパルスについて聞いたときのことは覚えています。

グレンからでした。わたしたちは大統領執務室の通路にいて、ある会議から別の会議へと移動しているところでした。なにか深刻な話、わたしが大きな反応を示すかもしれないとわかっている話があるとき、グレンは足を緩めて目を合わせたがりました。

だからわたしは足を緩めて、彼の話を聞いたんです。

彼がいうには、国家安全保障担当補佐官のプレストンに、変わった信号の受信に関する知らせが入ったとのことでした。その「変わった信号」とやらは厄介事だったのか、それともたんに珍しいものだったのか。わたしはそう尋ねました。

グレンは厄介事だったとほのめかしました。

それから、カリフォルニアの電波望遠鏡が銀河系外からの信号を拾ったのだといいました。そしてそのパルスは――この出来事に関連してその言葉を耳にしたのは、これが初めてでした――未知の知的生命体からわたしたちの惑星に向けて送られたものである。そのうえ、そのパルスにはあるコードが含まれている。そしてグレンたちはコードの解読に取り組んでいるところだというのです。

わたしの最初の反応は、困惑だったと思います。

あとから興奮を感じはしたけれど、たしかに最初はそうではなかった。

グレンはいっさいためらうことなく、自身の考えを語りました。そのパルスがどのように傍受されたかを繰り返し、ほんのひと握りの人たちがNSA内でそのコードを目にしたことをつけ加えてから、自身の見解で締めくくりました。

「あれは本物ですよ」グレンはいいました。「カニシャと協力してこの件をすべて整理する委員会を設けてあります。メンバーは天文学、コンピュータ科学、言語学、物理学の分野の権威で、彼らはそれを正真正銘の宇宙からのメッセージだといっています。ミセス・プレジデント、われわれが手にしているものはとてつもない可能性を秘めています」

あんなグレンを見たのは初めてでした……重々しくて。

それでいて希望に満ちた。

わたしにパルスの話をしたとき、彼の目には光がありました。もちろんわたしたちは星々への興味を共有していました——わたしは父や生い立ちから、グレンは哲学を学んでいた日々から。思い出してもらいたいのは、国会議事堂での燃えるようなキャリア、両極端に評価が分かれる大物政治家としての評判にもかかわらず、グレン・オーウェンはそもそも哲学者だったということです。いま話しているのは、最先端の知識人のあいだでカルト的な古典になった虚無主義《ニヒリズム》に関する本を何冊か著した人物のことです。宇宙に別の生命体が存在していて、それがわたしの任期中に手を差しのべてきたという考えは、そう……。ふたりともそれが決定的な瞬間になる可能性があることはわかっていました。実際、記念碑的な。

ですがあの日わたしは、その件のためにすべての会議をキャンセルするつもりはありませんでした。世界の半分はいまだに混乱状態にありました。中東での熾烈《しれつ》な戦争、東南アジアをずたずたに切り裂くテロリズム、なにもかも悪化させる気候変動。内政面では、ご記憶のとおり分断がかつてないほど悪化していました。ＳＮＳ上で一夜にして爆発する人種対立、安定しているとはいえまだ弱い経済、メタンフェタミン依存症患者の急増、過去四十年間に見られたよりも多くの銃による暴力事件[42]――そして筋金入りの修正第二条支持者が引き起こす問題。わたし自身の生活や夫の健康状態をのぞいても、これだけの問題を抱えていたのです。そのすべてのバランスを取るのは、間違いなく至難の業でした。

　たとえきたるべき異星人との接触のことを考えて頭がくらくらしていても、わたしにはまずやるべき大事な仕事がありました。

　だからグレンには話してくれたことに感謝して、逐一情報を提供するよう頼み、彼のチームをまとめて正式なものにするよう提案しました。宇宙からのメッセージの内容を解明し、それにどう対処すればいいかを考え出すために招集された対策本部です。そして彼らには、早くなんらかの答を出してもらう必要がありました。わたしにはアメリカ国民に、少なくとも科学部門には、なにが起こっているのかを伝える義務がありました。

「それは情報公開《ディスクロージャー》と呼ばれるものです」グレンはいいました。「合衆国政府が地球外知的生命体と接触している、あるいは接触を認識している、と公式に認めることです。これは大きな一歩ですよ、ミセス・プレジデント。これまではずっと根拠がなかったために、一度も認めたことはありませんでしたから」

　わたしはグレンに、そのチーム、対策本部には情報公開のメッセージを起草することができると思うかと尋ねました。彼らにその能力はあるのか？　やる気はあるのか？

グレンがあると思うといったので、わたしはその件を処理するよう指示しました。

全部で三分ほどの会話でした。いま思えば、そのあとに起こったあらゆることを考えると、笑ってしまいます。でも歴史というのはそんなふうに働くものですからね。最も重要な瞬間は、ときにはいちばん小さくて、いちばんぱっとしない包みに入っているものです。三分間で、合衆国だけでなく地球全体にとってもわたしたちの進路を定めることになる、ひとつの決定がなされました。もちろんあとから思えばの話ですが。もしわかっていれば、わたしの対応も変わっていたでしょう。あとで出てきた党派的な違いの一部は脇に置いておいたはずです。

グレンとわたしは二、三日のあいだ、その件については話しませんでした。もしデイヴィッドのことがなければ、ふたたびパルスについて話すことはおそらくなかったでしょう。

(42) そこにはさらに反「上昇」の暴力沙汰が加わるのだが、政府が「上昇」を利用して土地や兵器、富を要求していると確信した、政府の支配を嫌う「ソブリン市民」と法執行機関とのあいだで、暴力的なにらみ合いが数多く見られた。二〇二三年十二月の終わり頃、クリスマスの直前には、合衆国内の殺人事件の発生率は十万人あたり二十五件という驚くべき数字に達した。それは生きているのがきわめて危険な時期だった。もしかしたらアメリカ史上最も危険な時期だったかもしれない。

デイヴィッドについて多くのことが記事になったのは知っています。彼がパーキンソン病と診断されたことは、かなり早い段階で公になっていました。評論家たちは右も左も、機会さえあればそのことを利用しました。ほとんど例外なく、彼の健康状態はわたしを攻撃する材料になったのです。なかにはそのせいでわたしが弱気になるとか、わたしは感情面で葛藤を抱えており、それゆえ不適格だとほのめかすものもいれば、大胆にもわたしたちの結婚は偽装だという陰謀論に結びつけるものもいました。わたしたちが子どもを持ったことがないという事実は、彼らにとってある種の危険信号だったのです。己の基本的な生理を否定している女が、どうして有能な大統領になれるだろう？　わたしは実際に人々がそういうのを耳にしました。

記事になっていなかったのは、デイヴィッドの病状が悪化しているという事実でした。同じ週に、ホワイトハウスの医師ハーヴェイ・スティムソンがわたしのところにやってきて、心配しているといいました。これは……なんというか、難しいタイミングでした。わたしは夫のためならなんでもしたでしょう。何度か彼に、もしそうすることであなたにより良い人生を与えられるなら、回復の可能性が高まるなら、喜んで大統領の職をあきらめるといったんです。

パーキンソン病の治療法では多くの科学的ブレイクスルーが——ＰＩＮＫ１遺伝子[43]の発見、いくつかの新しい幹細胞療法が——起こっていましたし、わたしはデイヴィッドが生きているあいだに治療法が見つかるだろうと望みを持っていました、ほんとうに期待していたんです。もちろん、オフィスにいるストレスで病状が悪化するかもしれないことは予想していました。デイヴィッドとは出馬する前からそのことをじっくり話し合いました。彼はわたしのよりどころだったんです……。

バラードはここで言葉を切り、窓の外の裏庭に目をやる。彼女が設置したいくつかの餌台周辺で鳥たちが羽ばたき、遠くのほうでは黒い煙が渦を巻き、木々の梢《こずえ》を超えて淡い青空へと立ちのぼっている。

わたしたちは住宅火災をさんざん見てきたけれど、あれは違います。ゴミを燃やしているんですよ。ほとんどは木の葉や枝。彼らは灰を利用した賢い堆肥化システムを持っています。灰は高アルカリ性で、庭の酸性の土壌を中和してくれる。このあたり一帯の住民のために、トマトを育てているんです。おいしくてリンゴみたいに大きいのを

(43)　ＰＩＮＫ１遺伝子は、「ＰＴＥＮ誘導推定キナーゼ１」と呼ばれるタンパク質に関する指示を体に与える。このタンパク質のことは完全に解明されているわけではないが、それは保護機能を果たしており、ＰＩＮＫ１の変異がパーキンソン病の進行に関与している可能性が高い。

ね。ぜひ帰りにいくつか味見してみてください。

話を戻すと、さっきわたしがいいかけていたのは、パルスが見つかったちょうどそのとき、デイヴィッドの健康状態が少々悪化していたということです。あるいは少なくとも、初めてグレンからその話を聞かされたときには。あの日の夜、スティムソン先生はわたしをつかまえて、デイヴィッドにいくつか心配な症状が出ているといいました。右手の震え、舌のもつれ、睡眠障碍。わたしは、その変化には自分も気づいていると答えました。デイヴィッドが背骨の付け根になにか新しい痛みを感じると訴えていることにも触れました。スティムソンにはそれがどういうことかわかりませんでしたが、調べてみるといいました。

案の定、わたしがパルスのことを聞かされた夜に……それははじまりました。

デイヴィッドはその日の夜中に目を覚ましました。十時頃、早めにベッドに入っていたんです。わたしは真夜中までトリーティールームで仕事をしていて、寝室に入ったときにはあたりはとても静かでした。デイヴィッドは何度も寝返りを打ち、なにかぶつぶついっていました。疲れきっていたわたしは、その物音やゴソゴソしている気配にもかかわらず眠りに落ちました。二時半に目を覚ますと、デイヴィッドがベッドにいませんでした。

彼は部屋の隅に立って、じっと天井を見上げていました。

なにをしているのかと尋ねると、彼は答えました。「彼らがそこにいるんだ」

「誰が？」

こちらを振り向いたデイヴィッドの顔は、涙で濡れて目が赤くなっていました。そして彼はいったんです。「彼らの声が聞こえないのかい？」わたしは首を振りました。わたしにはなんの音も聞き取れませんでした。デイヴィッドはいいました。「彼らがここにいるなんて、信じられないよ。彼らを見ることがあるなんて、思ってもみなかった……それに彼女は……彼女はとてもきれいだ」

てっきりデイヴィッドは夢を見ているのだと思いました。夢遊病なのだと。でも彼は目覚めていた。わたしたちはシークレットサービスに天井を詳しく調べさせ、彼らの持っている装置で部屋をざっと調べてもらいました。もちろんなにも見つかりません。スティムソン先生に電話すると、駆けつけてくれました。検査の結果は正常でした。視力、聴力、運動反射――すべて正常。先生の診断は睡眠障碍でした。デイヴィッドはそれから朝までぐっすり眠りましたが、わたしは横になって天井の隅を見つめていました。まったくなにも聞こえず、なにも見えませんでしたが、そのことが頭から離れませんでした。デイヴィッドのあんな様子を見ると。彼の口ぶりは、まるで……まるでほんとうに聞こえていたようで……。わたしにはなんともいえませんが。

日々が過ぎていきました。情報公開対策本部は仕事に取りかかりました。カニシャ・プレストンと少しだけ話をしたのですが、彼女はチームが四十八時間以内にパルスコードを解読する確信があるといいました。また、チームの当初の分析が示唆するところでは、そのコードはプログラムである可能性が高いとも知らせてくれました。しかしそれは、わたしたちのマシンで実行できるようなものではありませんでした。カニシャはそれが兵器である可能性を除外できませんでした。それはわたしが最も望まないことだった。一兆六千億キロの彼方からわたしたちの惑星に向かって、銀河系間爆弾かなにかが放たれたというのは。

対策本部は作業を続け、わたしは国内問題に集中しました。

ご記憶でしょうが、これはちょうどニュージャージーのエリザベスで列車事故があった頃のことでした(44)。事故が起こったおそらく十分後に、わたしは電話を受けました。朝の通勤客で満員だった二本の列車が、全速で衝突したのです。八十六人の命が失われました。一八七六年以降で最悪の列車事故です。ＦＢＩと地元警察によってテロの可能性が排除されたあと、それは運転ミスだったことが明らかになりました。わたしたちの手元には無線通信の記録と双方の列車から回収されたブラックボックスがあったのです。人々が大騒ぎをしはじめたのは、あの録音テープ、北行き列車の運転士の声を記録したものがマスコミに出たときでした。

運転士は幻覚を見ていたのです。

あのテープのこと、彼が語ったことを考えるだけで、いまだに寒気がします。彼は目の前の線路に「いなくなったものたち」が見えるといっていました。運転士は彼らに近づこうと速度を上げていたのです。

いなくなったものたち。その日の終わりには、誰もが妄想だと書きたてました。その男性は五十代後半、喫煙者で、赤身の肉を食べ過ぎており、おそらく脳卒中を起こしたのだろうと。事故後の火災で彼の遺体のほとんどが灰になっていたことを考えると、検死結果は決定的なものとはいえませんでした。ここからが、マスコミは知らなかったこと、あなたにお話しするつもりでいることです。運転士は「いなくなったものたち」について話していましたが、彼らの名前も挙げていたのです。警察はそのことをマスコミには伏せ、驚くべきことに今回ばかりは成功しました。プライバシー保護のため、家族を守るための措置だったのだと思いますが……そう、それは意外な展開を見せました。

運転士はテープでこういっていました。「いなくなったものたちがいる……いなくなったものたちが戻ってきた……ロナルド、スーザン、リトル・カーティス……」捜査官たちがこれらをたんなる名前の羅列以上のなにかと結びつけるには、数カ月かかりました。そのいな

(44) エリザベスの鉄道事故は恐ろしい悲劇的な出来事ではあったが、「終局」のあと、さらに何件かの多数傷病者事故が「上昇」と結びつけて考えられるようになる。アーカンソー州リトルロックでの工場の爆発事故、ミシガン湖での〈ニューワラタ〉号の沈没事故、そしてオレゴン州セイラムでのエヴァーグリーンビルディングの倒壊事故。

くなったものたちは——運転士は彼らのことを知っていたんです。それを聞いたとき、わたしは愕然《がくぜん》としました。

ロナルド、スーザン、リトル・カーティスの三人は、彼がニュージャージー州ペニントンの小学校に通っていた頃の同級生でした。三人は一九七四年、映画を見るためにバスで繁華街へ出かけたあと、行方不明になっていました。子どもたちは二度と見つからず、警察は七十年代半ばから終わりにかけてその地区で犯行を重ねていた連続殺人犯に拉致されたのではないかと考えました。それ以上のことはなにも出てきませんでした。よくあるように、事件は未解決のままです。衝突事故の時点では、それは調査報告書に記された不気味な補足説明でした。

不気味な補足説明、それだけならよかったのですが。

事故の三日後、犠牲者たちの葬儀が行われていた頃、デイヴィッドがまた……発作を起こしました。わたしたちはホワイトハウス内のボーリング場にいました。そこは北ポーチの真下の地下に設けられた一レーンのボーリング場で、歴代の大統領によって何度か模様替えされていました。わたしはボーリングは得意ではありませんでしたが、デイヴィッドは楽しんでいました。わたしたちは楽しい時間を過ごしました。彼が笑っているのを見るのは素晴らしかった。

わたしがパーキンソン病のことを持ち出しても、デイヴィッドは取りあおうとしませんでした。

「気分がいいんだ」彼はいいました。「わたしのことを気に病まないでくれ。真面目な話。症状が悪化してるのはたんに加齢のせいさ。大学時代のアメフトのけががいまごろになって応えてきてるんだ。ホワイトハウスにたどり着いたら一緒によりよい世界をつくるんだといっていた、あの希望に満ちた女性はいったいどうしてしまったんだい？」

彼女は賢くなったのよ、とわたしは答えました。

「ばかな」デイヴィッドはいいました。「見てろよ、完璧なストライクを取って大丈夫だってことを証明してやる」

わたしにウインクしたデイヴィッドは、とても魅力的でした。それから彼はボーリングの球を手にして向きを変え、位置について、ピンに集中しました。デイヴィッドは腕を後ろに引いて、球を投げる準備をしましたが……投げませんでした。彼は彫像のようにその姿勢のまま凍りつき、立ち尽くしました。それから――ドスン――ボーリングの球が彼の手から落ちて木製のレーンにぶつかり、溝のなかへ転がっていく。デイヴィッドは動いていません。じっとピンを見つめています。

わたしは心配して立ち上がりました。

彼は――彼は鼻血を流し、こう繰り返していました。「どうして彼らがここに？　どうして彼らがここに？」

わたしは誰の話をしているのかと尋ねました。

デイヴィッドはいいました。「母さん……ちっちゃな弟……」

わたしはその場に泣き崩れたい気分でした。わが夫、合衆国のファースト・ジェントルマンが壁を見つめて、亡くなった母親とまだ赤ん坊だった弟が見えるといっていたのです。デイヴィッドがほんの三歳か四歳のときに死んでしまったジェイコブが。それからデイヴィッドは崩れ落ちました。脚の支えがなくなったように。

わたしは鼻から血を流しつづけている彼を抱きかかえ、助けを呼びました。

ヘリコプターが彼をウォルター・リードに運んでいきました。

これがわたしにとって、「上昇」と呼ばれることになったもののはじまりでした。もちろん当時は、それは偶発的な出来事、デイヴィッドの病気の一要素に見えました。ですが、それがほかの場所でも起こりはじめ、エリザベスでの悲劇が全国規模で広がりつつある出来事と結びついたとき——それが事実だということを否定できなくなったとき——すべてが変わりました。情報公開対策本部は、わたしたちに協力して宇宙人の存在を世界に伝えようと意気ごむただの委員会を、はるかに超えた存在になりました。彼らは根本的に異なる新しい未来とわたしたちとをつなぐ、命綱になったのです。

その未来では、ダリア・ミッチェルがわたしたちの道しるべでした。

19

情報公開対策本部の会議の記録を編集
二〇二三年十一月五日、ホワイトハウスにて録音

カニシャ・プレストン：録音中……。

ニール・ロバーツ：それでは。バラード大統領は、情報公開対策本部の創設と情報公開文書の作成に賛同しておられる。この文書は基本的に、われわれが知っていること、そしてわれわれがこの歴史的瞬間における次の段階であると信じることについての、全世界に向けたメッセージになるだろう。われわれにわかっているのは、フェイバー博士、異議があったり皮肉をいいたいときには、いつでも遠慮なく口を挟んでくれ――

ゼイヴィア・フェイバー：ご心配なく。いつでも用意はできてるよ。

ニール・ロバーツ：では。われわれにわかっているのはこういうことだ。およそ半月前、カリフォルニア大学サンタクルーズ校の天文学者、ダリア・ミッチェル博士が深宇宙からの信号を受信した。具体的にいうと、これは弾丸銀河団からのパルスだった。彼女はその一部を記録した。われわれはそのパルスに含まれていたデータを研究し、それが地球外のものであ

ること、そしてわれわれ自身よりもはるかに優れた知的生命体によって設計されたものであることを突きとめた。(間)これまでのところ、どうかな?

セルゲイ・ミコヤン:大いにけっこうだ。

ニール・ロバーツ:平凡だが、続けてくれ。

ゼイヴィア・フェイバー:このパルスは外部の文明が人類に接触してきた、まったく初めての検証可能な事例だ。われわれはパルスに埋めこまれたコードは持っているが、その文明についての答は持っていない──

ゼイヴィア・フェイバー:「優越者」

ニール・ロバーツ:そうだった。われわれは「優越者」についてなんの答も持っていない。彼らの居場所、社会、生物学的構造──

ゼイヴィア・フェイバー:そのことはわかってる。われわれは彼らについてすべてを知ってるわけじゃないし、この先知ることもなさそうだ。われわれが知ってることに集中しようじゃないか。どれにする……?

ニール・ロバーツ:彼らがこのパルスをわたしたちの惑星に向けて送ったこと、それがプログラムを含んでいることは、基本的にわかっている。物事が少々複雑になるのはここからだ。パルスコードのなかのプログラムはわれわれのDNAを、もっといい言葉がないのでこの表現を使うが、ハックするために設計されている。そのコードは化学的突然変異誘発物質のように機能するが、われわれがかつて出会ったことがないようなものだ。まあ、これはすべてごくごく初期の見解だが、われわれにわかるかぎりでは、それはこのように機能する。コードはDNA鎖を構成している塩基対を変異させる。(45) ひょっとしたら、ヌクレオチドをはぎ取り、DNAの複製機構には感知できないような変更を加えているのかもしれない。わたしはその変更には、追加の塩基対の挿入も含まれているのではないかと疑っている。もしかしたらきわめて多くの塩基対に。その目的は、まだ定かではない。

セルゲイ・ミコヤン：わたしは「ハック」という言葉を使うのは気が進まないね。悪意があるように聞こえるし、まだそのコードが良いプログラムなのか悪いプログラムなのかはっきりしていない。われわれにわかっているのはパルスが世界じゅうに広がったということで、それはこの惑星のありとあらゆる人たちと接触した可能性が高いことを意味している。もしそれが活動しているなら――そんなことはまずあり得ないが――いまこの瞬間になんらかの働きをしていると仮定する必要がある。

ゼイヴィア・フェイバー：おれは「ハック」というのは絶妙な言葉だと思う。ことの重大性をほのめかしてるからな。ミコヤン、ロバーツ両博士がその可能性を除外していることはわ

(45) DNAの塩基対は、A（アデニン）とT（チミン）、C（シトシン）とG（グアニン）という、水素結合によって対になった標準的な核酸塩基である。この結合がDNAに独特の螺旋《らせん》構造をもたらしている。

かっているが。

ソレダード・ヴェネガス：要約すると、わたしたちはこの情報公開文書の作成をまかされている。文書はバラード大統領に提出されることになる。それをどのような形で公表するかは大統領の判断次第だけれど、この状況の重要性を考えると、わたしたちはみんな、可能なかぎり公開討論会のような公の場で発表する必要があると考えている。

カニシャ・プレストン：大統領はこの文書を確実に間違いのないものにすることにくらべれば、世論についてはそれほど心配しておられません。誰もが最も望まないのはパニックです。ほんとうはわたしたちを食べたがっているのに、こちらの進化に手を貸したがっている異星の知的生命体から接触されている、と世界に伝えることは避けたい。

ニール・ロバーツ：きっとそれは問題にならんでしょう。

ゼイヴィア・フェイバー：どうかな……人間はおいしいと聞いたことがあるぞ。

カニシャ・プレストン：わたしたちが集中しなくてはならないもうひとつの問題は、次になにがくるかです。わたしたちはこのコードを受け取ったことを世界に伝える。それは人類が宇宙で孤独な存在ではないことを意味している。でも、だから？　わたしたちは返事をするのですか？　なんというんです？　あなたがたにはそうしたアイディアを出してほしいのです。それになんらかの仮定にもとづいた飛躍もしてもらいたい。その知的生命体についてわかっていると思うこと、コードが彼らの動機についてあなたがたに語っていることを、教えてください。

ゼイヴィア・フェイバー：われわれはダリア・ミッチェル博士と話す必要があります。報告書、彼女への聴取記録――これらは表面的すぎる。おれはもっと詳しいことを知りたい。特に、彼女がなにを目にしていると思ったのか、なにを見つけたと思ったのかを知る必要がある。

セルゲイ・ミコヤン：そして聴取記録はその答になっていないと？

ゼイヴィア・フェイバー：セルゲイ、いままでのところ連邦捜査局が彼女に尋ねたことは、たんなる口頭のおとり捜査、彼女の嘘を暴き、すべてはでっち上げだと明らかにしようとする試みですよ。ダリアは科学者だ。対等な相手から質問されるべきです。彼女がこれを見つけたときになにが起こったのかを知りたければ、われわれは直接本人から話を聞く必要がある。そういうわけで、彼女を呼ぶことはできますか？

カニシャ・プレストン：もちろんです。

ニール・ロバーツ：わたしにはもっと大きな懸念がある。国民に警告するという点では、もう手遅れなのではないかと心配なのですよ。このパルスが惑星上の老若男女すべてに届いているというわれわれの考えが正しければ、その目的がなんであったにせよ、ことは既にはじまっていると仮定することも可能だ。人間のＤＮＡのハッキングと呼ぼうと呼ぶまいと、パルスはわれわれとたがいに作用しあうために設計されていた。地球上のすべての電波望遠鏡を弾丸銀河団に向ける以外に、われわれは自分たち自身に注目する必要がある。社会全体に広がっている可能性のある疾患に関するありとあらゆるニュースを、精査する必要があります。

カニシャ・プレストン：なにをおっしゃりたいのですか、ロバーツ博士？

ゼイヴィア・フェイバー：この件に関して、ついに彼はおれの側についたんですよ。もしパルスコードが人間のＤＮＡをハッキングしているなら、それはなんのためにプログラムされたのか？　われわれは外の世界でなにが起こっているのかを知る必要がある。どうやら面倒なことになりそうですがね。

20

著者の覚書《おぼえがき》

「面倒なこと」についてはゼイヴィアは正しかったが、時期の読みは間違っていた。

面倒なことは既に起こっていたのだ。しかしほとんどの人たちは気づいていなかった。それは「上昇」が広がったときに、その影響がとらえどころのないものだったからだ。「上昇」はいくつかの散発的な事例とともにはじまり、警戒心を刺激するようなことは起こらなかった。それにエボラやノロウイルスのような悪性の疾患とは違って、症状は人によってほぼばらばらだった。

だいたいいつも精神に起因する症状だったということもある。

マスコミはSNSに拡散したいくつかの派手な事件を取り上げたが、わたしが追跡できた最初期の「上昇」の事例は、それほど劇的なものではなかった。わたしにとって最初の事例は、ワイオミング州シャイアンで年配の女性が車をくるくるスピンさせたというものだった。

わたしは、通報を受けて最初に現場に駆けつけたうちのひとり、四十六歳の元消防士トーマス・フランクリン・ベスに話を聞いた。彼は二十一年間消防士を務め、いまだに畏敬の念を持って己の仕事のことを語る。背中を痛めてもう消防の仕事はできないため、トーマスは便利屋として働き、大部分が空き家になっている広大な郊外の住宅地を車でまわり、何軒か残った住居のトイレや流しを修理して暮らしている。

トーマスと同僚たちは、事故の報告があった交差点に呼び出された。ただしそれは事故ではなかった。消防車が到着したとき、彼らは携帯で電話中の何人かの人たちに手を振って停められた。そのなかには、自分の母親が「おかしくなっている」というひとりの若い女性もいた。

たしかに、一台の赤いセダンが交差点の真ん中でスピンしていた。くるくると。何度も何度も。

トーマスは運転席の老婦人に、スピードを落として車を停めるよう合図した。彼女は耳を貸さなかった。ただじっと前方を見つめ、ぶつぶつと独り言をいっていた。彼女は車が回転しつづけるように、しかし縁石をはじめあらゆるものにぶつからないように、絶妙な角度でハンドルを切って、くるくるとまわりつづけた。セダンがガス欠になるまで通行妨害をさせておくわけにはいかなかったので、消防士たちは消防車からタイヤをパンクさせるスパイクストリップを引きずり出して、車の前に放り出した。そして老婦人がその上を走るとポンと音がして、たちまちタイヤの空気が抜けた。

消防士たちにセダンから引っ張り出されたとき、彼女は道路の下で地球がきしんでいるのが聞こえるとつぶやいていた。「ここの下に井戸があるの」そう彼女はいった。そのときはトーマスは深く考えなかった。その女性は明らかに錯乱していた。彼女は待機していた救急車に案内されて、最寄りの病院へ向かった。

数日後、まさにその同じ交差点が陥没した。最初トーマスは、てっきり陥没穴《シンクホール》だと思った。そういうことはときどき起こっていたのだ。だがそれは陥没穴ではなく、少なくとも自然にできたものではなかった。二台の車が深さ九メートルの穴に突っこんだ。技術者たちの話では、その空間は古い井戸によってできたものだということだった。使われなくなっていたが、きちんと封印されていなかったのだ。なにもかもがひどく不気味に思えて、トーマスは衝撃を受けた。

「あの女性は予言者だと思ったよ」彼は語った。「まあ、ちょうど彼女みたいなほかの人たちの話を聞くまでのことだけどな」

車二台を飲みこんだ古井戸のことは地元でニュースになったが、老婦人がスピンしていたことはニュースにはならなかった。しかし彼女の件はひどく不安をかき立てられる先駆け的な事例だった。ちょうどトーマスがその年配女性と遭遇してからの数時間を調べると、同様の予測不能で不可解な状況での事件に関する、一連のSNSの投稿をまとめることができた。一週間のうちに世界の人口の多くが、突然……おかしくなりはじめたようだった。

闘犬用のピットブルのブリーダーとして地元警察に知られていた、オーランド・マッキンタイアという若者の変死があった。オーランドは九年生を終えたところで退学していて、母親の話では「学習障碍があって、物覚えがとても悪かった」という。シャイアンでトーマスが老婦人に出会った二時間後、オハイオ州デイトンの近くの荒れ地でオーランドの死体が見つかった。オーランドの死因はけっして特定されることはなかったが、当局はドラッグの関与を疑った。変わっていたのは、オーランドが左手に紙切れを握りしめた状態で発見されたということだった。その紙切れには複雑な数式が書かれており、それはボーリング・グリーン州立大学の教授によってホッジ予想[46]の部分的な証明――あるいは解であることが確認された。

同じ日、テキサス州メスキートでフランシーヌ・シャープレスという名前の三児の母親が、混雑したファーマーズマーケットにミニバンを乗り入れた。トランクに積んだ手製の爆弾を爆発させる前、彼女はぎょっとしている目撃者たちにこう叫んだ。「いまあなたたちを自由にしてあげる！」

これらは同じような数十件のうちの二件にすぎない。そしてそれは合衆国で特定の日に発生した事件だ。わたしが調べたところ、世界じゅうの国々でそっくりな出来事が何千件も起こっていた。デンマークでは石油タンカーの座礁、シンガポールでは列車の脱線、アテネでは街のほとんどを消失させた火災があった。

もちろんこれらは大きいほうの出来事だ。

わたしは多くのより小さく、より個人的な変化の報告のなかにも、何百という事例を発見した。そうした証言のほとんどはそのままにしておけば、きっと刻一刻と更新される情報と新しい投稿の嵐のなかで失われていたことだろう。そうした投稿の多くは線描画――ペン、クレヨン、鉛筆、木炭、絵の具、デジタル、あらゆる画材を用いた――で、どれも情熱的に、ほとんどアール・ブリュット流[47]といっていいスタイルで描かれていた。もしこうした作品をそれぞれ数秒ずつ画面に映してビデオを作成すれば、たちまちその類似性に気づくだろう。滝のような色彩、重なりあう円、放射状の線。そのひとつひとつは、人間の目には見えないはずのなにかを表していた。重力波、赤外線の色。数は少ないが、コミックの世界でいえば

(46) ホッジ予想とは、一九五〇年に数学者のサー・ウィリアム・ヴァーランス・ダグラス・ホッジによって初めて提唱された、代数幾何学の未解決問題である。この予想を証明、あるいは反証したものには、クレイ数学研究所から百万ドルの賞金が贈られることになっている。

(47) 「アール・ブリュット」という用語はしばしば「アウトサイダー・アート」、あるいはなんの芸術的訓練も受けていない人々によって制作された芸術を指す。ほとんどの場合、それは心の病を患っているものの手による芸術を連想させる。たしかにそれがここでの意味合いで、わたしが見たことのある「上昇者」によって制作された芸術作品の多くは、アドルフ・ヴェルフリのような統合失調症の芸術家による作品を大いに彷彿《ほうふつ》とさせるものだ。

「超能力」と呼ばれるような力を持つものさえいた。カーター・ロワゼルのような人たちだ。

21

アデル・フランス医学博士、救急医療医

イリノイ州シカゴ
二〇二六年一月三日

アデル・フランスは三十代前半。

「上昇」に関連した理由で、三人のきょうだいのうちふたりを亡くした。

世界のほかの人たちと同様、彼女も住民のあいだに突然広がった変化に不意をつかれた。救急医療の、そしてその後の科学的な謎の最前線にいたため、アデルは「上昇」によって混乱と恐怖のなかに残された家族の様子を直接目撃した。彼女自身の家族もそのうちのひと組だった。彼らはインターネットで調べられることをすべて調べ、かかりつけ医にひっきりなしに電話をかけ、ERや自分たちの保険が使える救急病院に（ときには受け入れてくれないところにまで）片っ端からあたり、地元の薬局の棚を空にした。もちろん、そのどれも役には立たなかった。

「上昇」は医者が治療法を知っているような病気ではなかった。

現在アデルはシカゴで暮らしているが、研修医時代はオクラホマに住んでいた。そこでは広々とした開放的な空間や、果てがないように見える空を楽しんだという。彼女が初めて「上昇」した人間を見たのは、そこでのことだった。


最初の症例が入ってきたとき、わたしは研修医でした。

オクラホマの田舎でのことです。研修期間の一部、あるいはすべてを田舎の病院で働くことを選んだ場合の、医学生向けのローン返済プランがあったんです。わたしは裕福な家庭の出ではなかったし、もちろん四十年かけて学生ローンを返済するのは気が進みませんでした。ですからその機会に飛びついて、ボイジー・シティで就職したんです。

医療を巡る政治的混乱で、病院はほんとうに四苦八苦していました。たぶんわたしの患者の七十パーセントほどは、政府の支援を受けていたと思います。おそらくこの数字でも低いくらいでしょう。わたしたちが日常的に診ていた症例のほとんどは、典型的なインフルエンザやけがでした。農機具によるけがが多かったですね。

わたしたちはほとんどいつも、なにか、なんでもいいから喉を腫らした赤ん坊や足首を捻挫した農民より刺激的なことを待ちながら、だらだらと過ごしていました。そのなにかが最初の「上昇者」のひとりになるとは、まったく思ってもみませんでした。

あれはある秋の日の六時頃でした。影がうんと長くのびていて、看護師の友人と一緒に外に立っていたのを覚えています。彼女は煙草《たばこ》休憩中で、わたしは太陽の最後の光を少し浴びながら軽くストレッチをしていました。ひとりの年配の女性が年代物のステーションワゴンを運転してやってきました。彼女はかなり取り乱した様子で、世界が終わりかけているようにクラクションを鳴らし、両腕を振っていました。

わたしが駆け寄ると、女性は窓を開けました。

「孫が」彼女は大声で叫んでいました。「孫の具合がひどく悪いの！」

車の後部座席にひとりの少年が座っていました。その様子ははっきり覚えています。あぐらをかいて座っていた七、八歳の少年は、向きを変えてわたしのほうを見ました。彼はいたって冷静で、落ち着いていました。その目に浮かんでいた表情は……。それにどれほど心を打たれたかは、ほんとうに説明のしようがありません。こんなことをいうとばかみたいに聞こえるでしょうけど——頭のなかでいってみると、たしかにそんなふうに聞こえます——その幼い少年の眼差《まなざ》しは、あまりに聡明でした。

これでは彼の視線がわたしに及ぼした影響をほのめかすことにもなりませんが、そう説明するのがせいぜいです。自分の祖父が亡くなったとき、わたしはそばに座っていました。当時は大学生で、実をいうとペットを別にすれば本物の死を経験したことはなかったので、打ちのめされていました。祖父は毛布にくるまって長椅子に座り、なにか穏やかな音楽を聴いていました。わたしは祖父の手を取り、その目をじっとのぞきこみました。父と母は長椅子の、彼の隣に座っていました。

わたしたちは十二時間そこにいて、ただ待ち、見守り、できるかぎり元気づけていました。最初の変化は呼吸に表れました。懸命に長く吸いこんでいたのが、切れ切れの横から息が漏れているような呼吸に――浅く、さらに浅く。ちょうど太陽が昇ったばかりで、部屋に射しこむ光はとても柔らかく、ほとんど靄《もや》がかかったようだったのを覚えています。祖父の呼吸はさらにゆっくりになっていき、わたしは彼の手を握りしめていました。ついに息がほとんど止まると、祖父はこちらを向いてわたしの目をまっすぐ見つめ……微笑みました。そして息を引き取りました。でも最後の瞬間、ほんとうに最後の瞬間、広がり、開いた、海の底のように暗い祖父の瞳孔をのぞきこんでいると、彼の魂を――多くの知恵と多くの経験に満ちた魂を――見ているように感じました。その数ミリ秒はあふれんばかりでした。そこにわたしは押し寄せてくる知識の巨大な波、ツナミを感じました。自分がそれに飲みこまれるのを。それは重力が反転したような感覚でした。わたしは広大な空間に投げ出され、宇宙のなかで迷子になったちっぽけなかけらでした……。少し詩的にすぎるかもしれませんが、その感覚は本物でした。

そしてそれは恐ろしいものではありませんでした。ただ……畏怖の念を感じただけです。

その幼い少年の目をのぞきこんだとき、わたしはそれとまったく同じ感覚に、ほとんどあり得ない力で圧倒されているような気分に襲われたんです。わたしは凍りつきました。そんなことは学校を出て以来、初めてのことでした。その状態は長くは続かず、わたしは気を取り直すと、少年の祖母が金切り声を上げて叫んでいるあいだに彼を車から降ろしました。

当然ですが、わたしは少年の身になにかあったのだと思っていました。たぶん病気か、それとも事故に遭ったのかもしれない。見たところ、異常はありませんでした。熱はないし、顔色も悪くありません。その瞬間は、完全に健康そうに見えました。とにかくわたしは少年をERに運びこみ、看護師たちに精密検査をさせました。わたしは病歴を聞き取り、正確になにが起こっているのかを把握するために、彼の祖母と話をしました。

少年の祖母はせいぜい六十五歳くらいで、明らかにパニックになっていました。落ち着くのにしばらくかかりましたが、やがて彼女は、たしかに孫はけがをしていないといいました。少年は病気でもありませんでした――ウイルスや細菌には感染していなかったんです。なにが起こっていたのかというと、彼女の話では、少年はもう以前の孫ではないというんです。変わってしまったと。

「どう変わったんですか？」わたしは尋ねました。

「あの子はいうんです、わたしに話すんです、知ってるはずのないことを」

わたしは意味がわかりませんでしたが、心理評価の必要があり、ソーシャルワーカーにきてもらって祖母とも話してもらわなくてはならない、とカルテにメモしました。わたしは少年がどういうことを話すのかと尋ねました。

「あの子は物の内側が見えるというんです……」

「それは……たとえばどんな？」

「人間です、おもに」

少年の祖母の口ぶりに、わたしは寒気をおぼえました。わたしの臨床医としての脳に最初に浮かんだのは、少年が特別詳細な想像力を持っているか、あるいはおそらく統合失調症を患っているかのどちらかだということでした。ただし子どもにはめったに見られないことですが。特に幼い子どもの場合には。その確率はすぐには出てきませんが、十二歳以下の子どもの統合失調症はほとんど聞いたことがありません。

少年のバイタルはすべて正常でした。血液検査の結果も正常で、なにも上昇しておらず、心配な点はありませんでした。精密検査を進める前に、わたしは病院の臨床心理医に下りてきてもらって、一緒に少年と話をしました。たんに彼が祖母にいっているのが正確にはどういうことなのか――彼女をそこまで心配させているのは正確にはなんなのか――たしかめるためにです。多くの場合、子どもは黙りこみます。それは予測される行動です。馴染みのない場所にいて、知らない人たち、必ずしも信頼しているわけではない人たちと話をしているのですから。実をいうと、それはいいことです。精神的に安定した子どもたちが取る行動です。生来の生存本能に近いものだと考えてみてください。

その少年は黙りこみませんでした。

むしろくつろぎすぎていました。口数が多すぎたんです。

その狭苦しい診察室でわたしたちが向かいに腰を下ろすと、少年はまずこういいました。「足首に金属が入ってるね。左足に」彼が臨床心理医にそういうと、彼女は神経質な笑い声を立てて、どうして知っているのかと尋ねました。幼い少年はそれが見えるのだといいました。わたしがかけている眼鏡が見えるのと同じように、はっきりと。臨床心理医は、子どもの頃に足首を骨折して靭帯《じんたい》が少しと腱が断裂し、何度か手術を受けたのだといいました。そこには金属のプレートが入っていました。小さいけれど、あったんです。

「どうして知ってるのかな？」臨床心理医は少年に尋ねました。

彼女は焦っていました。その発言、少年の口から出た最初の言葉にうろたえていたんでしょう。こういうことには、予断を持たずにどう質問するかという手順がすべて決まっています。心理学は危険なゲームです。ルールを把握して、正しくプレーしなくてはいけません。さもないと探している真実にほんとうにたどり着くことはできないんです。とにかくふたりとも唖然《あぜん》とし、混乱していて、彼女は当面の問題に直接飛びつきたかったんでしょう。

「知ってたんじゃないよ。見えるんだ」少年はいいました。

そこでわたしは、ほかになにが見えるか尋ねました。

少年は前に身を乗り出すと、特定の言葉を探してページを注意深く調べているように、じっとわたしを見つめました。彼に上から下まで見られているのは落ち着かないものでした。

たぶん三十秒ほどして、少年は椅子の背にもたれていいました。「三つ見える。ひとつ目、背中にタトゥーを入れてる。お尻の割れ目のすぐ上。鳥に似てるけど、美術館の絵みたいだ。ふたつ目、手術を受けてる。なんの手術かはわからないけど、お医者さんにお腹の右側を小さく切られてる。そのなかには欠けてるところがある。ほとんどの人にはある腸の一部がない」

「盲腸のこと？」臨床心理医が尋ねました。

少年は肩をすくめました。「なんて呼ばれてるかは知らないよ」彼はいった。「でも、腸のもっと大きなところから出てる、小さなくねくねしたやつだ。ほとんどの人のは詰めこまれた小さな尻尾《しっぽ》みたいに見える。この人にはそれがない」

「この人」とはわたしのことでした。

わたしはなにもいいませんでした。言葉を失うという決まり文句がありますが、あれはほんとうです。そういうことはあるんです。たいていの決まり文句とはそういうもので、なぜそんなにしょっちゅう使われるかといえば、それがとても……リアルな、人間のあいだで広く通用している種類のこと、共有されている経験だからです。とにかくわたしは返事ができませんでした。臨床心理医が尋ねました。「三つあるといったよね。三つ目は？」

少年は笑みを浮かべ、照れくさそうにそっぽを向きました。

「続けて」臨床心理医がいいました。「話してちょうだい」

彼は声をあげて笑うと、わたしを見ていいました。「小さなTの形をしたプラスチックを……アソコに入れてるでしょう」少年がいっているのは避妊具のことでした。わたしのIUDは、もちろん小さなTのように見えます。子宮に入れれば、望まない妊娠を防いでくれる。わたしは数週間前にそれを装着したばかりでした。いま思えば、少年がなんらかの形でIUDのことを知っていた可能性はあります。たぶん家族の誰かが持っていたとか、コマーシャルで見たとか。でもほかのこと――タトゥーの件や、わたしが盲腸の摘出手術を受けていたという事実はなおさら……それはびっくりするようなことでした。そして同時に、あまりにも信じがたいことでした。わたしは少年が入れ知恵をされているのではないかと考えました。

ですからそのことを書き留め、わたしたちは精密検査をしました。

まずレントゲンから。なにも異常は見つかりませんでした。ここでわたしたちは、少々厄介な問題に直面しました。理屈の上では、少年にはどこも悪いところはありませんでした。彼の祖母が訴えていたことはたしかにふつうではなかったけれど、危険なものではありませんでした。理屈からいえば、少年の命を脅かすようなことはなかったんです。そういう状況で検査を続けるには費用がかかるし、正当な理由もありませんでした。

同時に少年の身に起こっていることがなんであれ、それは彼の祖母を苦しめていました。わたしがなにも問題ないようだというと、彼女は取り乱しました。そして孫息子のどこが悪いのかわたしたちが突きとめるまでは、病院から帰らないと言い張りました。わたしがどこも悪くないとほのめかすと、彼女は気はたしかかといわんばかりの目でこちらを見ました。少年の祖母は立ち上がり、歩いていって診察室のドアを開けると、こういいました。「きてちょうだい。見せてあげる」

わたしたちと一緒に診察室に入ると、彼女は孫の手を取りました。それから待合室を歩いてもかまわないかと尋ねました。最初にいったように、そこは小さな町でした。それでもそのときは、五人の患者が待合室にいたんです。三人は少年と話をしているあいだにきた人たちで、わたしたちにはまだ誰も精密検査をする時間はありませんでした。

彼女は孫の手を引いて、待合室にいる人たちの前を順番に通り過ぎました。少しのあいだ、少年がそこに立って病気の人たちを見つめ、臨床心理医と少年の祖母、そしてわたしがそれを見守るという奇妙な時間が流れました。最初の年配の女性患者がわたしたちになにをしているのかと尋ねかけたとき、少年がいいました。「この人の肺にはどろっとした黒いネバネバがある。そのせいで咳が出て、空気が届くはずの深いところまで下りていかないんだ[48]」

年配の女性はうなずいていいました。「ええ……そのとおりだけど……どうしてこの子は知ってるの？」

でもわたしたちは既にいくつかの椅子の前を通り過ぎ、前のめりになって眠りこけているあごひげを生やした男性のところに移動していました。彼はアルコールのにおいをぷんぷんさせていて、痛みを訴えオピオイドを求めてやってきたのを、何度か見かけていました。

少年はわたしや臨床心理医、年配の女性のときよりも少し長く、眠っている男性を見つめていました。それから祖母のほうを向いて、こういったんです。「この人の体のなかは、そこらじゅうこぶだらけだよ。そのせいで死にかけてるんでしょう？」

もちろんわたしたちはその少年が最初のひとりだとは、そのときは知りませんでした。彼の名前はカーター・ロワゼルといいました。そしてわたしたちは、腎臓結石を抱えた別の若い女性患者が、その一部始終をスマホで撮影していたことも知らなかったんです。彼女は治療のために連れ戻される数分前に、その動画をＳＮＳにアップしました。二時間後に彼女が病院を出るまでには、ネットは大騒ぎになっていました。

あの幼い少年は「上昇」の顔でした。(49)

少なくともほかのものたちが現れるまでは。

(48)　少年が見えると説明したものは、おそらくＣＯＰＤだろう。なかには後天的な遺伝子変異の場合もあるが、一般的には喫煙が原因と考えられる病気で、肺気腫や慢性気管支炎を含む。

(49)　悲しいことに、カーター・ロワゼルはＥＲでアデルと出会ってから五カ月後に、「上昇」に関連した脳動《のうどう》脈瘤《みゃくりゅう》で亡くなった。

22

キアラ・マケイン医学博士、公衆衛生学修士、神経科学者、疫学者

テキサス州オースティン
二〇二六年一月十五日

オースティンへのフライトは厳しいものだった。

飛行機は幾度か嵐のなかを通過し、乱気流のせいでわずかしかいない乗客たちは吐いていた。わたしはレンタカーを借りて市街地を目指し、毎晩新たなコウモリのディスプレイで数千人の観光客を喜ばせているコングレス・アヴェニュー・ブリッジを越えて、テキサス大学のオースティン・キャンパスにあるペリー・カスタニェダ図書館へ向かった。それは天井の低い大きな白い石造りの建物で、木とアースカラーを多用したすっきりした内部は明るい。

わたしは三階のロビーでマケイン博士に会う。

「上昇」が初めて地球上に広がった頃、医療関係者はまだ、救急救命室に現れた人々になにが起きているかの説明だけでなく、それらの奇妙な症例に関連があるかどうかの見極めにも躍起になっているところだった。マケイン博士は、ある理論の初期の提唱者として登場した。

医師たちが見ている症例はほんとうにいままでにないもので、化学物質への暴露の問題でもウイルスの大流行でもなく、影響を受けた人たちの脳にあらわれた変化は「本質的」なもので、脳自体が別のものに変わるという物理的な変化が原因である、という説だ。

マケイン博士は三年前に医療の現場を離れたが、ときおりテキサス州のために症例に関する相談役を続けている。現在彼女は、下は三歳から上は十四歳まで五人のわが子と、水彩画に情熱を傾けている。マケイン博士はアフリカ系アメリカ人で背が高く、分厚い眼鏡をかけ、髪をきつく結わえてポニーテールにしている。

わたしたちはそれを「上昇」と呼びました。たしかネヴァダ州のランス・グッドマンとラジ・シーマ(50)のチームにいた誰かがいいだしたんです。最初はちょっとした冗談だったんでしょう。ERにやってくる人たちの一部が奇妙な能力があると主張するのを見て、もしかしたらその人たちは人類の進化の次の段階にいるのかもしれないと冗談をいったんです。彼らは「上昇」したんだってね。

(50) ランス・グッドマン博士とラジ・シーマ博士は、ネヴァダ大学リノ校の神経科学者である。ふたりとも「上昇」した患者を識別するという、マケイン博士の初期の作業に関わっていた。どちらも本書のために話をするのは断った。

その呼び名、その案が定着したわけです。

わたしたちの多くが思い浮かべるのは、いわゆる「透視能力」を持った幼い少年や、車をくるくる回転させて通りの下にある井戸の音を聞くことができた老婦人ですが、彼らは第一波のなかでも特にメディアと相性がよかっただけのことです。

それは合衆国内のあらゆる都市や町で起こっていました。

電磁放射線、紫外線の色、ネズミの超音波の歌(51)など、自分には見えないものを見、聞こえないものを聞き、感じられないものを感じる子どもを連れた親たちが、救急救命室にやってきました。

ネット上には、多数の動画がアップされていました。

わずか二十四時間のうちに、数千件の症例の報告が寄せられました。どういうわけかわたしのオフィスは受信トレイになり、医師や研究者たちは説明できないものを見ると、そこに送って寄こしたんです。教室のホワイトボードに延々と数式を走り書きする女子高生、山を通り抜けて飛ぼうとした飛行機のパイロット、ある朝目覚めて老人ホームのスタッフに量子力学の講義をはじめた、元パティシエの年配の紳士、自分の太腿の肉を慎重に切り取って内側の腱を操り、筋肉が踊るのを眺めた中年女性。

それらはすべて脈絡がなく、ただの情緒不安定の事例に思えました。なにもかもがあっというまに起きたため、より大きな像をとらえることは誰にもできなかったんです。医療システムはお手上げ状態で、最初は集団ヒステリーの一例のように見えました。

ただ、この規模の集団ヒステリーは誰も見たことがありませんでした。いったいなにが原因で、何千キロも離れた場所にいる何百万人という人たちが、ある日突然、目を覚ますと頭のなかがむずむずして、ほかの人間には感じられないものを感じ取れるようになったというんでしょう？　誰にも答えられませんでしたが、「上昇」の原因を解き明かす第一歩は、まずそれが存在するのを認めることでした。

わたしは自慢話をするたちではありません。長老派教会の信徒として育ちましたからね。でもそのパターン、そうしたひとつひとつの症例を結びつけるものを初めて見つけたのは、わたしだと思います。一方で、考えはあったものの、それを形にするために必要な現場での

(51)　この話にわたしは常に魅了された。マケイン博士は実際にどこで聞いたのか思い出せなかったが、わたしはその出所を突きとめることができた。カンザス州ウィチタの事例だ。どうやらその都市の郊外に住む十五歳の少女が、おかしな耳鳴りがするといってERにやってきたらしい。耳のなかでひっきりなしにキーキー音がするというのだ。実は彼女が聞いていたのは、野ネズミが戦いや交尾の際に発する超音波の叫びだった。聞くところによると、すべてのネズミは鳴き声を立てるのだが――なかにはかなり複雑なものもある――そのほとんどは犬笛によく似た、わたしたちの耳には実際は聞こえない高音域の音らしい。

作業は行っていません。結局のところ、実際にデータを漁ってくれた仲間の医師や神経科学者たち、ＣＤＣで数字を分析し、決定的証拠となるグラフをわたしたちに提供してくれた統計学者たちのおかげです。

特に重篤な症例の大半で、患者は脳のＭＲＩ検査を受けました。医師たちは脳出血、脳卒中の痕跡、損傷、多発性硬化症、認知症、感染症の――リストは長々と続きます――兆候を探していました。少なくとも最初に入ってきた数百件ほどの検査画像を比較したところでは、どのような相関関係も見て取ることはできませんでした。一見してそれとわかるものは見られなかったんです。

あなたは直感的になにかを感じたことはありますか？　とにかくなにかがおかしいと直感したことは？

わたしはそれらの検査画像を見ていて、そう感じたんです。

症例間に、自分には見えていない――誰にも見えていない――関係があることはわかっていました。わたしはその関係を見つけるまではオフィスを出ないし眠らない、と心に誓いました。十八時間後、カフェインがたっぷり入ったエナジードリンクを六本とチョコレートココナッツクッキーをひと箱、そして七回のトイレ休憩を取った末に、わたしはそれを見つけました。それはずっと目の前にあったんです。わたしたちみんな、見過ごしていました。

すべての脳が、本来あるべきよりも小さいことを。

たいして小さいわけではありませんが、容易に気づくほどに。

平均的な成人の脳の重さは千三百から千四百グラムで、長さはおよそ十五センチです。もちろんばらつきはありますが、それは驚くほど一貫しています。対象となった個人の脳はそれぞれ、長さが十二センチでした――ひとつ残らずです。重量は断面を基準に推定できましたが、亡くなった数人の場合、千百グラムだったことがわかりました。わずかな誤差もなく。どうしてそんなにそっくりなのでしょう?

いまあなたは、そんなことにはなんの意味もないといおうとしていますね。でもわたしは「上昇者」――突然ほかの人間よりも優れた思考力、視力、聴力を手にした人たち――の脳が、残りのわたしたちの脳より小さかったといっているんです。

それは直感に反する、そうでしょう?

医学界の大部分の人たち、おもに保守派の神経科学者や神経外科医たちは、わたしがなにを見つけたかを聞くと心臓発作を起こしそうになりました。それは数百年にわたる解剖学の歴史に、そして人間の脳に関するわたしたちの知識に反するものでした。しかしそれは現実でした。「上昇者」の脳はより小さく、よりこぢんまりしていました。なぜなら彼らは心をより多く使っていたからです。繰り返しますが、これは異端の主張です。脳がそんなふうに働くはずはありません。

人間の脳は過去約二百万年間、同じ重さ、同じ大きさでした。それが突然、数日のうちに変化する。変形し、いっそう可塑性《かそせい》を――これがわたしたちの使っている用語です――増して、感覚と論理の信じられないような離れ業を可能にする精妙な新しい形へと移行する。つまり、その後わたしたちはダリア・ミッチェルのような人々について、より多くを目にしたわけです。

そうした検査画像を目にし、それが意味していそうなことに気づいたわたしが最初に抱いた疑問は、単純なものでした。どうすればこんなことが起こるのだろう？　ウイルス？　環境汚染？　遺伝的なもの？　影響を受けた人々、「上昇者」のあいだには、なんらかの因果関係があるにちがいない。それがなんなのかを突きとめればいいだけのことだ。

その後の展開には、わたしはいっさい関わっていません。

わたしはなんの提言もしませんでした。もし提言したとしても、きっとどのみち誰も耳を傾けてはくれなかったでしょうが。わたしは何者だったか？　国全体に影響を及ぼしている問題を解決しようと奮闘する一介の医者、群衆のなかのひとつの声です。きっかけをつくったのはわたしかもしれませんが……まあ、あんなことになるとは思いもしなかったでしょう。

怯えた人間というのは、恐ろしいことをするものですね。

23

著者の覚書

「上昇」は野火のように広がった。

使い古された表現だが、この出来事を表すにはぴったりなように感じる。症例数は最初の六日間で爆発的に増加した。ダリアがパルスを発見した翌日には数十件だったのが、二日後には数千件に達したのだ。これはデータベース化された医療保険の申請書や病院の受け入れ記録にもとづいた、アメリカ国内だけの数字だった。ほかの国々のなかには、気が遠くなりそうな人数のところもあった。医療機関には人々が殺到し、たちまちシステムが機能不全を起こした。

最初は様々な症状が無秩序にあらわれ混沌としているように思われたが、じきに明確なパターンが見えてきた。あるものにとっては、「上昇」は宗教的目覚めに似た驚異的な出来事だった。ほかのものにとっては、それは悪夢だった。そして人間の体を変化させるすべての過程がそうであるように、「上昇」は必ずしも成功裏に終わるわけではなかった。

大勢が体調を崩した。さらに大勢が命を落とした。

「上昇」は影響を受けた人たちを、段階的に変化させた。それらの段階は厳密に定義されているわけではなく、しばしば混じりあった。そしてどのような生物学的過程もそうであるように、厄介なことになる可能性があった。二〇二三年十一月にCDCによって文書化されたように、その段階とは次のようなものだった。

第一段階——「上昇者」は幻覚や幻聴を経験し、重力波のような通常では目に見えるはずのないもののしるし、あるいはとうの昔に死んだ肉親の姿を見た。「上昇」の初期症状の多くは統合失調症による障碍と似ており、鼻血を伴った。

第二段階——認識能力の向上により、一部の「上昇者」はひと晩のうちに大学者になった。彼らは新しい数学の形式を計算したり、革新的なコンピュータ・アルゴリズムを開発したり、未知の生物学的作用を発見したり、想像を絶する芸術作品を創造したりすることができた。

第三段階——「上昇」が神経機能以上のものを支配するようになると、最初の死者が出た。その過程は単純にいって、彼らの肉体では処理しきれなかったのだ。生きのびたものたちは、われわれ自身の世界と重なる得体《えたい》の知れない世界を知覚することができた。それは別の惑星ではなく、「優越者」が住む別の現実であると思われた。

第四段階——「上昇」の最終段階で、影響を受けたものたちは忽然《こつぜん》と姿を消した。それは数ミリ秒の出来事だった（さらに詳しいことは、後ほど論じることになるだろう）。けっして証明はされなかったが、「上昇者」は実際に窮屈な人間の形態を脱ぎ捨てて、「優越者」の次元界へ移行したのだと信じられている。

一部の人々——人口の約三十パーセント——だけが「上昇」の影響を受けた理由について、研究者たちには確実なことはいえないが、複数の説が存在する。まず遺伝的特質。科学者たちは「上昇」したものが特殊な遺伝子を持っていたのではないかと考えている——影響を受けたものの多くがバイリンガルだったことから、もしかしたら言語の習得に関わる遺伝子かもしれない。第二は精神構造。「上昇者」になったものを研究している社会学者たちは、彼らが一般的な集団よりも利他的特質を示していたことを確認した。しかしこれらの案は仮説にすぎなかった。ある研究者はわたしに、科学が「上昇」を完全に理解するには数十年はかかるだろうといっていた。

しかしひとつはっきりしていたことがある。いったんはじまれば、「上昇」を止めるのは無理だということだ。人間の肉体は、当然「上昇」の進行を妨げるか食い止めようとするが、最終的にはその変化を受け入れなくてはならなかった。肉体がそれを拒んだものは単純に命を落とした。

この時期、当初は数多くの相容《あいい》れない様々な説が存在した。なんらかのウイルスではないか——これは最初の数日間、広く受け入れられていた考えだ——あるいは水や空気を介してわれわれの環境に持ちこまれたテロリストのドラッグかもしれない、という説まであった。これらはたちまち除外され、別の案が出てきた。遺伝子の異常が環境汚染や食品に混入した汚染物質をきっかけに、いま顕在化したというものだ。これもたちまち除外された。ひとつの説が論破されるたびに、十余りのより奇抜な新しい説が出てきた。

一般の人たちが知らなかった――知ることができなかった――のは、「上昇」の症状はダリア・ミッチェルがパルスを発見した直後にはじまった、ということだ。その情報は、パルスが初めて記録されてから一カ月後に情報公開対策本部が最初の報告をするまで、表に出てくることはなかった。そしてその頃には、世界は既に取り返しがつかないほど変わっていた……。

24

サイ・ラガーリー、〈ニュー・オールド・ワールド・ウェブサイト〉の運営者

ノースカロライナ州ローリー
二〇二六年一月十九日

サイ・ラガーリーはパキスタン生まれだが、小学生のときに機械技師だった両親とともに、合衆国に移住してきた。

ミズーリ州セントルイスで育った彼は、バミューダトライアングルやネス湖の怪獣の話が大好きな、ごくふつうの生徒だった。それ以上に彼が好きだったのは、そうした現象が現代科学では認められておらず、タブー視されているということだった。少年時代のサイは、特に飛び抜けたプログラミングの才能は示していなかったが、大学では覚えが早く腕のいいプログラマーだということを証明してみせた。

大学卒業後、サイは会計事務所にＩＴスペシャリストの職を見つけた。しかし彼の情熱はウェブデザインにあった。三年後の二〇二一年に〈ニュー・オールド・ワールド〉を立ち上げたとき、彼は「これはぼくを有名にしてくれるサイトになるだろう」と感じた。

案の定、サイのサイトは歴史の流れを変えることになる。

もともと〈ニュー・オールド・ワールド〉は、UFOの目撃や超常現象に関する傍流のニュース記事や「くずデータ」（科学的・歴史的な正統派には受け入れられていない情報）についての意見、サイが興味を抱いた「忘れられた」本の書評といった、世に知られていない情報のためのちょっとした情報センターだった。彼はサイトに書きこまれる話の恩恵を個人的に受けることはなかったが、自分のことを「声なきものに声を」与えるキュレーターのようなものだと思っていた。

サイトは人気を博し、すぐにサイのもとには読者から大変な量の素材が送られてきた。当初は、サイトで取り上げるものは慎重に選ばれていた。インタビューのなかで彼は、読者が「無作為に選ばれた個人の目から見た現実」を無条件に受け取るだけにはならないようにしたかったのだ、と主張していたが、その姿勢は変化して、送られてくるものをほぼすべて掲載しはじめた。実際、突拍子もない、得体の知れない情報であればあるほどよかった。それがサイトのフォロワーを増やすためだったことは否定しながら（最も頻繁にサイトにアクセスし、いつもフォーラムに投稿している人たちは、すぐに素材の一次情報源になった）、サイは何年も研究し本を読んできた結果――彼は二万五千冊を読んだと主張している――調査の素人こそ信頼できるという結論に達したのだ、と語った。サイの考えではそのほかのものはすべて、彼が「理性の裏切り」と名づけたものによって損なわれていた。

サイは国家（これには政府や学界から大企業や軍まで、すべてが含まれる）によって生み出された、あるいはマスコミ（これもできるかぎり広く定義された）によって伝えられたあらゆる論理的な真実は信頼できず、主流から可能なかぎり遠く離れたところで生み出された考えを持つ人々だけが信頼できると信じるようになっていた。サイはそうした人々の説を「素朴思考」、あるいは「門外漢説」と呼ぶことを好んだ。

十年代後半に襲った「フェイクニュース」のツナミの結果として、〈ニュー・オールド・ワールド〉はたちまち陰謀論者の頼みの綱になった。やがてそれは、「上昇」に関する突拍子もない憶測や代替哲学の中核にもなった。

わたしはサイに、ノースカロライナ州ローリーの彼の自宅で面会する。彼とその妻で元看護師のジンジャーは、裏のポーチに甘いお茶やサンドウイッチ、焼き菓子といったごちそうを並べて歓迎してくれる。夫妻の子どもたちはもう大きくなっているが、サイとジンジャーはプールを持っていて、わたしたちが話をしているあいだ近所の子どもたちが何人か、そのなかで水飛沫《みずしぶき》を上げている。サイは背が低く、黒っぽい髪を後ろになでつけてきつく縛り、ポニーテールにしている。

ああ、それで、カーター・ロワゼルの件だけど……。

ぼくがあの子のことを聞いたのは、世界じゅうのほとんどの人たちと同じような形でだった。ＳＮＳさ。

　のんびりした陳腐な話に聞こえるだろうけど、おばがそれに関するチェーンメールを転送してきたんだよ。ステラおばさんは自分のメールボックスに届いたものは、だいたいなんでも送って寄こしたんだ。だから最初はカーターのことを真に受けなかったのは、勘弁してもらいたいな。実際、もう少しで削除するところだったんだ。

　ど田舎のどこかの寂れた町にある病院の待合室で、カーター・ロワゼルが患者を診断してる動画を初めて見たときは、鳥肌が立ったよ。正真正銘の鳥肌さ。両腕の上から下まで、それに首の後ろにもね。

　それから、さらに多くの人たちから同じ動画が送られてきた。

　外部の情報源。ぼくがやってること、ぼくが広めている情報の種類を知ってる人たち――彼らはあの動画についての質問を持って、あちこちから連絡してきはじめた。あれは本物だと思ったか？　ああ、思ったよ。政府のマインドコントロール計画となにか関係があると思ったか？　たしかにそうかもしれない。ひょっとしてあの子どもは、宇宙人と人間とのハイブリッド繁殖計画の結果だったのか？[52]　その可能性は否定しない。

　理解してもらわなくちゃいけないのは、ぼくらはみんなこの件について手探り状態だったってことさ。大流行はまだはじまったばかりだったから、目新しさがあった。人々はまだ、その後のあらゆる騒動やばかげたことに疲れ果てていなかったから、呆然としてたんだ。もちろんこれは冗談だよ。あのあとのことはいうまでもなく、世界全体とまではいわないまでも、かつてわが国に降りかかった最大の「偽旗」[53]作戦だったんだ。

(52) 古き良き陰謀論である宇宙人と人間のハイブリッドという概念は、一九六〇年代にはじまった宇宙人《エイリアン》による誘拐《アブダクション》を訴える動きに起源がある。一九四〇年代から五〇年代にかけて、UFOは空を飛び交っているところを目撃されていたが、六〇年代から七〇年代にかけては接触してきた――あらゆる種類の奇怪な実験のために、人間が車やベッドのなか、さらには裏庭からさらわれたといわれている。多くの懐疑的な研究者は、そうした報告されている誘拐の筋書きを――ほとんどの場合、対象者が心理療法士のオフィスで催眠状態にあるときに詳しく語られる――金縛りやサキュバスの昔話と結びつけている。そしてそれらの話と同じように、宇宙人はしばしば男性の精子と女性の卵子を盗む。その結果生まれた子どもは宇宙人と人間のハイブリッドで、異常に賢く、力が強く、そしてほとんどの場合は悪意がある。

(53) 陰謀論の重要な概念である「偽旗」作戦とは、政府、あるいは企業関係者（誰にせよたまたま権力の座にあるもの）が、爆弾テロから学校での銃撃まで、当初はテロリストか反政府・反企業活動家の仕業に見えるような事件を起こすことである。その事件はやがて、手を組んで対抗してくる様々な勢力に対して政府・企業への支持を集めるために利用される。事情通（陰謀論者たち）にとって偽旗事件は、実際には政府・企業が好意や同情を誘うために引き起こしたものだった。たとえば、法的にアサルトライフルの所持を禁じられている精神疾患を抱えたひとりの男が、そのライフルを使ってモールで大勢の人を動画には、あの子の診断ひとつひとつがどうやって確認されたかについての短いメモが添えられてた。誰だか知らないがそれをまとめた人間は、レントゲン写真や検査結果をつけ加えていた。あとでわかったんだが、その動画は複数の人間が情報を少しずつつけ足すことで、ネット上で雪だるま式にふくらんでいったようなものだったんだ。それらの資料は、ぼくにとって決定的だった。

スラムダンクさ。

ほら、ぼくは救急救命士の訓練を受けてるからね。けっして医学的な問題について医者みたいに詳しいとはいわないけど、そうした検査結果が本物だとわかる程度の知識はある。さらにいえば、カーターがいってることは筋が通っているとわかる程度の知識もね。ぼくらが手にしていたのはある人間の本物の症例で、その若い人間はものすごいスキャニングマシンがやるように体内の病気を見てたんだ。

とんでもないものだったよ。

ぼくはすぐにその動画をウェブサイトのトップに載せて、できるだけたくさんの感嘆符で囲んだ。それからリアクション動画を一本つくっていくつかのストリーミングサイトに投稿し、続いて解説動画をアップした。最盛期には〈ニュー・オールド・ワールド・サイト〉のユニークユーザー数は、一時間で一万五千あったんだ。これは動画を投稿する前の数字だったから、いったんぼくがなにかに飛びつけば、テレビのニュース専門チャンネルや新聞を動かすのに必要なひと押しができることはわかってた。

投稿してから二時間もたたないうちに、マイアミのばかなリポーターによって「カーター事件」と名づけられたその動画は、この十年間で最大のトレンドニュースになってた。あの瞬間、自分がグラウンド・ゼロにいたことは、基本的にいい気分だったな。ぼくはすぐにそれを利用して、売りこみたいと思ってたほかの重要な話題のほとんどを、カーター事件の動画と結びつけた。そっちのほうも全部、かなり盛り上がったよ。そのすべてがどれだけたがいに関連していたか、ぼくはろくに知らなかったんだ……。

あれは世界史上最大の偽旗作戦だったっていったとき、あなたは少しおかしな顔をしてぼくを見たね。そんなふうにいうと少し大げさに聞こえるのはわかるけど、ぼくらはどちらも自分たちの世界が根本的に変わったという事実を疑うことはできない。しかもそれはいい変化じゃなかった。

ぼくは「上昇」が現実だったとは信じてない。

カーターがあの動画でやったこと――あれは本物だった。あの少年は人々の体の内側を見

虐殺したとする。その大量虐殺事件のあと、政治家たちはより厳しい銃規制法を通すよう政府に要求する。事件を詳細に掘り下げた陰謀論者たちは、それが修正第二条の権利を縮小するために政府が計画したフェイクであり、犠牲者は役者だという証拠を「発見」する。

てた。彼は病気を診断してたし、いうまでもなく、あれははじまりにすぎなかった。いわゆる「上昇」をする前、カーターはひと握りの腫瘍や損傷した臓器なんかよりもずっと多くのことを目にしていたんだ。カーターは、ぼくたちが国として初めて目にした、「上昇」した人物だった。彼らがぼくたちに差し出すことにした、初めての人物だ。

「彼ら」というのは、もちろん政府のことさ。

ぼくは情報公開計画の全貌を一般に公表するのに協力した会社のひとつに、スパイを何人か送りこんでるんだ。そのスパイから、何通かの告発メールが送られてきた。それによると明らかに政府は、あの医者がカーターを見つける前から彼のことを知っていたばかりか、秘密を明かすと決めるずっと前から、ほかのいわゆる「上昇」した人たちの証拠をつかんでた。当然、あなたに名前を教えることも、当の本人に接触させることもできない。なぜって、そう、どういうことになるかは誰でも知ってるからね――すべてが収まってからずいぶんたったいまでさえ。

動画があるんだ[54]。

いまいったように情報源を明かすことはできない。でもぼくは、その道の権威が書いたものから、ニューメキシコ州の軍事施設の地下二階に監禁されている人たちがいることをつかんでる。カーターのような人たちだ。

彼らの違いは外見だけだ。

わかるかい？

あの少年は人々の体の内側を見ることができたけど、その才能は目に見えないものだ。監禁されてるほかの人たちは、それほど幸運じゃなかった。彼らはなにかによってねじ曲げられ、手を加えられ、つくり直されて、突然変異を起こしてるんだ。背骨が二本ある女の子がいるって聞いたよ……。

ぞっとするだろう？

あなたに家に帰って考えてほしいのは、こういうことだ。「上昇」、数時間の内に地球全体に広がったこの代物――それはほんとうに偶然の出来事だったといえるんだろうか？　少しの助けも後押しもなしにこんなことが起こったのは、人類史上初めてのことだ。ぼくの推測では、「上昇」はほんとうに様々な物事の断片を寄せ集めただけのものなんだ。精神疾患、なんらかの遺伝的異常、中毒、それに加えて大勢の被害者役。それを混ぜ合わせ、大金をかけてハリウッドの特殊効果でうまい具合に編集すれば、即席の疫病をでっちあげる勝利の方程式が手に入る。

なぜ政府がそんなことをしたがるのかって？

(54)　サイが言及しているのは、まさにフランク・ケルガード博士が見たと主張しているものと同じ種類の動画だろう。それらの動画は「上昇」の物語のなかに何度か登場する。

そんなの、当たり前じゃないか。ぼくには見え見えさ。すべては人々を支配するため。ずっとそうだったし、この先もずっとそうだろう。もし人類がなにか奇妙な新しい病気のせいで変化しつつあるということにできれば、連邦捜査官はぼくらを閉じこめ、銃を取り上げ、財産を要求することができる。すべてぼくたちを守るという名目で。だろう？　これまで何度もやってきたみたいにさ。一九九〇年代のエイズ危機(55)、いわゆるクラック・コカインの流行……。

わたしが「上昇」に対する政府の最終的な説明――あれはダリア・ミッチェルが発見したパルスコードの結果だった――について尋ねると、サイは大笑いした。

やれやれ、あの説明は、そうだな……。
実際、あれを聞いても、ぼくが信じていたことはなにも変わらなかったよ。実のところ、事の真相があらためて強調されただけだったね。あんなお話をでっちあげて人々に信用させるなんて、できるわけがないじゃないか。その仕組みはこうだ。いいかい、ぼくはいまそれを、ただで教えようとしてるんだ。これは見事な、まったく論破できない解釈だよ。これを全部本にまとめるときは、ぼくが思いついたんだってことをわかるようにしてもらいたいな。オーケー。わかった。

こういうことさ。われらが愛《いと》しの政府は、世界史上最大の偽旗作戦に従事している。彼らは合衆国の全国民に、最終的にはあきれたことに世界じゅうに、信じこませつつあるんだ。「上昇」と呼ばれるものがあり、それが一部の人たちを狂わせ、一部の人たちをとてつもなく賢くし、そしてほかのものたちを……そう、ほかのものたちはそのせいでただ死んでいるんだってね。それは売り文句で、カーター・ロワゼルやほかのすべての人たちがなぜあんな振る舞いをするのかを説明するのに役立ってる。

そんなわけで人々は不安に駆られることになり、そこに政府が介入してきてこういうんだ。「この件はわれわれがコントロールしています。みなさんは安全です」その動きの目的は、もちろんぼくらから自由を奪い取ることだ。この国を、いわゆる奴隷国家にすることだ。北朝鮮でキム一族がやってるみたいにね。

でもそのうち、立ち上がって「こいつは臭いぞ！」という人たち、ぼくのような人々が現

(55)　一九八〇年代後半にエイズ危機が爆発すると同時に、ＨＩＶはアメリカ政府の研究所でつくられたものだと主張する陰謀論の小冊子や論文、ニュースレターが大量に出回りはじめた。この生物工学によって生み出された病気――サルウイルスとポリオウイルスのフランケンシュタイン的パッチワーク――は、戦争の兵器として設計され、保守的な政府の医師たちによってゲイコミュニティに解き放たれたというのだ。

れる。ほかの人たちもぼくのあとに続く。彼らは問いを投げかけはじめる。よくいわれるように、波風を立てはじめるんだ。そのとき政府の情報操作の専門家、このすべての陰にいる広告のプロが、過去最高の嘘とともに現れる。「われわれが悪いんじゃない。宇宙人の仕業だったんだ！」

ああ、そうとも！

ぼくらがけっして見ることのない宇宙人、ぼくらがけっして話すことのない宇宙人、ぼくらがなにも知らない宇宙人。悪いのは彼らだった。いちばん傑作だったのは、誰もがそれをすっかり鵜呑《うの》みにしたことだ。賢いやり方だってことは認めるよ。実に賢い。ぼくらが「終局」に達するときには、事態はずっとよくなる。もしあなたが本気で、あの何十億という人たちがみんな別の世界に入っていっただけだと思っていたんなら、そうだな、アリゾナにあなたに買ってもらいたい橋があるんだけど……。

25

ヴァネッサ・バラード前大統領

ミシガン州デトロイト
二〇二五年九月十八日

日暮れ時に外に出ると、バラードのあとについて近くの公園に向かう。

そこは木が一本も生えていない真っ平らな四角い草地で、この静かな都市を見守る廃墟と化した空っぽの大規模小売店に囲まれている。店舗の屋根からは木々がのび、割れた窓からはなかに生い茂る下草がのぞいている。公園の中心まで歩いていくと、バラードは通り過ぎるシラサギの群れ、頭上をゆったりとよぎる大きな白い鳥たちを指さす。近くの運河に集団繁殖地があるのだそうだ。わたしたちが立っている公園は？　これがどの地図にも載っていないのは、二年前は公園ではなく駐車場だったからだ。

日が暮れてコウモリたちが続々と建物から出てくるまで、わたしたちはその公園にとどまる。

自宅に戻る途中でバラードは、在任中は世界がとても小さく思えたと語る。地球上には人類が足を踏み入れていない場所はほぼなく、空は完全に征服されていた。真の冒険は星々のなかに、あるいはなによりも重要なことに、人間の頭のなかにあった。しかしいまは……いま世界は、突然もとに戻っていた。まるでわたしたちの進歩がなかったことにされ、発展の仕組みがリセットされてしまったかのように。彼女にとってそれは、素晴らしいことを約束する考え方だった。世界はふたたび開かれたのだ。

ある意味、人類の歴史自体が「上昇」していた……。


「上昇」。

まさかあんなことになるなんて……。

最初の症例が次々に起こりはじめたとき、それについて耳にするようになりました。ちょうどこの国のほかの人たちみんなと同じように、あの少年の動画を見たんです。

それから次の症例の話が入ってきて……。

そしてまた次が。

DCに戻る機内で、わたしはそれに関する動画を見、投稿を読んで過ごしました。「上昇」のごく初期の数時間でさえ、それは波のようでした。不可解で奇妙なことが起きていました。南部のどこかの学校の先生が、根数の授業の最中におかしくなった動画がありました。その気の毒な女性は鼻からひどく出血していましたが、じっと天井を見つめて本人だけに見える赤ん坊に優しく話しかけていました。不安をかき立てられましたよ。

当然それを見たわたしの頭には、デイヴィッドのことが浮かびました。

ホワイトハウスに戻るとスティムソン先生に電話して、動画を見たかと尋ねました。彼は見たと答え、それらがなにを意味しているのか判断できる立場にはないといいました。とりわけ理性的な彼は、それが集団パニックの事例ではないかとほのめかしました。ひょっとすると、その人たち全員にパニックを起こさせるきっかけとなった、動画や画像があったのかもしれないというのです。(56)これまでに集団パニックが発生した時代では、その原因はたいていが社会全体のストレスで、無意識の不安が爆発して奇矯《ききょう》な行動となっていました。

(56) 研究者との会話のなかで、この考え方には何度か出会った。写真や映画の登場以来、「引き金」となる画像という説は文化的に人気がある。この概念にはたしかに真実味がある。特定の画像や一連の画像を使って催眠術をかけたり、なんらかの形で同様に人間の行動を変容させられる、という考え方だ。特定の点滅画像が人々に発作を起こさせるのは事実だが、そのいわゆる兵器化された画像、あるいは映像というのは、メディアの世界に昔からある小道具《マクガフィン》だった。殺人を引き起こす映画や、洗脳された人間《マンチュリアン・キャンディデイト》を行動に移させる録音された音声、催眠術をかける写真といったものだ。しかしわたしがＦＢＩで聞いた話では、そうした画像や映像が表に出てきたためしはないという。神経学者によれば、それはたんなる神話であり、あまりによくできているため、ほんとうにちがいないと思ってしまうだけだそうだ。

大学時代にわたしは、中世ヨーロッパ、おもにフランスとドイツで発生した「踊りのペスト」の歴史について読みました。人々が突然起き上がって踊りだし、なかには意識を失うか、ひどいときには脱水症状で死ぬまで踊りつづけるものもいたんです。中世のものの見方では、それは悪霊や悪魔の仕業のように見えました。[57]

「上昇」がなんであるにせよ、そういうものでないことはわかっていました。

デイヴィッドはボーリング場の一件以来、発作を起こしていませんでした。ウォルター・リードでは徹底した精密検査が行われましたが、なにも見つかりませんでした。翌朝、彼はにこにこと幸せそうに、見たところ前の晩に経験したことには気づいていない様子で帰ってきました。そう、彼がまた発作を起こすことはありませんでした。最初のようなものは。ですが変化、変容は、彼が戻ってきたのとほぼ同時にはじまったんです。

あれは運輸長官とエネルギー長官との閣議中でした。わたしたちは排出量について意見を闘わせているところで、議論が少し白熱していました。わたしは規制の強化を望み、わが共和党の運輸長官は緩和したがっていたのです。いつもの堂々巡りでしたが、議論は礼儀正しく行われていました。

会議のあいだずっと静かだったデイヴィッドが、手を挙げて会話を遮ると、ローズガーデンを見下ろす窓のひとつを指しました。彼は指をさして、こういったんです。「見ててごらん。三……二……一……」

ドン！　一羽のカラスがガラスにぶつかり、テーブルを囲んで座っていた全員がぎょっとしました。鳥は窓の外に落ちて痙攣《けいれん》し、シークレットサービスが調べに走っていきました。運輸長官とエネルギー長官は落ち着かない様子で、気を散らすには賢いやり方だな、とひとりがいいました。わたしはただデイヴィッドの顔を、彼の目を見ていて……どういえばいいのかわかりませんが、その表情がどこか違うのがわかりました。意地が悪いというのではありません――それとはほど遠く、それは……それはまるで、わたしはデイヴィッドを見ているのに、デイヴィッドはもういないような……。パーキンソン病によって彼の威厳が奪われることになるのは予想していましたが、人格が奪われるとは思っていませんでした。それは明らかに変容でした。

(57) 信じられない話だが、踊るペストはまさしく現実だった。それは本質的に、アメリカで発生した悪魔的儀式による虐待や、ナイジェリアでの笑い発作、韓国での「ペニス喪失」パニックのようなモラル・パニックで、バラード大統領が述べたように、制御不能な踊りの爆発的発生だ。それらはしばしば通りすがりの説教者や天文現象（たとえば空に彗星が現れたような）がきっかけとなって発生し、病気や疾患というよりも、民衆の手足を縛る厳格な道徳律に起因する場合のほうが多かった。常に恐怖を感じて生きていた人々は、突然はじまった踊りにたちまち安堵感《あんどかん》を見出した。彼らは人生で初めて自制心を失い、それを……素晴らしいことだと感じた。だから彼らは踊りつづけた。

会議のあと、デイヴィッドにもう一度スティムソン先生と話をしてくれるよう頼みました。彼はわたしの手を取って、心配はいらないといいました。

それからこういったんです。「いま起こりかけていることは避けられない。それを食い止めようとするのは、海に入って潮が満ちるのを止めようとする神話の王のようなものだ。王は溺《おぼ》れる。『上昇』はわたしたち全員を飲みこむことになる。われわれにはそれと戦うことはできない。必要なのはそれを受け入れ、なんとか持ちこたえることだ。ヴァネッサ、きみには強くいてもらわなくては。わたしは全身全霊できみを愛しているよ。また会おう」

デイヴィッドがふたたび鼻血を出し、あまりに速く流れ出した血が彼の靴やわたしのスーツの一面に飛び散りました。(58) デイヴィッドは気を失いましたが、幸いわたしは彼の頭が机の縁にぶつかって割れる前に受け止めることができました。

わたしはウォルター・リードでデイヴィッドに付き添って、ひと晩じゅう起きていました。病院に着いたときには、彼の臓器は既に活動を停止しつつありました。医師たちはそれをカスケード反応と呼びました。さっきまで歩きまわり、しゃべっていたのに、ものの数分で生命維持装置につながれていたのです。わたしは彼の病状に関する噂が外に漏れないように気を配りました。マスコミに伝えられたのは、彼が呼吸困難で入院し、最新の病状はすぐに発表されるだろうということでした。

その夜は最も長く、最もつらい夜のひとつでした。

そしてこれは、「上昇」がほんとうにはじまる前のことだったのです。

「終局」の前の。

病院にいるあいだに、ホワイトハウスで情報漏洩《ろうえい》があったという警告を受けました。何者かがデイヴィッドが病院に運ばれる数時間前に、彼の医療記録にハッキングしていたのです。漏洩の問題はじっくり調べれば調べるほど深刻になっていきました。

漏れていたのは、デイヴィッドの医療記録だけではなく……。

(58) 医師たちの見立てでは、「上昇者」の多くに見られた鼻血は、呼吸数の増加による直接的な結果だった。ご想像のとおり、重力波や遠い昔に亡くなった親族を見れば、たいていの人は不安になるだろう。その不安が呼吸数の増加につながり、鼻孔をからからに乾燥させて、鼻血の発生数を増加させたのだ。仕組みはどうあれ、その影響は驚くほどだった。

26

ホワイトハウス法律顧問テリー・クインによって録音された会話を編集

二〇二三年十一月七日、ホワイトハウスにて録音

テリー・クイン：座ってくれ。

グレン・オーウェン：なにを心配してるんだ、テリー？　誰かのせいでピリピリしてるときの顔をしてるぞ。

テリー・クイン：パー……。

パー・アカーソン：大統領がホワイトハウス内にモグラがいるのではないかと心配しておられるんだ。

グレン・オーウェン：モグラだって？　そいつは実に古風だな。最近は「スリーパー」とか「プラント」とかいうんだろう。もちろんモグラはいるさ。ここはホワイトハウス、中国の市場より多くの情報漏れがある場所だ。それを心配するとは理解できないな。

テリー・クイン：ただの情報漏れじゃない。大統領は、スタッフの誰かがわれわれとは利害の一致しない集団と手を組んでいるのではないかと心配しておられる。持ってまわった言い

方だが――

グレン・オーウェン：ちょっと待ってくれ、これはある種の事情聴取なのか？　わたしのことを信用してないみたいに？　わたしを追い詰め、つついて、キーキー鳴くかどうかたしかめろとバラード大統領に指示されたのか？　おいおい、テリー、わたしとは二十年来のつきあいだろう。それにパー、くそっ、わたしたちも同じくらい長く一緒に酒を飲んできた仲じゃないか。わたしは開かれた本みたいなものだ。これまでやってきたことは、すべて読んでもらえるようになってる。ちょっと訊いてみろよ。

テリー・クイン：われわれはきみになんの疑いもかけてはいないよ、グレン。しかしきみには警戒してもらう必要がある。なにかおかしなことが起こっているのに気づいてないか？

グレン・オーウェン：冗談だろう。なにかおかしなことに気づいてないかって？　この混乱の館で起こるのは、おかしなことばかりさ。だが真面目な話、きみたちはなんの話をしてるんだ？　それに、どうしてわたしはまだ蚊帳《かや》の外に置かれてる？

パー・アカーソン：われわれもさっき知ったばかりなんだ、グレン。きみが入ってくるほんの数分前に、バラード大統領から最新情報を提供されたんだよ。

グレン・オーウェン：すると、わたしを問い詰めるというのはきみたちの考えだったのか？　きみたちふたりのまぬけ野郎が、全部自分たちで思いついたっていうんだな、おい？　やれやれ、ふたりともどうしようもないな。わたしがいっさい質問に答えず、少し抵抗しただけで、ふたりともひっくり返って脚を開き、尻尾を振るわせてるわけだ。テリー、ドアに鍵をかけろ。いったいなにがどうなってるのか、教えてくれ。

テリー・クイン：ホワイトハウス内の誰かが、ファースト・ジェントルマンの医療記録に不正侵入したことがわかっている。またわれわれは、その同じ人物が情報公開対策本部のファイルとパルスコードにアクセスしていたのではないかと疑っている。それ以上の詳しいことはわかっていない。

グレン・オーウェン：その情報がどこへ流れていたのかはわからないのか？　ネット上に現れ、データの一部がディープウェブに投下されていないのか？　〈ニュー・オールド・ワールド〉みたいな陰謀論の中枢に？　それともどこかのハッカーの情報センターに？

パー・アカーソン：ディープウェブにもサーフェスウェブにも、ネット上にはどの情報も出てきた形跡はない。誰にせよこのデータにアクセスしている人物は、それを保存しているか、あるいは特定の何者かに送っているものと考えている。

グレン・オーウェン：よし、わかった。われわれはこの問題をただちに処理する必要がある。カニシャを呼んで話そう。チェン中将もだ。大統領はどう対応しておられるんだ？　つまり、デイヴィッドの情報が漏れていたということに。

テリー・クイン：大統領は快く思っておられない。もっと大きなことなのではないかと心配しておられる。

グレン・オーウェン：もっと大きなこととは、どんなふうに？

パー・アカーソン：われわれはシスコ博士のことで、いささか不穏な噂を耳にしているんだ。

グレン・オーウェン：シスコ博士というと、大急ぎで自宅に帰る途中に自動車事故で亡くなった、情報公開対策本部の元メンバーか？　頼むからふたりとも、今度は陰謀論を売りこんでるなんていわないでくれよ。気分が悪くなる。

テリー・クイン：ただの噂にすぎないんだが……。

グレン・オーウェン：しかし大統領は関連があるかもしれないと考えておられる、そうだな？　彼女はこう信じこんでいる。ファースト・ジェントルマンの記録と対策本部のファイルに不正侵入した人物が……どうしたって？　シスコ博士の死に責任がある？　なぜだ？　いったいなぜ、連中は彼女を殺すんだ？　どうしてゼイヴィア・フェイバー博士ではなくて？　依頼したのはきっと彼だな。いや、諸君、こんなのはばかげてる。わたしに大統領と話をさせてくれ。さしあたりわれわれには、やらねばならないもっと大事なことがある。あの少年の動画は見たか？

パー・アカーソン：ああ。ＳＮＳはあれのせい[59]で大騒ぎだ。医者たちは水道水にＬＳＤが混入されたのかもしれないとひどく心配してる。この件は波のように押し寄せてきてるんだ、グレン。既にテリーには、そして大統領にも話したんだが、われわれは荒っぽいドライブに備えてシートベルトを締める必要に迫られるだろう……。

グレン・オーウェン：わかった、それなら集中するのは一度にひとつずつにしよう。パー、どんなものであれ、この国に広がる熱狂に目を光らせておいてくれ。テリー、もしそのモグラについてもっとなにか耳に入ったら、知らせてくれ。わたしはそのシスコ博士殺害の噂の真相を突きとめられないか、やってみよう……なんてことだ……。

(59)水道水にLSDが混入されたという考えは、あながち突飛《とっぴ》なものではない。パーや、ここで彼が言及している医師たちの念頭にあったのは、ポン＝サン＝テスプリというフランスの小さな村のことだったのかもしれない。一九五一年、ポン＝サン＝テスプリは、きわめてまれで実に恐ろしい、ある種の集団中毒を経験した。一九五一年八月十五日、二百五十人の村人が、ぞっとするような幻覚とひどい体調不良に襲われて目を覚ました。四人が死亡。当初の調査結果は、適切に保管されていなかったライ麦による麦角（菌の一種）中毒が原因ではないかというものだった。しかしほかの人たちは、水銀中毒のようなものの可能性のほうが高いと考えた。この事件のように奇妙で珍しい出来事が起こると、必ず陰謀論が湧いて出るもので、たとえば、事件全体がLSDの大量投与によるものであり、CIAが密かに行っているMKナオミ行動修正プログラムの一部だと主張する説があった。事件当時、南フランスに駐留していたひとりのアメリカ兵が、LSD投与計画に関わっていたと証言した。彼は嘘つきの烙印《らくいん》を押され、解雇された。

27

カーラ・フランクリン、事件記者

ワシントン州シアトル
二〇二六年二月二十一日

ピューリッツァー賞を受賞しているジャーナリスト、カーラ・フランクリンは一九九〇年代に記者の仕事をはじめ、〈ニューヨーク・タイムズ〉紙で政治問題を担当していた。スティーヴン・メイヤーがニューヨーク州の上院議員選挙に出馬した際の汚職をいち早く報じたのち、選挙資金汚職に関するベストセラー本を執筆。DC以外ではそれほど知られていなかったが、「上昇」の最盛期に、パルスコードのデータに関わったひと握りの物理学者や天文学者たち――シスコ博士から情報を得た人々――の不審死の明らかな隠蔽行為を扱った、現在「パルスゲート」と称されている調査報道シリーズを発表して、一躍有名になった。

彼女の調査報道はそれらの事件に光を当てはしたが、責任の所在を明らかにすることはなかった。またそれらの科学者たちの「殺人」とされるものの背後にいた、単独あるいは複数のグループ（もしそのようなものが存在したとすれば）の特定にも至らなかった。

現在、カーラはシアトルに住んでいる。文章教室で教え、詩を書いている。彼女がいうところの「ジャーナリズムの凝り固まった形式主義」に飽きてきて、実験的な詩――おもに「コンクリート・ポエトリー」（印刷したときの効果を考え、言葉やイメージを注意深く配置したもの）と呼ばれる種類――の創作を楽しんでいる。

細身だが引き締まった体つきをし、片方の脚を常に落ち着きなく上下させているカーラは、現在五十代半ばで、赤い髪をかなり短くしている。わたしたちは彼女の自宅のオフィスで面会する。そこの窓敷居の上には数匹のネコが寝そべり、裏庭のにぎやかな鳥の餌台を見張っている。

初めてアンドレア・シスコ博士の死について聞いたのは、あるカクテルパーティーの席だった。

お酒の席でどれだけたくさんの打ち明け話がされているか知ったら、驚くでしょう。あれは担当編集者に引っ張っていかれた準正装のパーティーだった。わたしたちのまわりで世界は狂いつつあり、「上昇」にまつわるありとあらゆることが、本物の、それに半分本物のすべてのニュース媒体に一面で爆発的に取り上げられはじめたばかりだった。人々はそのことで正気を失いかけてて、世界の終わりだと考えてた。そんななかでわたしたちは、どこかの裕福な気取り屋の邸宅でお酒をちびちび飲んでた。人はいつまでもニュース速報を追いかけてばかりはいられないみたい。

誰にでも息抜きは必要、そうでしょう？

遅い時間だった。正直なところわたしはすっかり飲み過ぎて、とにかく新鮮な景色を見たかった。それで湾を見渡すバルコニーに出てみた。海の空気を何度か胸いっぱいに吸いこんで、少しのあいだいい気分で車の通行音に耳を澄ましていたとき、オースティン・フランクス[60]が現れた。わたしを見つけるために階段を二十階分くらい駆け上がったみたいに息を切らし、汗をかいてね。まあ、だいたいそんな感じに見えたけど、あの巨体にとっては三階分が二十階分みたいなものだったから。

「おれがどれだけあんたを捜しまわってたか話しても、信じないだろうな」彼はそういいながらベンチに腰を下ろし、ネクタイの先で顔の汗を拭ってた。「おれが送ったファイルは受け取ったかい？　シスコ博士に関するやつさ」

わたしは受け取ってなかった。もし受け取っていても机の上のどこかか、受信トレイのなかに埋もれてた。

「あそこで起きてる尋常じゃない出来事のことは知ってるでしょう？」

わたしは海を指さしたけど、もっと大きな世界を指してるつもりだった。

「ああ。もちろん」

「じゃあそれは、あれより重要だってこと？」わたしは尋ねた。

すると彼は、そうくると思ってたというみたいに謎めかしてうなずいた。

オースティン・フランクスはまさに、いかにも劇的な「スパイ」らしい活動をしている類の人物だった。毎月のように「わたしが知っているつもりでいたことを一変させる」、あるいは「わたしに心底ショックを与える」であろう、新しい情報をつかんでた。何度かだまされたことがあるのは認める。武器メーカーのCEOがタリバンに銃を横流ししているっていう、スキャンダルのネタがあるといわれて。その件は行き詰まってしまった。二度目のときはもっと賢くなってるべきだったんだろうけど、その頃にはオースティンは、わたしが関心を持ってる特定の分野を――高い地位にいる女性差別主義者を引きずり下ろすこと、ロシアでの汚職の暴露――しっかり把握してた。それをすべて、特にいやらしいちょっとしたネタで巧みにくるんで差し出されたせいで、結局わたしは三週間近く自分の尻尾を追いかけるはめになってしまった。

(60)「オースティン・フランクス」というのは、ウォルター・ゴッツェゲンが使っていたペンネームだ。彼は報道する価値があるか疑わしい多くのネット上の小さなニュース記事と関わっていた、暴露記事専門のジャーナリストで、しばしば〈ニュー・オールド・ワールド〉のサイトのファンと手を組んで、バラード政権内部の根も葉もない陰謀の噂を広めていた。特に長いあいだほのめかしていたのは、デイヴィッド・バラードはパーキンソン病ではなく、公表されていない精神疾患を患っているという説だった。

でも今回は、オースティンはいつもの手に負えない彼じゃなかった。もっと大人しくて、見るからに心配そうだった。わたしはそれを、人を食い物にするただの新しい手口だと思った。すべては悩める内部告発者というポーズなんだってね。

「二週間前に、そのファイルをメールで送ったんだ。暗号化されたやつをな。だがあんたがそれを見てなくても、驚きはしないね」

オースティンはわたしの――あらゆる人の――コンピュータは不正アクセスを受けていて、口で伝えるのが最善の選択肢なんだとほのめかしはじめた。「おれがなにを見つけたかを、あんたに伝えたいだけなんだ。そうすればあんたは、おれにかわって点と点をつなぎにかかれるかもしれない」

またしても過激な説を聞かされる気分じゃなかったから、その場で黙らせようとした。前に送って寄こした情報はどちらも成果が出ていないことを、指摘してやってね。でも今回は、彼は心底おびえてた。

だからわたしは耳を傾け、そうしてことははじまった。

オースティンが語ったのはこんな話だった。シスコ博士はワシントンＤＣでの急ぎの会議から自宅に戻る途中、自動車事故で命を落とした。飛行機で地元に戻った彼女は、空港から家族に電話をかけ、ちょっと職場に顔を出すと、分析を依頼されていた「奇妙なコード」に関する謎めいたメールを同僚のひとりに送った。彼女はそのコードを「パルス波」と呼んだ。

メールには、彼女が個人的にそのコードのコピーを持っていることと、その一部を何人かの信頼する仲間に送ったかもしれないことが、遠回しにほのめかされてた。

その日の午後は快晴だったけれど、数時間前に雨が降り、路面は滑りやすくなってた。複数のドライバーが、シスコ博士の車がまるで酔っ払ってるみたいにふらふらとルート40の車線を横切るのを見たと証言した。数分後、彼女の車はコンクリート製の障壁に激突。衝突の八分後に救急隊員が現場に到着。そのときにはシスコ博士は呼びかけに反応しなかった。病院に向かう途中で、彼女は死亡宣告を受けた。悲劇的な話。特に目新しいことはないし、寒い国から帰ってきたスパイみたいに振る舞う価値もない。

でも明らかに、それで終わりじゃなかった。

続きを話す前に、オースティンはわたしを引っ張って、車の走行音がより大きくなる生け垣のそばまで中庭を横切っていった。それから後ろの建物をうかがい、窓やそのなかを行き交う人たちを見て、こういった。「検視官は事故死と判断した。シスコはおそらく旅の影響でひどく疲れていた可能性が高く、そのせいで居眠り運転をしていた、といったところだ。一件落着。だがおれには、彼女が運ばれた病院で働いていた知り合いがいる。病院では血液検査が行われ、彼女が薬を盛られていたことがわかった。ここにその結果がある」

オースティンは後ろポケットから折りたたまれた黄色い紙を引っ張り出して、わたしの手に押しつけてきた。わたしは彼に、この情報でなにができるかわからないといった。わたしは生化学者じゃない。検視官でもない[61]。

オースティンは首を横に振るだけで、それからさらに声をひそめてこういった。「シスコだけじゃないんだ。ほかにもいる。少なくともおれが知ってるかぎりで三人——このアメリカでふたりとイギリスでひとり。三人とも天体物理学者で、全員……不慮の事故で死んだ。そしてシスコと同じように、みんなこの異常なコード、パルス波を分析するために送られていた。おれはそのコードは見てない。誰がそれを送ったのかも、それがなにに関係しているのかも知らない。だからあんたの協力が必要なんだよ、カーラ。あんたみたいな専門知識のある人に動いてもらって、おれには見えないパターン、関連性をたしかめてもらいたいんだ」

たしかにオースティンの態度には不安を感じたけど、彼が話していることはなにもかも、あまりに漠然としてた。事故に見せかけられた死、謎のコード——信じるには無理のあることばかりだった。それにわたしは、GEC－マルコーニの陰謀論[62]を追いかけて早期退職に追いこまれたジャーナリストたちのようにはなりたくなかった。

それでもオースティンは確信があるようだったし、ある意味、明白な手がかりもあった。死、異常なコード、彼に渡された紙。全身の神経細胞が黙って立ち去れといってたのに、わたしはオースティンに調べてみようといった。彼はたちまちほっとした様子になった。そしてそのせいで、わたしのほうはいっそう気分が悪くなった。

そんなわけで、わたしは自分の仕事をした。

わたしがこの件の全容を本格的に調査しはじめた一方で、世間は「上昇」に熱中し、街

(61) カーラはオースティンからもらった検査結果を提供してくれた。しわくちゃになったメモの原本はその後の何年かでだめになっていたが、コピーは無事だったのだ。そのメモをある検視官に見せたところ、案の定、シスコ博士の体内にかなりの量の強力な睡眠薬が取りこまれていたことは、きわめて明白なようだった。彼女が薬を盛られたということだろうか？　まあ、これだけではなんともいえない。しかしわたしが話を聞いた検視官も、シスコ博士がフェンタニルを多量に摂取して車に乗っていた――特に危険な組み合わせだ――ことに言及していた。これは大変な危険信号だ。

(62) GEC－マルコーニの陰謀論は、一九八〇年代はじめに起こった一連の「謎めいた」死と関連している。一九八二年から一九九〇年のあいだに、イギリスで極秘の防衛計画（アメリカの計画も含む）に携わっていた二十数名のコンピュータ科学者が、記者たちに変死と分類された奇妙な事故や予期せぬ自殺などで死亡した。亡くなった科学者たちと、ときには明らかに奇妙な死因のリスト――一酸化炭素中毒や性的な偶発事故、飲酒運転、橋からの飛び降り、胸に針金を取りつけて反対端をコンセントに押しこんだ科学者までいた――に目を通すと、それらが実際には殺人だったと想像するのはたやすいことだ。だがそうした死のあいだにつながりを見つけようとし、さらにはどこかのよこしまな機関――ロシア、アメリカ、マフィア――に責めを負わせようとしたものたちは、けっして犯人を特定することはできなかった。その事件はすぐに忘れられてしまった。

じゅうの編集者は人々が突然紫外線が見えるようになったり虫の超音波の鳴き声が聞こえるようになったりした原因に関するスクープを求めてた。もちろん、あなたもそこにいたはずね。きっとあのときの見出しは全部読んだでしょう。なかでも最悪だったいくつかは、ネット上のものだった。あの不愉快なサイトは全部覚えてる……。特にひどいのがあって、あれはたしか、〈ニュー・オーダー……〉

〈ニュー・オールド・ワールド〉？

そう、それ。彼らは「上昇」を引き起こしているものについて、よりおぞましい説のいくつかを広めてた。最悪だったのは、ふたつ以上の仕事を掛け持ちするシングルマザーになんらかの形で関係してると主張する記事で……まったく……。とにかく、あのクズみたいな記事を蒸し返すのはやめておきましょう。たとえわたしがあのフェイクニュースを流す大ぼら吹きたちの誰にもけっして同意していなくても、パルスゲートの件は、それまで目にしてきた本物の徹底した陰謀論に等しいものだった。誰かがその科学者たちを殺し、それはすべてパルスと情報公開対策本部に関係してた。

シスコ博士は殺害され、それは彼女が何人かの同僚にパルスコードを漏らしていた事実を隠蔽するために行われたことだった。彼女がなにを考えていたのか語ることは、わたしにはできない。たぶんみんなより優位に立つ機会、議論になる前に公表する好機ととらえたんでしょう。それとも、もしかしたらお金目当てだったのか。彼女からそれについて聞かされたものは、みんな死んでいる。「上昇」で命を落としたか、それとも殺されたか。

あなたは物書きだし、ずっと調査をしてきたんだから、科学者殺しの背後に誰がいるかはきっともうわかってるでしょう。でもわたしのように詳しいことは知らない。あなたの読者はこれが起こった経緯を知ってるつもりでいるけど、ほんとうは知らない。

わたしに誰がやったか、いわせたいんでしょう？　そのスクープをあなたの本に載せるといい。きっと気に入るはず。


わたしはカーラに、「たしかに、それはすごいことになるだろう」といった。だが、わたしはこの謎にまつわる紆余曲折《うよきょくせつ》をすべて解き明かすためにいるのではないことも伝えた。わたしがいるのは、どのようにして人類が変化させられ、どのようにして「終局」が合衆国を機能不全に陥らせ、どのようにしてそれが、今日われわれがいつのまにか陥っている状態、自らを再建しようとしているけっして完全な国とはいえない状態にしたかを語るためだった。

わたしはカーラに、もし自分を信頼して情報を提供してくれるのであれば、可能なかぎり最高の形で発表しようといった。彼女の話として――もちろん未確認ではあるが、本人が発表したがっているそのままの形で――構成しようと。カーラは同意して、次のように語った。


調査には丸三週間かかった。

わたしがいってるのは、丸三週間ろくに眠らず、食事もせず、たまに物語のさらに複雑な側面をいくつか整理するためだけにプールを往復したってこと。でもわたしはやった。なにが起こったのか、そして誰が関わったのか、事の真相を突きとめると、それを担当編集者に渡した。彼女はわたしが見つけたものに喜び、そして怯えた。それから、もちろん、掲載の動きは止まってしまった。新聞に却下されたの。編集者の話では、自分たちで少し調査してみたところ、オンブズマンがわたしの仕事に矛盾を見つけたらしかった。彼女は手抜きをしたといってわたしを非難した。明らかに意図があって間違いを見落とし、作り話を鵜呑みにしたと。

わたしの報道は結局、複数の死に関することだけになった。可能なかぎりそれらを結びつけようとはしたけど、編集の剪定《せんてい》バサミが切り刻んだ頃には、わたしの話は奇妙な死に関するただの大げさな陰謀説のひとつになってた。パルスゲートはただのキャッチフレーズで、政府がいってるなにかが必ずしも正しくないかもしれないと疑ったときに、ネット上のイカれた連中がいつも火炎瓶のように投げ散らかす、決まり文句になっていた。

そんなわけで、この話は死んでしまった。

ネット上の投稿として、あるいは本としてさえよみがえらせることも検討したけど、それが可能になった頃には、既に「上昇」で世界はめちゃくちゃになってた。実際の話、「終局」後の何年かは、誰も気に留めようとしなかったでしょうね。みんな自分たちの生活を立て直すのに忙しすぎたから。

トゥエルヴがやった。彼らは殺し屋だった。

わたしが調べたかぎりでは、それは一九六〇年代にマジェスティック12《トゥエルヴ》と呼ばれた集団からはじまった。もともとはUFO現象に関わるデータを分析する、数名の軍人と科学者からなる諮問機関として設立された。それはたいして役に立たなかった。政府の人間はUFOを本気にしてなかったし、ほとんどの場合、彼らが見たものはすべて簡単に正体を暴くことができた。宇宙船が空に現れることはなかったし、変人たちをさらっているサヤインゲンみたいな宇宙人は存在せず、不規則な軟骨のかたまりとは別のなにかを移植されたものはいなかった。すべてのUFOマニアが語るマジェスティック12とは？　それは一九六〇年代の終わりに、はじまったとたんに終わった(63)。

(63)　カーラはここで、マジェスティック12の歴史をかなりうまく簡潔にまとめてくれているが、それに補足しておこう。マジェスティック12がUFO界に登場したとき、その存在は全体的に不確かなものだった。マジェスティック12という集団の概念そのものは、一九八〇年代のはじめに、あるUFO信者兼研究者に送られた一連の文書を通じて初めて明らかになった。これらの基礎的文書は長らく、ほかのUFO信者によって、あるいは政府の偽情報キャンペーンの一環として作成された偽物であるとみなされていた。

でも命は循環するものでしょう？

マジェスティック12の亡骸《なきがら》は、一九八〇年代に偽情報を広めるツールとして復活した。政府にはイカれたUFO信者たちの使い道があったことがわかってる。実験的な航空機、机上演習、高度な科学技術――UFOコミュニティは、そのための格好の煙幕だった。それはうまくいき、だから続いた。八〇年代の終わりから二〇〇〇年代、さらにそれ以後も、偽のマジェスティック12情報がおおっぴらに流されてた。それ自体がミームになるほど長いあいだ。やがて冗談にも……。

でもマジェスティック12の中心で情報操作を行っていたCIA諜報員の中核グループは、まったく別の方向へ進んでいた。もともとは三人いて、そのうちの最重要人物はサイモン・ハウスホールドという名前の男だった(65)。それが本名だったのかどうかはわからないけど、そう呼ばれていた。少し調査すれば、サイモンの略歴のいくつかに出くわすでしょう。わたしは少しも信用する気はないけど、もしほしければプリントアウトしてあげる(66)。

このグループ、中核のチームは、トゥエルヴと呼ばれていた。

そして彼らは暗殺部隊だった。

少し前にようやく集計したところでは、トゥエルヴが関係した殺人、あるいは俗にいう不審死は八件あった。それぞれの死因は交通事故、薬の過剰摂取……。路上強盗のような一見無差別な犯罪で命を落としたものも数人いた。ひとつだけその人たち全員を結びつけていたのは、なんと、宇宙空間からの信号を研究していたことだった。一九九〇年代、異常な高速電波バーストをとらえたと主張するイタリアの物理学者がいた。彼は飛行機の墜落事故で死に、彼が持っていたデータはすべて、パッと消えてしまった。それと同じことがシスコ博士

ここで最も興味深いのは、わたしの調査が示すところによれば、マジェスティック12は初期の形でも、のちのたんなるトゥエルヴとしても実在していたが、文書のほうは偽物だったということだ。つまりはちょっとした二重盲検法だ。

(64) これらの一九八八年の文書は、UFOコミュニティの様々な人たち、物書きや研究者、トラブルメーカーに送られた。その文書には墜落した銀河系間宇宙船が発見されたことや、それに乗っていた小さな宇宙人の死体のことまで詳しく記されていた。UFO研究家のなかにはその文書をさらに大きな陰謀論の証拠として利用したものもいたし、より多くの攻撃材料を探している反政府運動の支援者たちは、それについてふれまわった。

(65) 彼は前に、サイモン・グリーグという名前で登場している。

(66) その内容はこうだ。「上昇」の時点で四十九歳だったサイモンは、オレゴン州ポートランドで育った。幼い頃に両親をガンで亡くし、高校卒業後は軍に入隊。飲みこみが早く戦略面に素晴らしい才能を持っていたサイモンは、優秀な軍人だった。その能力はじきにマジェスティック12の諜報員の目に留まり、最終的に秘密組織の長になるべく仕込まれた。

にも起こった。彼女は何人かの同僚にパルスコードに関する情報を送り、そして死んだ。彼女がコードを提供した人たちも、全員が事故で死ぬか自殺した。

わたしが調べたかぎりでは、サイモンとトゥエルヴが仕組んだことだった。

彼らはやってのけた。陽気な殺人エルフの小隊か、彼らのために働いているとたびたび耳にする、例の灰色の宇宙人を何人か抱えているのかはわからないけど、彼らはその仕事を素早く鮮やかにこなした。それから世界を守っている幽霊のように姿を消す。なにから守っているのか……？　正直、見当もつかない。それはけっして突きとめられなかった。これだけ遠くまで手が届くということは、トゥエルヴはなにか守りたい重要な秘密を抱えてる。

でもわたしにはそれがなんなのか、けっして突きとめることはできなかった。

サイモン・ハウスホールドとトゥエルヴは、科学者たちにパルスコードを見せないために、あるいはそれをほかの誰かに送らせないために殺害した。当然、究極の質問はこうなる。なぜ？　それに対する答を、わたしは持っていない。

28

ダリア・ミッチェルの私的記録より

エントリー番号三二一――二〇二三年十一月七日

退院した次の日、ホワイトハウスから電話があった。

看護師たちに監視され医者たちに薬を与えられて四十八時間を過ごし、わたしはもう少しで髪をかきむしりそうになってた。家に帰りたかったけれど、みんなが――わたしでさえも――ひとりきりになるべきではないという意見だった。何事にもはじめはある、そうでしょう？

だからわたしはニコの家へいった。

医者たちはわたしを神経衰弱と診断し、それをストレスと興奮のせいにした。わたしは彼らにパルスのことは話さず、異常に長時間働き、とてつもなく遠くのものを見つめていたのだとだけ話した。どういうわけかこちらの職業を知ると、彼らはわたしが少々おかしくなって重力波が見えると主張しても驚かなかった。

わたしは鎮痛剤を取り上げられ、鎮静剤を与えられた。

十五時間ほど眠った。目が覚めるとニコの家の来客用寝室にいて、学生時代以来の激しい喉の渇きを感じた。わたしがコップ一杯の水を求めてよろよろとキッチンに入っていくと、そこではヴァレリーが本を読んでいた。彼女はわたしをテーブルにつかせ、その晩のパーティーのために用意してあったキュウリ水の入った水差しを渡してくれた。わたしは焼けるような渇きが治まるまで飲むと、自分が失神したことでひどくきまりの悪い思いをしていることを伝えた。わたしは甥っ子たちがあまり怖がっていないことを願っていた。

ヴァレリーは優しかった。

子どもたちは大丈夫と請け合って、そんなにひどくはなかったから、といった。嘘でしょう。あの子たちのおばさんは、壁から光の波が出てくるのが見えるなんて訳のわからないことをいいながら床に倒れて気を失い、そのまわりには一面に薬が散らばっていたんだから。可哀想《かわいそう》な子どもたちは、たぶん震えあがっているだろう。

わたしはなんておばさんなんだろう……。

そこに座ってグラスの水を飲み干し、頭がくらくらするのを抑えようとしていたとき、わたしはなにかに気づいた。その表現は必ずしも正しくない。あれは気づいたんじゃなかった。認識したといったほうが近い。頭のなかで筋肉が緩んだみたいな感覚だった。クラッチが緩んだみたいな。わたしは自分の精神をエンジンのようなものと想像し、キッチンに座っていたその瞬間、ギアを二速から四速にシフトした。ばかみたいに聞こえるけど、それは急速充電、思考の強化のような感じだった。

数字、文字、数式、アルゴリズムが、一気に押し寄せてきた。

わたしはそれを書き留めなければならなかった。

それも急いで。

ヴァレリーが罫線《けいせん》の入ったメモ帳を何冊かと、甥っ子たちの画材入れから出してきた鉛筆とペンを何本か渡してくれて、わたしはそのままキッチンで仕事にかかった。一時間のあいだ、それが頭からあふれ出してくるままに鉛筆の芯を何本も折りながら取り組み、誰かに現実に引き戻されるまで自分の世界に没頭していた。

「ダリア？」

顔を上げると、ジョンがそこに立っていた。

あまりに場違いだったので、最初は気づかなかった。しかも彼はスーツ姿で、素敵だった。髭《ひげ》を剃《そ》っていないのはいつもどおりで、わたしがあごひげをのばすようにいっても、ジョンはその中間のどっちつかずの状態が気に入っていた。それは最初から危険信号のはずだった。でも当時の彼はあまりに魅力的で、いまも相変わらずほんとうに魅力的だった。

とにかくジョンはそこにいて、かなり心配そうだった。

「なにがあったか聞いたよ」彼はいった。「大丈夫かい？」

わたしは大丈夫だと答え、会えて嬉《うれ》しいといった。

「それで、医者はそれが……それがなんだと考えてるんだ？」

ヴァレリーは部屋から出ていき、ジョンとわたしをふたりきりにしてくれた。わたしは彼と一緒に窓の下のつくりつけのベンチに腰かけて、兄さんの家の裏庭を見渡した。木製の遊具が霧雨に濡れて、濃い茶色に変わっていた。ジョンがわたしの手を取った。彼はほんとうに心配そうだった。彼の手はとても温かかった。いい気持ちで、心が慰められた。

「それがはっきりしなくて」わたしはいった。「ただのストレスによる神経衰弱かもしれない。ひどい片頭痛のせいでなにかが見えるっていうのは、ときどきあることだし。波みたいにうねる閃光《せんこう》がね。ほんとうになにも珍しいことじゃない。わたしの場合は見ていたものが――」

「重力波」ジョンがいった。「聞いたよ」

「そのとおり」わたしは笑った。「自分が暗黒物質を見てなかったことに、ちょっとショックを受けてる。そのほうが理にかなってると思わない？」

ジョンは答えなかった。彼はわたしから渡されたデータを、ふたりで話し合ったとおり指揮系統の上にあげたといった。それから声をひそめた。わたしが予想していたとおり、これはなにか特別なもの――わたしたちの宇宙の外からきたなにか――だということで、意見が一致していた。ジョンはこの先どうなるのか詳しいことは知らなかったけど、ひとつたしかなことを知っていた。

「彼らはとても真剣に受け取ってる。そしてきみと話したがってる」

「『彼ら』って？」

「大統領からこの件の調査をまかされた委員会があるんだ」

「それで、その人たちがわたしに話を聞きたがってるっていうの？　わたしは、その、いまは最高の状態ってわけじゃないし。ここは自分の家でもない。たぶんテレビ電話か――」

ジョンがいった。「ぼくはきみを迎えにきたんだ、ダリア。彼らは今夜きみに、ＤＣにきてもらいたがってる」

「わたしに？」

「これを発見したのはきみだ」

「でも、聴取ならもう受けてる。何時間もね、ジョン。知ってることは全部、なにが起こり、どんなふうに起こったか話して……わたしの分析結果と生データを渡した。これ以上わたしからなにを聞きたがってるっていうの？」

「きみが話をしたのは捜査官だ。今度の人たちは科学者なんだ。きみみたいな人たちだよ」

なにをそんなに急いでいるのか尋ねるつもりだったけれど、答はわかっていた。この件がどれほど大きなことかわかっていたし、彼らがそれを真剣に受け止めてくれていることが嬉しかった。それでも役所のお偉いさんたちと話をするために飛行機に飛び乗るというのは、必ずしもいちばんに考えることとはいえなかった。わたしはいま取り組んでいることを終わらせなくてはならなかった。やらなくては……その衝動ときたら……自分がジョンと話をするために時間を割いていることさえ信じられなかった。

「これはなんだい？」紙とわたしの走り書きを見渡しながら、ジョンが尋ねた。

「まだわからない」わたしは答えた。「でも重要なことだと思う」

ジョンは黙ってうなずき、それからわたしのおでこにキスした。

「二十分くらいで出発しなくちゃならない」

三十分後、わたしはニコとヴァレリー、それに甥っ子たちに別れを告げるとジョンのSUVに乗りこみ、空港に向かって静かなドライブに出発した。わたしは道中ずっと、自分が書き留めている数字に心を奪われていた。それはほぼ自動的に出てきて、なんの意味も成さなかった。全部まとめれば、自分がいっていたこと、導き出そうとしていたことがわかるのだろう、とわたしは考えていた。

飛行機が水平飛行に移り、客室乗務員が飲み物のカートを押して通路を進みはじめるとすぐに、ジョンがわたしの頭の外でなにが起きているかを教えてくれた。

それからわたしはそれを見た。

飛行機にはWi－Fiがあって、自分のスマホで数分間のニュースを見たのだ。報道は過熱していた――パニック状態ですらあった。キー局が流している映像のほとんどは、SNSからの借用だった。病院の待合室でひどく興奮した人たちがスマホで撮った動画があった。ほんとうに短い、ほんの数秒の動画も見た。ひとりの男性が私道にチョークで数式を走り書きしているものだ。それからバルコニーの手すりの上に立っている若い女性の動画があった。彼女は頭の上の宙に手をのばそうとしているところで、「あの子はなんて小さいの……なんて小さいの……」というようなことをぶつぶついっていた。それから女性は転落した。動画は終わった。(67)

わたしは息を吞み、ぞっとして、スマホの電源を切った。なんであれ、その現象は急速に広がっていて、わたしが経験したことに気味が悪いほど似ている気がした。

(67) わたしはこの動画についてのダリアの説明に心を打たれ、探し出すことにした。ご想像のとおり、それは困難だった。悲しいことに「上昇」の最初の数日間には、似たような動画が数多く投稿されていた。二〇二三年十月二十九日には、十五人の人たちがほぼ同じ状況で命を落としていた。屋根やバルコニーの手すりの上に立ち、彼らにしか見えないなにかに触れようと手をのばして。この事例を区別する唯一の手がかりは、ダリアの話にあった女性が、「あの子はなんて小さいの……」といっていたことだった。いまは亡き、より扇情的な素材を放送していた全国ニュースネットワークで、わたしは映像記録保管係の協力を得て問題の映像を見つけることができた。その女性の名前はトリーシャ・メンゼルといい、二十六歳だった。エンジニアリング会社でコピーライターをしていて、パルスが到達する二週間前に結婚したばかりだった。トリーシャが死んだとき、その妻は、彼女が二十年前に交通事故で死んだ近所の友だちの幽霊を見ていたのだと主張した。

「この人たちはなにが見えるといってるの？」

ジョンはいった。「幽霊だ、一部のものは。ほかの人たちは、人間には見えるはずがないものが見えるといってる。紫外線、放射線――」

「重力波？」

ジョンは肩をすくめた。「ほかにそれが見えるといってる人のことは、読んでないな」

「でもあなたは、わたしがこれにかかったと思ってる」

「その可能性を心配してるんだ」

わたしはジョンに、自分は元気だといった。わたしはなにも見ていなかったし、なにも聞いていなかった。でも彼は、目でわたしの手を示した。ふたりで話をしているあいだずっと、わたしはしっかりと彼の目を見たままで手を動かしていた。少なくとも新たに二ページ分の数字や文字、数式を、無意識に走り書きしていたのだ。

DCに到着すると、数人のシークレットサービスに迎えられた。彼らに名前を尋ねられ、わたしたちは名乗った。それから窓がスモークガラスになっているバンに案内された。なにからなにまでスパイ・ドラマのようで、なにかいい結果にならないことに巻きこまれてしまったような気がした。もしかしたらそれほど厄介なことではなかったのかもしれないけど……わたしは不安だった。

誰だってそうでしょう？

シークレットサービスはどこへ向かっているのか教えてくれなかった。

十五分ほどまったくの無言で走ったあと、バンはとある立体駐車場に入った。そこには別のバンが停まっていた。ただし今回は、その外に立ってわたしたちを待っていた人たちは化学防護服を着ていた。冗談抜きで。

わたしはジョンに、これはいったいどういうことかと尋ねた。

ジョンは知らないと答え、わたしは彼を信じた。

バンから降ろされたわたしに、防護服を着た人たちのひとりが――女性だった――いった。

「ダリア・ミッチェル博士、わたしは国家情報長官室のものです。あなたは情報公開対策本部との会議に出席を求められています。この会議は機密扱いになります。われわれには、いまあなたをそこへお連れする権限が与えられています」

わたしはジョンを振り向いた。彼はうなずいた。「大丈夫だ」

「これがすんだら会える、そうだよね？」

ジョンはいった。「待ってるよ」

わたしは二台目のバンに乗りこみ、防護服姿の人たちの隣に座った。運転手は分厚いプレキシガラスの窓によって、わたしたちと隔てられていた。バンは走っていたが、窓があまりに暗すぎてどこにいるのか見えなかった。走っているあいだ誰も話しかけてこなかったので、わたしは自分のメモに取り組みつづけた。彼らはわたしが走り書きするのを見ていたが、沈黙を保っていた。

三十分ほどして、わたしたちは到着した。

ドアが開くとまた別の立体駐車場にいて、今回は地下だった。そこはがらんとしていた――ほかに乗用車はない。しかし研究者や医療従事者向けの緊急事態管理庁《FEMA》のサイトで見るようなトレーラーが一台、駐車場の真ん中に停まっていた。それはクリスマスのようにライトアップされていた。防護服の人たちに付き添われ、わたしはがらんとした駐車場を横切ってトレーラーまで歩いていった。トレーラーのドアが開き、ひとりの男性が出てきた。ジーンズにパーカーという格好で、場違いに見えた。

彼はいった。「おれはゼイヴィア・フェイバーだ。よろしく、博士《ドク》」

わたしたちが握手をしているあいだに、防護服の人たちはバンのほうへ戻っていった。それからわたしはトレーラーに乗りこみ、ゼイヴィアが後ろでドアを閉めた。彼はドアをロックした。トレーラーは実質的にひとつの大きなオフィスだった。中央に大きなオーク材のテーブルがあり、それを八脚の椅子が囲んでいた。それらの椅子には、さらに四人の人物が座っていた。

誰も防護服は着ていなかった。

全員カジュアルな服装だ。

「情報公開チームにようこそ」ゼイヴィアがいった。「われわれには尋ねたいことが山ほどあるんだ」
それはわたしも同じだった。

29

情報公開対策本部の会議の記録を編集

二〇二三年十一月七日、ホワイトハウスにて録音

カニシャ・プレストン：ダリア・ミッチェル博士、お座りください。わたしたちはみんな、ほんとうにあなたとお話ししたいと思っていたのですよ。

ダリア・ミッチェル：あの防護服の人たちは、いったい――

カニシャ・プレストン：「上昇」と呼ばれているもののことは、お聞きになっているでしょう？　わたしたちがアウトブレイク、ある種のパンデミックを扱っているのではないかとひどく心配している人たちも、なかにはいるのです。

ダリア・ミッチェル：でもみなさんは誰も……。

ゼイヴィア・フェイバー：われわれはこのとおりタフなんでね。

セルゲイ・ミコヤン：ことはもっと複雑だよ。われわれは、まるで自分たちが安全であると感じているのではなく、これが悪性の疫病だという考え方には納得していないということだ。われわれは伝染病の問題だとは考えていない。「上昇」はもっと……遺伝子の問題に思える。

われわれの見るところでは、地球上の全員が既にさらされている。
ダリア・ミッチェル：さらされているとは、なににですか？
ソレダード・ヴェネガス：パルスに。
ニール・ロバーツ：ほんとうによくきてくれたね、ミッチェル博士。お聞きのとおり、われわれはきみが発見したものを研究してきたんだよ。あれは……そう、あれが驚くべきものだということは、きっとわかっているだろう。ご想像どおり、われわれには尋ねたいことが山ほどあるんだ。
ダリア・ミッチェル：どうしてあなたがたは、パルスがこれの原因だと……。
ソレダード・ヴェネガス：「上昇」と呼ばれてる。わたしたちの信じるところでは、パルスコードにはコンピュータに感染するトロイの木馬みたいなものが含まれてる。人間のＤＮＡを変化させるように設計されたものがね。どうやったのかはわからないけれど。
ダリア・ミッチェル：わたしにはわかると思います……。
ゼイヴィア・フェイバー：そうか。そいつはすごい。いやあ……予想外だったよ。われわれが期待してたのは、きみにここにきてもらって、パルスを見つけた経緯や、きみが行った分析について、より詳しい話を聞かせてもらうことだったんだが……素晴らしい。われわれにきみの知っていることを教えてくれ。
ダリア・ミッチェル：わたしはずっと書いているんです。今朝早く、頭に浮かんできて。勝手に頭に流れこんできたんです。そのすべての……答が。ここに全部あります、全部メモ用紙に書き散らしてある。これにすべて目を通して念入りに調べれば、パルスコードの解法だとわかるでしょう。どうぞ……。[68]

ゼイヴィア・フェイバー：こいつは……こいつは尋常じゃない。どうやってこれを思いついたって？

ダリア・ミッチェル：今朝、目が覚めたら、わかっていたんです。ばかみたいに聞こえますが、ほんとうです。わたしはあなたがたのおっしゃるとおりだと思います。「上昇」はパルスの結果です。パルスは人間のＤＮＡを変化させるよう設計されていますが、それは過程の一部にすぎません。狙いは脳で、それを配線し直すことです。このメモの、ここを見てください……。これは人間の脳の前頭前野内の神経結合を増やすために設計された、ゲノム編集ツールのような生物学的プログラムです。

ソレダード・ヴェネガス：でもそれは、すべての人に影響を及ぼしているわけじゃない。人口の一定の割合の人たちだけが標的にされているように見える。もしかしたら自然治癒するのかもしれない。

ダリア・ミッチェル：わたしはまだはじまったばかりなのだと思います。これは第一波で、彼らは初期の対応者だと。なぜいまその人たちが影響を受けているのかはわかりませんが、今後もっと大勢出てくるのではないでしょうか。

ニール・ロバーツ：ダリア、きみは理由を知っているのか？　きみがやってきたこの仕事、このコードは、パルスが厳密にはなんのために神経接続を増やしているのかについて、なんらかの洞察を与えてくれているのか？

ダリア・ミッチェル：いいえ。

ゼイヴィア・フェイバー：ダリア、われわれはバラード大統領から、パルスに関するアメリカ国民向けの声明の草稿を書くという任務を与えられているんだ。こいつが台なしになる前に、人々に伝えるべきことを知る必要がある。いま「上昇」のせいで、スケジュールはほんとうにぎりぎりになってる。われわれは大統領にメッセージを、人類がどう反応すべきかと

(68)　ダリアが紙切れに書いたメモの写真を見たことがある。それは印象的なものだった。またしてもわたしはアール・ブリュットを思い出した。そのメモには単一の思考の流れはなかったが――わたしがたどることができたかぎりでは――多数の概念が同時にページの上で押し合いへし合いしていた。メモは紙の余白をすべて埋め尽くしている。なかには隙間なく几帳面に書かれているものもあれば、大きな文字ででかでかと、かろうじてはみ出さない程度に書かれているものもある。もしそれらのメモが、ある集団の人々のあいだでやり取りされた産物だというなら、話はわかる。しかし実際にはひとりの手、ひとりの頭から出てきたものだという事実が、それをいっそう驚くべきものにしている。ダリアのメモは多くの意味で、「上昇」そのものを象徴している。つまり、抑えがたい、言語に絶するものなのだ。

いう展望、そしてわれわれが講じるべき対策を提示する必要がある。そのメッセージを二十四時間以内に彼女の机に提出しなくちゃならないんだ。既に下書きはできてたんだが……それが、最近の出来事のせいで古くなってしまった。

ダリア・ミッチェル：わかりました、わたしはなにをすれば？

カニシャ・プレストン：パルスについてあなたが知っていることを、すべてわたしたちに話してちょうだい。あなたは「上昇者」です、ダリア。そしてわたしは、あなたには自分たちにない洞察力があると思っている。

30

ダリア・ミッチェルの私的記録より

エントリー番号三二二――二〇二三年十一月十二日

わたしたちはついに隔離室をあとにした。

わたしたちの仕事は終わった。報告書が書き上がったのだ。

「優越者」について世間になにを、どんなふうに伝えるかの報告書だ。

この二日間、わたしたちは独房に監禁されているような気分だった。

肉体的にも感情的にも孤立させられていれば、その状態は隔離とみなすよりほかにしようがない。おたがいに話をすることはできたけれど、自分たちがいる庁舎の狭い翼棟の外でなにが起きているのかは、見当もつかなかった。世界は終わったのか？　戦争がはじまったのか？　キリストは復活したのか？　なにもわからなかった。その仮の宿舎から外へ踏み出すのは、一年間過ごしたまっ暗な洞窟から出ていくようなものだった。わたしたちはみなショック状態で、目をパチパチさせ、場違いな笑い声をあげていた。本物の空気を吸い、肌に太陽を感じ、くぐもっていない音を聞くのは、とにかくとてもいい気分だった！

もちろん完全に自由の身というわけではなかった。

それにニコに電話することも、自分たちが隔離されて以来なにがあったのかを知るためにスマホを手にすることもできなかったが、少なくともわたしたちの前には新しい顔があった。最初は兵士たちだった。もじゃもじゃのあごひげを生やしてラップアラウンド型のサングラスをかけた男たちが、わたしたちを仮の宿舎からなかが見えないようになっているバスへと案内した。わたしたちは無言でそれに乗りこみ、濃い色のついた窓越しに外の世界を見ようとした。バスは幹線道路を走り、それから脇道に入った。わたしが見たものといえば、あっというまに通り過ぎていく車やおぼろげな木々の輪郭だけだった。

車が走っているあいだ、わたしは物思いに耽《ふけ》っていた。

隔離されていたあいだ、わたしは蛹《さなぎ》の殻のなかにいたのだといえば、いつもながら芝居がかりすぎている。でもわたしはひとりの人間として入り、別の人間として出てきた。片頭痛がはじまったときに頭のなかに感じていた、むずむずするかゆみは消えていた。重力波も見えない。

わたしはくつろいだ――ある意味で正常な気分だ。

こんな気分は久しぶりだった。

でもわたしの頭は飢えている。腹ぺこだ。変な話だが、わたしには情報が必要だ。この一週間、わたしの感覚はフル回転していた。すべての音がより大きく聞こえ、すべての味がより濃く感じられる。嗅覚、触覚、視覚——なにもかもが強化されて、より鋭くなっている。たとえ外側は同じように見えても、腰を下ろしてニコと話をしたら、あるいはその相手がジョンだとしても、自分で自分がわからないと思う。わたしの反応は以前とは違うはずだ。感情はより激しくなり、それでいて頭の奥でひっきりなしに流れる実況放送のような彼らの分析結果は、隔離される前にくらべてより批判的になるだろう。自分がひとりの人間ではないような気分だ。

これが「上昇」なのだ。そして、もし外科医がわたしの脳を切り開いて大脳皮質を広げることになれば、頭の内側にまったく新しい光景が広がっているのが見つかるはずだ。これが、パルスが設計された目的だった。

これが、彼らの望んだことなのだ。

わたしたちの目的地はDC郊外のオフィス街らしき場所にある、なんの変哲もない建物だった。つまり、不格好だということだ。

巨大な駐車場があり、電柱と最近植えられた貧相な木が何本か立っていた。バスを降りたわたしたちは、武装した男たちに先導されてガラスと石造りの建物に向かった。

「彼らはシールズだろうな」ゼイヴィアがあごひげを生やした男たちのほうを指しながらいった。

「もしそうだったら気分がましになります？」わたしは尋ねた。

「ちょっといってみただけさ」彼はいった。「つまり、この件はすべてまだ極秘だってことだ」

「それが変わるとは思っていませんでしたよ」わたしはいった。「今後もずっと極秘でしょう」

わたしたちは建物に入り、エレベーターに乗って三階で降りた。そこはまだ出来上がっていなかった。いつかオフィスになるはずのがらんとした空間だが、天井も床も未完成で、照明もない。窓とコンクリート、それに剝《む》き出しの天井からツタのように垂れ下がっている電気ケーブルがあるだけだ。フロア自体は広々としていて、空港の格納庫のようだった。なかに入っていくと、中央に四方を壁に囲まれた会議室があった。

それは映画のセットのようで、ひと晩でこしらえたにわかづくりに見えた。

おそらくそうだったのだろう……。

なかに案内されると、そこには大きなオーク材のテーブルが一台と革張りのオフィスチェア――これは八脚あった――にスタンドライト、そして鉢植えがひとつとウォータークーラーまであった。二面の壁にはデジタル式のホワイトボードが設置され、薄型のモニターがいくつか取りつけられていた。わたしたちはそこに落ち着き、兵士、あるいはネイビーシールズから、ペットボトルの水とグラハムクラッカーの包みを渡された。わたしたちが無言で飲んだり食べたりしているあいだに、兵士たちはぞろぞろと出ていった。

軽い食事と沈黙は十五分ほど続いた。

みんな新しい場所にいることがとにかく嬉しくて、なにか尋ねることでその瞬間の魔法を破り、台なしにしたくなかったのだと思う。そうではないかもしれない。もしかしたらみんな疲れ果てていただけで、もしなにかいったら――たとえば「それで、次はどうなるんだ？」とか「いいところだな。しばらくここにいられるといいんだが」とか――恥ずかしくなるほど間が抜けて聞こえるだろうとわかっていたのかもしれない。だからわたしたちは黙って食べた。

そのとき、ドアをノックする音がした。

わたしたちはそろって顔を見合わせ、それからヴェネガス博士がいった。「どうぞ」

ドアが開いて、黒いスーツに野球帽姿の男性が入ってきた。彼は帽子を脱いで額の汗を拭うと、テーブルの上座の空いた椅子に息を切らして腰を下ろした。男性は水のペットボトルをひっつかんで飲み干してから、ひとりでうなずきながらわたしたちを見渡した。それから声をあげて笑った。

「全員そろっているかな？」彼はそう尋ねたけれど、ほんとうに答を求めている様子はなかった。

「ダリア、彼はグレン・オーウェ」ゼイヴィアがわたしにそう紹介してから、男に尋ねた。

「それで、これからどうするんですか?」

「わたしはこれからきみたちを合衆国大統領に紹介するつもりだ」

嘘でしょう。

31

著者の覚書

各国はそれぞれのやり方で「上昇」に対処した。

もちろんこれは、誰も「上昇」とパルスを結びつけていなかった頃のことだ。政府はなにかおかしいと気づいていたが、バラード大統領と情報公開対策本部はなんの提言もしていなかった。実のところ、世界を震撼《しんかん》させている出来事が、奇妙な割合で発生しているウイルス感染症などではないことを、彼らはまだ黙っていたのだ。

一方で、既に「上昇」の原因はふつうでは考えられないようなことにあると示唆している、ヤン・デ・ショルテン(69)のような科学者もいた――彼の推測では、「上昇」は進化の結果ではなく、政府の研究室か民間の施設でつくり出されたものだった。彼はこの種の考えを初めて公に語ったうちのひとりで、それはサイ・ラガーリーやその信奉者たちが彼のウェブサイト

(69) ヤン・デ・ショルテン博士はアムステルダムを拠点とする検視官兼ウイルス学者であり、彼の行った「上昇」の研究が明らかになるとかなり評判を落とした。

やサイトのフォーラムで持ち出した内容を超えていた。

すべての国が「上昇」への対処において同様の道をたどったわけではなく、まったく同じやり方をしたところはふたつとなかった。たとえばヨーロッパ諸国はEUへの出入りを厳しく制限した。フランスとドイツは協力して、両国間の国境にある田舎の村に「上昇者」たちを収容した。ポルトガルは国境を封鎖し、イタリアではヴェニスで発生した何件かの集団暴行事件と合わせて、数件の暴力行為が発生した。ノルウェーとフィンランドは初めて領空を封鎖した国で、それは「上昇」が伝染性ではないと確定してからも続いた。結局のところ、長い目で見れば欧州連合の国々は、「上昇」が自国民にもたらした被害に対してろくに備えができていなかった。知ってのとおり、パニックは近視眼的なものだ。そして多くのヨーロッパの指導者たちは、戦うか逃げるか式のやり方から脱却することに困難を感じた。そのことが最終的に、最も彼らに打撃を与えた。

ヨーロッパのメディアは「上昇者」をエイズ、あるいはいくつかの注目すべき事例ではエボラの犠牲者とまで比較して、大騒ぎした。実際、イギリスのラジオでは、「上昇」の患者(彼らはこの言葉を使っていた)をハンセン病の感染者に喩えたコマーシャルが流れていた。イギリスでインターネットがダウンする前、わたしはネット上で拡散されていた田舎の英国人がショットガンやライフルで武装して「上昇」に感染していると思われる人たちを駆り集め、バンの荷台に押しこんでいる動画を見た。もちろんこの手の動画は世界じゅうで流れていたが、イギリスと北欧では特にひどかった。そしてこれは、どれほど野蛮なことが起きていたかという点から見れば、氷山の一角にすぎなかった。

ドランメン事件は、その真の恐怖をあらわにした。

人口五万人超の、このノルウェーの都市での出来事は、醜い、あまりにも醜いことだった。何千人もの人々が、黒死病以来誰も見たことがなかったような集団パニックに陥ったのだ。ドランメンでは、「上昇」の過程で地球上のほかのどこよりも多くの非「上昇」者――「上昇」していると疑われた人々――が殺害された。最初のうちこそよそ者や移民、困窮した人々を襲うただの集団リンチだったが、やがてそれではすまなくなった。隣人が隣人を襲い、家族の一員が血縁者を襲う例も多くあった。「終局」の数カ月後にこの街を訪れた、ある人権委員会の職員たちから聞いた話では、そこで彼らが目にしたのは子どもたちが運営するゴーストタウンだったという。

ヨーロッパにくらべると、南米は内省的だった。

ブラジルやアルゼンチンといった国々は、自国民の面倒を見るために大量の支援を集め、国境と接する州に「上昇者」の増加に対処するための後方支援を提供した。この計画が発展するのにはしばらくかかったが――参加した国々には、必ずしも影響を受けた少なからぬ数の人々にきちんと対処するためのインフラが整っているわけではなかった――システムが稼働すると、これらの国々はこの種の世界的なパンデミックに対処する方法の素晴らしいお手本となった。

　南米で「上昇」への対処を担った人々は、ごく初期の段階で「上昇」が伝染病ではないことに気づいていた――もっと自閉症や認知症のような、遺伝的要素を含んでいる可能性が高い精神疾患のようなものだということに。世界じゅうの多くの人々が逆上し、「上昇」をコレラのように扱ったのに対し、ブラジル人とアルゼンチン人は組織的で充分な資金が投入された対応策を、慎重に設計していた。また彼らはかなり早い段階で、「上昇」には治療法がないことも知っていた。ちょうど自閉症のように、それはおそらく慢性的なにかで、時間をかけてうまくつきあわねばならないものなのだと。そこで彼らは「上昇者」を注意深く観察できる、「期間限定の町」[70]をつくった。ほんの数カ月前には危機的状況にあったこれらの国々の政府がここまで効果的に持ち直すことができたのは、かなり注目に値することだろう。

　このことがなければまっ暗だった時代において、彼らはほんとうに光明だった。

　もちろん、これは上空六千メートルから見た景色の話だ。わたしは五十六カ国以上を詳細に調査した。そしてわかったのは、「上昇」の前に重大な内部分裂を抱えていた国々――格差が広がり、生活の質のスコアが下位だったようなところ――は、アウトブレイクへの対応に最も苦慮していた。アメリカ、ロシア、インド、それにオーストラリアは、いわば船を立て直すのにかなり苦労していた。奇妙なことに、国境を閉じてかたく引きこもってしまうかもしれないと思われた国々は、そうではなかった。少なくともわたしには意外だったのだが、国境をさらに開いた国としては、日本とイスラエルが思い浮かぶ。「上昇」が実質的にイスラエルとパレスチナの紛争を解決したという話を何度か聞いたことがあるし、わたしは実際にそう思っている。

そのことを、ちょっと考えてみてほしい……。

しかし最も興味深かったのはインドネシアの事例だった。そこで起こったことは詳しく掘り下げる価値があるし、世界の「上昇」に対する反応について、全体を見るのと同様に多くが見えてくるだろう。

初めて広く公にされた「上昇」と呼ばれることになった現象は、十月二十二日の週にアメリカ、カナダ、ナイジェリア、中国、そしてウルグアイに現れた。関連する動画や記事、医療報告は、かなりの速さで拡散した。それらが世界じゅうのSNSのプラットフォームに広がったとき、ほかの国の人々が気づきはじめた。その反応は基本的にこうだった。「おい、うちにもこれと同じような症状に苦しんでる人たちがいるぞ。なにが起きているのかは説明できないが、協力して解明しようじゃないか」これぞまさに、CDCやWHOが果たすこと

(70)「期間限定の町」というアイディアは空想上の感覚では魅力的だが、それらは政府が他国の戦争難民のために設置するようなテント村といったほうが近かった。一時的なもので辺鄙な場所にあったにもかかわらず、そうした町は何千人も受け入れることが可能だった。

になっていた役割だった。みなが自分の知っていることを共有し、協力して解決策を見つける。もちろんそれが理想的な状況だ。

そうしたごく初期の事例が大いに注目を集めたあと――幼い少年が人体の内側を見ている動画は、どのような言語でも効果的だ――野火は誰も想像していなかったような速さで広がった。わたしは何人かの疫学の専門家――CDCで権威ある立場にいた人々――から、そうした最初の頃の話を聞いた。彼らは大変な思いをしていた。その多くが何日も眠らずに、「上昇」がはじまり、飛行機よりも速く広がるのを見守っていた。「上昇」以前、二十一世紀に伝染病やウイルスの発生が急速に広がる唯一の道は、病気の人々が飛行機に乗ることだった。しかしこれは……これはほぼ瞬時の出来事だった。ある日、世界じゅうで三十件の症例があったかと思うと、それが翌日には五万二千件になっていた。十一月一日までにはすべての国で、「上昇」した人々の症例が少なくとも二百件は報告されていた。(71)

しかしインドネシアは例外だった。

各国が少なくとも十万件の「上昇」の症例を報告していた頃、インドネシアでは十五件しか報告されていなかった。そんなことはあり得ないのは、誰もが最初からわかっていた。インドネシア人は明らかに数字をごまかしているか、もっと悪いことに、なんであれ国内で起こっていることを隠そうとしていた。

「上昇」が手のつけようがない勢いで広がったため、誰かがインドネシアの当局者を過去にさかのぼって調査したのは、しばらくたってからのことだった。単純にいって彼らは、自国のことで手いっぱいだったのだ。最初の二カ月間は、一言でいえばあまりに唯我論的になっていて、どこの機関も国境の外に目を向けるのは困難だった。アメリカでは、フロリダの緊急事態(72)、シカゴとミネアポリスの惨事(73)、そしてフェニックスの大混乱(74)に対処している最中だった。だから疫学者と公衆衛生の専門家がようやくインドネシアに注意を戻したときにか

(71) アメリカ、フランス、ブラジルでは、それぞれ五千件以上が報告されていた。

(72) マイアミは桁違いに多い一万六百人という「上昇者」を抱え、既に逼迫《ひっぱく》していた医療インフラに壊滅的な打撃を受けた。

(73) 二十七名の作業員が死亡したシカゴ郊外の発電所の爆発は、ひとりの「上昇」した男が制御室に立てこもり、「太陽フレア」についてわめき散らしながらすべての自動システムを停止しはじめたのが原因だった。ミネアポリスでの事故は、六人の歩行者の命を奪った。ひとりの男性が運転中に脳卒中を起こして死亡し（のちに「上昇」の影響と判明）、制御を失った車がアリゾナからきた旅行者のグループに突っこんだのだ。

(74) 十一月十六日、フェニックスの繁華街で暴動が発生した。「上昇」と診断された幼い少女を、隣人からの苦情を受けて懸念を抱いた社会福祉事務所の職員が、祖父母のアパートから強制的に連れ去った翌日のことだ。暴動は二日間続いた。混乱のなかでふたりが死亡し、三棟の建物が焼け落ちた。

なり驚くことになったのは、それほど意外ではないだろう。

「上昇」が世界じゅうで本格的に大流行した三カ月後、専門家たちはとてつもない発生率を目にしていた。アメリカで約七千八百万件、メキシコで一億件、ヨーロッパ全体で一億三千万件、中国だけで驚異的な二億千五百万件という症例があり、アイスランドのような土地では人口のなんと四十五パーセントが「上昇」におかされていた。これは人口の半分近くが公の生活や仕事の場から排除されたということだ。社会構造が崩壊し、国際的なパートナーによる支えが必要になったのも無理はなかった。

だがインドネシアの症例は三千二百件しかなかった。

約二億七千万人という人口のなかで、これだけだった。東西に位置するフィリピン、タイ、パプアニューギニアといった国々は、罹患率を人口のおよそ三十パーセントと見ていた。インドネシアが世界のほかの国々と同様の割合で影響を受けていない理由は、単純にいってあり得なかった。

理屈に合わない話だ。

たしかに学者たちは、遺伝子の多様性や文化的な特性に関する案を提示していた——ひょっとするとインドネシア人の「上昇」に対する理解が世界のほかの人々とは違っていたために、ほんとうにそれほど多くの症例はなかったのかもしれない。結局は、その考え方には欠陥があった。国際社会の誰かにほんとうはなにが起きているのかと迫られるたびに、インドネシアの当局者がまさにそれと同じ仮説を持ち出すのは、驚くべきことではなかった。メディアは遮断されていたが、ほんとうはインドネシア政府が明らかにしている以上の「上昇」の症例が存在するという噂がときおり漏れてきた。

こうした状況はドゥ・ショルテン博士が論文を発表しはじめるまで続いた。医学界で「上昇」の解剖学的構造を解明する競争が起こるのは、当然のことだった。症状が瞬く間に広がり、これほど大勢の犠牲者が出ている――「上昇」におかされた人たちの少なくとも十五パーセントは、脳で起こっているとてつもない物理的変化に肉体が耐えきれずに死亡していた(75)――状況では、解剖学者たちは、いわば引き金を見つける必要があった。彼らは脳のなかで起こっている物理的変化がどこからきているのかを、特定しなくてはならなかった。

ドゥ・ショルテンの論文が発表されたとき、それらは信じられないほどの輝きを放っていた。「上昇」が最も影響を及ぼしている脳のいくつかの領域を、初めて医師が特定することができたのだ。もっとうまい言い方をすれば、それらの領域では脳が最も変形していたといってもいいかもしれない。重度の「上昇」に苦しんだ人たちの松果体がひどく変形してい

(75)　ミネアポリスの運転手のような大勢の人々が、脳卒中や動脈瘤、心臓発作を起こしていた。なかには神経変性疾患のような、はるかに珍しい症状で倒れたものもいた。

ることは、すぐに明らかになった[76]。その後、視神経や脳弓に焦点が当てられた[77]。しかしどの脳も予測不能な形で異なっていた。それらの相関関係をほんとうに見つける唯一の手段は、膨大な数を調査することだった。

ドゥ・ショルテンにとってまずいことになったのは、そこだった。

彼は社交的な人間で、嬉々としてメディアと話をした――脚光を浴びるのが大好きな、ざっくばらんなタイプの医者だ。当時は、もっぱら世間に注目されそうだからという理由で「上昇」の研究に関わっていたのではないか、とほのめかされていた。この男は最も厳格な学究肌の人物、というわけではなかった。しかし超有名大学や公衆衛生機構でさえ足元に及ばないほどの数の、「上昇者」の遺体を調べることができた。彼自身の計算――そして、その後手に入るようになり、数が裏づけられた彼のデータ――によれば、彼と十二人の専門家チームは二千百五十二体以上の遺体を解剖していたようだ。

「上昇」で亡くなった大勢の人々の遺体だ。

しばらくのあいだ、それだけの数の遺体がどこからきたのかという疑問は、ドゥ・ショルテンが発表している論文に対する興奮のなかで見失われていた。「上昇」に取り組んだ多くの医師は認めたがらないだろうが、今日われわれがその作用について知っていることの多くは、ドゥ・ショルテンの研究によるものだ――第二次大戦後に、数人の研究者がナチスの医師のデータを利用したのと同じようなものだ[78]。彼らは自分たちが情報を収集した実験についてあまり多くを尋ねなかったかもしれないが、とにかくそれを利用したのだ。調達の問題がついに表面化したとき、ドゥ・ショルテンの評判は数時間のうちに地に落ち

(76) 松果体は脳内にある内分泌腺で、人間の体内で睡眠覚醒サイクルの調整を助けるホルモン、メラトニンを分泌する。形が松の実に似ているところから、この名前がついた。古の時代、松果体は「魂の座」と考えられていた。今日、一部の宗教やニューエイジの信奉者たちはそれを「第三の目」とみなし、達人になると内は魂まで、外は別次元まで見つめることができると考えている。「上昇者」の松果体に生じた変化は、脳腫瘍の兆候のような症状をもたらした。視覚障碍、頭痛、精神機能の低下、なかには認知症のような問題が起こる場合もあった。

(77) さらなる脳の部分。視神経とはその名の通り、目と脳をつなぐ神経である。脳弓というのは、視床下部と海馬のあいだにある三角形の白質をいう。これは記憶の想起に関わっている。「上昇者」が見ていたものの多くは、これらの構造——人格中枢、視覚的解釈、記憶——の複合的な変化によって説明することができた。

(78) ナチスが収容所で行ったおぞましい研究実験からは、「有用な」医療情報はほとんど得られなかったが、ダッハウでジクムント・ラッシャーによって進められた耐久「テスト」は、大勢が有用とみなした。ラッシャーが収集したデータは数十件の研究論文に引用されており、そのデータは漁師用のサバイバルスーツなどの開発に利用された。

た。ゲリラ的な取材方法で知られるデンマークの会社に所属する潜入記者が、ショルテンの組織——この男は現代的な建物に巨大な遺体安置所を設けていた——にもぐりこんで、何人かの技術者に話を聞き、書類を入手したのだ。

ドゥ・ショルテンが切り刻んでいた遺体はすべて、インドネシアからのものだった。

この事態に直面し、根っからの政治家であるドゥ・ショルテンは、遺体がどこで入手されたものかは仲介人にまかせていたのでよくわからない、と主張した。オランダ当局が彼の遺体安置所に踏みこみ、遺体とファイルを押収した。それらの脳はひとつ残らずインドネシア人の男や女、子どものものだった。遺体は軍用機で輸送されており、つまりはインドネシア政府が直接関わっていたということだ。スキャンダルが持ち上がった。緊迫した外交交渉がはじまった。

最初の映像が命懸けの人々によって国外に持ち出されたのは、そうしたインドネシア当局者との外交協議が行われていた最中のことだった。その映像は、そう、おぞましいものだった。インドネシアは世界のほかの国々と同様、深刻な「上昇」問題を抱えていたことが明らかになった。少なくとも人口の三十パーセントはおかされており、むしろ三十五から三十八パーセントのあいだだったことを示唆する証拠があった(79)。

そこで起こったのは古典的な粛清だった。「上昇」がはじまったとき、古くからの対立が燃え上がった。政府はこれを、自分たちの敵を一掃する好機ととらえた。反体制派、犯罪者、移民、同性愛者、体の弱いもの、そして「冒瀆的《ぼうとくてき》なもの」。彼らは恐怖や脅し、それに賄賂も利用しながら殺人システムを導入し、「上昇」した愛するものを国に引き渡すよう家族や友人たちを説得した。

インドネシアの当局者が、そのプログラムは感染者を助けようとするところからはじまったと反論していると聞いたことがある。彼らは治療を提供し、それを容易にするために「上昇者」をすべて一カ所に集めることを望んだ。しかしその人数がどんどんふくれあがるにつれて、たちまち手のつけようがない混沌とした状況になった。じきに治療は、感染の恐怖が広がるにつれて安楽死へと変わっていった。このとき国は事実上の鎖国状態だった。外部の情報はいっさい入ってこなかった。そしてインドネシアの民衆は、ブラジルやアルゼンチン、それにアメリカが知っていることを知らなかった。つまり、それがウイルス性でも伝染性でもないということを。このすさまじい反響室に閉じこめられたような状態で、次の事態はすぐに起こった。

ほんとうの人数がわかることはけっしてないだろうが、発生から三カ月が過ぎる頃までに、

(79)　ニューヨーク市に拠点を置く国際的非政府組織ヒューマン・ライツ・ウォッチは、二〇二六年に世界的な「上昇」率に関する詳細な報告書をまとめた。彼らは生存者や医療関係者の証言を用い、きわめて信頼性の高い「上昇」発生率の推定値を導き出すことができた。

インドネシアは千三百万人を超える国民を殺害していた。その遺体の一部は、最後にはアムステルダムのドゥ・ショルテンのもとに行き着くことになった。残りは焼かれるか、サメに食べさせるために海に投棄された。

前述したように、インドネシアの話は「上昇」の全体像を、そして最終的には「終局」の全体像を広い視野でとらえるのに役立った。人類がその過程、新しい種への進化を促す――実際には強制的な――変化に直面したとき、わたしたちはパニックになった。ふつうなら良いこととみなしていたはずのなにか――あまりにも長いあいだ数多くの争いに明け暮れてきた世界で、先へ進む方法――に多くの人々が背を向け、内なる悪を受け入れたのだ。

わたしたちはひとつの種として、人間以上のなにかになるための機会を与えられ、ほとんどはそれを受け入れない道を選んだ。われわれの宗教的信念、人類の向上に関する話、天からの導きへの信頼はすべて、あれだけの規模の変化に直面すると、すっかり消え失《う》せてしまった。

結局わたしたちは、生まれてからずっと知っていた世界が変わりつつあったとき――必ずしも悪いほうへではなく、ただ変わっているというだけで――最も受け入れがたい、最悪の自分自身に逃げこんでしまったのだ。そのことは実際、あのときパルスを手にした真の理由のヒントを与えてくれるかもしれない。多くの人々は、パルスが地球に送られたのは人類がある種の頂点に――ひょっとすると社会的に、あるいは科学的に、それとも技術的に、いや、その三つすべてかもしれない――到達したからだと考えた。わたしたちが信号をとらえたのは、ついに人類がより大きな宇宙に加わる準備ができたからだと信じたがった。われわれはいま、よりよい最終的な形態へとなんらかの銀河の梯子《はしご》を昇ることができるようになったのだ、と。

それがほんとうであればいいのだが。

しかしインドネシアの事例が証明したように、われわれは種として準備ができていたとはとうてい言い難《がた》かった。数カ月前、わたしはノートルダム大学で分析哲学を教えているローマカトリックのヴァチェスラフ・クドリャショフ教授と話をした。彼はすべてが起きた理由を明らかにすることに興味を持っていた。(80) わたしと同様、「優越者」がわれわれを選んだ理由を知りたがっていたのだ。われわれの知性がその理由だったのか？　われわれの科学技術だったのか？

(80)　クドリャショフ教授が最もよく知られているのは、もしかしたら「上昇」に対する福音教会の対応について記してひどく物議を醸した著書、『ローマ人への手紙：汝の隣人を憎むことが、いかにして己を愛することになったのか』（二〇二五年）によってかもしれない。この本のテーマに詳しく触れるつもりはないが――題名からして自明といってもいいだろう――終わりに近い一章では、彼がSNSを二十一世紀に入ってからこれまでに起こった暴力と不平等の基本的動因と見ていることが、詳細に述べられている。

彼にいわせれば、答はノーだった。

読んできたすべての証言記録、すべての論文や研究報告、交わしたすべての会話から、彼はひとつのがっかりするような結論に導かれていた。あのときパルスコードが地球に届いたのは、われわれが種として知性と善行の頂点に達していたからではなく、そのまったく逆で、どん底まで落ちていたからだと。

ヴァチェスラフ教授が語ったように、二十一世紀の最初の二十年間、人類は分裂し、内輪で戦いを繰り広げるような種だった。われわれは科学技術を熱心に取り入れ、そのことで自分のなかにある最悪の部分を引き出されていた。ＳＮＳは地球上のすべての人に拡声器を与え、ことの大小にかかわらず自分がいる世界の片隅から叫ぶことを可能にした。そしてその耳をつんざくような声は結果として、憎しみにあふれたものになった。痛み、困惑、怒り、無気力、嫌悪感――そうしたすべての感情は、愛や尊敬、利他主義をしのいで支持された。ユーザーが見せられるものを決めるアルゴリズムは悪いほうへゆがみ、暴力に関する投稿が最も速く広がり、ネットの匿名性によって誰もが最低最悪の最も臆病な衝動を解き放つことができるようになった。これは不平等と戦争に直結した。

「『優越者』は、わたしたちがどこか特別だったから選んだのではありません」ヴァチェスラフはいった。「彼らがわたしたちを選んだのは、わたしたちが大切なことを忘れていたからなのです」

32

リチャード・R・ヤコブセン博士に対するFBIの聴取記録を編集

タンパ支局：記録番号〇〇一——S・シュウェブリン捜査官
二〇二三年十一月二十六日

この聴取は「上昇」が終わりかけていた頃に行われた。

ヤコブセン博士は「上昇」前も最中も、独立したコンサルタントとして当局（FBI）とともに働いていた。自身が「上昇者」になったとき、彼は大量の検査と幅広く詳細な聴取を受ける対象だった。以下は、最後の聴取を記録した映像の抜粋である。

わたしがデジタルコピーを所有しているそのビデオではR・R・ヤコブセン博士、頭のはげた年配の男性が、小さなテーブルを挟んでFBIの聴取者と向かいあう形で背もたれのまっすぐな椅子に座っている。彼らがいるのは、ドアがひとつのこれといって特徴のない部屋だ。

シュウェブリン捜査官：ヤコブセン博士、お名前と職業を教えていただけますか？

R・R・ヤコブセン：現時点では、わたしの名前はロバート・ヤコブセンであり、この五年間はロチェスター大学でヴァルザーの精神医学講座を担当している。過去二十二年間、精神医学の仕事をしてきた——お察しの通り、最近は変わってきたがね。

シュウェブリン捜査官：それでは、正確にはどのように変わってきたのかを説明していただけますか？

R・R・ヤコブセン：わたしはもはやロバート・ヤコブセンではない。もとの彼をかなり超えたなにかになろうとしているところだ。

シュウェブリン捜査官：あなたはなにになろうとしているのですか？

R・R・ヤコブセン：まあ人間以上の存在だとは思うが、それは正確ではないな。わたしはまだ人間だ。わたしの肉体は完全に人間だ——少なくとも骨や筋肉や腱は。しかしわたしの脳は……わたしの脳は、もはやわたし自身の領域ではない。

シュウェブリン捜査官：「領域」というと？

R・R・ヤコブセン：きみたち、政府、人々、メディアは——きみたちは「上昇」を、侵略だと思いこんでいる。それは部分的にしか当たっていない。何千年ものあいだわれわれは空を見上げ、銀河系間の侵略者が空飛ぶ円盤に乗ってやってきて、この星を略奪し、われわれを奴隷にするときを、あるいはもっと可能性は低いが、われわれの友人となり、ある種の宇宙空間のキブツに参加するよう招いてくれるときを、思い描いてきた。これはそんなふうにはいかないのだ。地球はテラフォーミングされ、変容するが、それは外側からではないだろう……。われわれは内側から侵略されているのだ。
　パルスと「上昇」の背後にいる知的生命体は、われわれの惑星を乗っ取ることに興味はない。それはあまりに単純で、あまりに人間的な概念だ。われわれは二本脚で歩きはじめて以来、自分がほしいものを要求するためにおたがいの頭を殴りあってきた。土地、セックス、資源、金、魂。それはわれわれのやり方だ。彼らのやり方ではない。宇宙空間を渡るのは大仕事だ。大量の資源が必要になる。もしある惑星を、それに触れもせずに侵略し変化させることが可能だとしたらどうだね？

シュウェブリン捜査官：すると、彼らがやっているのはそういうことだと？

R・R・ヤコブセン：率直にいってそうだ。彼らはわれわれの精神を変容させることで、われわれの現実を乗っ取りつつある。だが重要なのはここからだ。それがはじまったばかりの頃、「上昇」を受けつけなかった初期の「上昇」の犠牲者たちに関するヴァン・ランスト博士の論文を研究していたわたしは、彼らがわれわれの脳を新しい現実に――彼らが住んでいた現実に――適応できるよう変化させているのだろうと考えていた。この考えは理にかなっているだろうか？

シュウェブリン捜査官：わたしはそう思いますが、もっと詳しく説明してください。

R・R・ヤコブセン：わたしは楽観的なたちだったが、よくいわれるように、そのテーブル後には楽観主義が入る余地はない。情報公開委員会が示唆したことのなかには、パルスの背後にいる知的生命体はわれわれとは異なる現実の次元に存在する、という考え方があった。「上昇」とは、われわれの精神をこの別の現実を解釈できるものにしておく彼らなりのやり方で、登山家が最高峰に登頂できるように呼吸する空気の質を徐々に変えて慣れさせ、極度の高所でも生きのびられるようにするようなものだと考える人も、おそらくいたことだろう。ダリア・ミッチェルのような人々が重力波を見ることができたという事実は理にかなっていたし、あの幼い少年のケースも……。しかしわたしは間違っていた。「上昇」という呼び名は間違っている。彼らは自分たちと一緒に生きられるように、われわれを「上昇」させているのではない。彼らが人類を「上昇」させているのは、自分たちがわれわれの頭のなかで生きられるようにするためだ。それが、彼らがテラフォーミングしている領域なのだ。

シュウェブリン捜査官：それは穏やかではない説ですね、ヤコブセン博士。それを裏づける証拠とはなんでしょう？　そして仮にあなたの説が正しいとして、その知的生命体はいったん足がかりを設けたわれわれの脳に、どうやって入りこむのでしょう？

R・R・ヤコブセン：いい質問だ。ヤコブセン博士としていうなら、わたしの証拠はまったく裏づけに乏しいと答えるだろう。しかしわたしにはそれが事実だとわかっている。まさにこの瞬間、それがわたしの頭のなかで起きているから、事実だとわかるのだ。精神医学にまつわる最も古い冗談は、統合失調症の患者はわたしたちほかの人間が見逃している現実を実際に見ている、というものだ。ベールの向こうの声が聞こえ、幻覚が垣間見える。いま、「上昇」に関しては、それは冗談ではない。人類の終わりという以外の結末はないのだ。
シュウェブリン捜査官：納得したとはいいかねますね、博士。ふたつ目の質問についてはどうでしょう？　いったん精神の準備が整ったら、彼らはどうやってなかに入るのですか？
R・R・ヤコブセン：ヤコブセン博士はそれに対する答を知らない。わたしはこういうだろう。彼らが宇宙船でやってくることはない。一部のニューエイジの天使のように、テレポートをしたりゆらゆらと出現したりすることもないだろう。わたしの脳はいま、われわれの言語でわれわれの原始的な生物学や物理学の理解を用いて説明することはできない変化を遂げているところだ。小脳の肉を折りたたみ、よじり、ずらし、開いて閉じる――それは、ある種の物理的寄生生物に居場所をつくってやるためではない。そのなかで新しい存在が育つための子宮でもない。わたしは孵卵器《ふらんき》ではないが、わたしの頭は実行ファイルになっている。
シュウェブリン捜査官：「実行ファイル」？
R・R・ヤコブセン：コンピュータのプログラミング用語だよ。実行可能なプログラムという意味だ。彼らは灰白質が活性化されるように、われわれの脳を洗浄し、折りたたみ、操作している。そして準備が整い「終局」を迎えた暁には、彼らがわれわれの精神のまさに基本構造に植えつけたプログラムが実行されるだろう。それが実行されるとき、この地球上にいる「上昇者」はひとり残らず消え失せる。

シュウェブリン捜査官：消え失せるとはどこへ？

R・R・ヤコブセン：どこへでもない。彼らがやってきたところ、それは場所ではない。時間でもないが、既にそのことはきみたちも突きとめているだろう。われわれはその狭間《はざま》に滑りこもうとしている。わたしに説明できるのはこれがせいぜいだ。きみに、そしてこの惑星のすべての人たちに理解してもらいたいのは、「上昇者」が去るときには——われわれ二十億人全員が——まるで最初から存在していなかったかのようになるだろう、ということだ。転送先の住所は残らないし、連絡を取る術《すべ》はないだろう。千分の一ミリ秒足らずで、われわれは単純にいなくなる。きみたち残りのものは、けっして答えられない問いとともに残されるのだ。

シュウェブリン捜査官：「終局」というのは？　あなたはまるでわれわれに馴染みのある言葉のように、ずっと使っておられますね。知っていて当然なのでしょうか？　それはどういう意味なのですか？

R・R・ヤコブセン：いまは馴染みがないというだけのことだ。いずれみなが知るようになる。いくらもたたないうちに、この世界の誰もがそのことばかり話すようになるだろう。まさにこの瞬間、わたしはそれを呼び出し出現させた。数カ月前、きみたちはパルスのことを聞いたこともなかったが、それはずっとそこに存在した。数週間前、「上　昇《エレヴェーション》」といえばスポーツドリンクの一種に聞こえた。「終局」についてもそんなふうになるだろう。きみは今日それを耳にし、明日には、そしてその翌日にはさらに、すべての人が口にするようになる。何世代にもわたり、人々は人類の死について語ってきた。大変動。世界の終わり。それが「終局」だ。

シュウェブリン捜査官：それはつまり「上昇」が終わるとき、世界も終わるということですか？　そしてパルスの背後にいる知的生命体が、それを引き起こすだろうと？

R・R・ヤコブセン：世界はけっして、少なくともあと数十億年は終わることはないだろう。これまでわれわれが、いかに愚かで盲目であったかわかるかね？　いいや。「終局」は世界の終わりではない。それは人類の終わりだ。

　ビデオの映像に突然閃光が走り、ヤコブセン博士は部屋の反対側に移動している。いま聴取者の向かいの椅子に座っていたかと思えば、次の瞬間にはリボルバー――ドアの外で持ち場についていた警備員から奪った――を自分の頭に向けて、ドアの近くに立っている。

　ヤコブセン博士はカメラのほうを見てそれに焦点を合わせ、目を細めてから一度うなずき、引き金を引く[81]。

(81) 重要なのは、これがかつて記録された「瞬間移動」と推測される、ごく限られた事例のひとつだということだ。映像解析専門の鑑識官に見てもらったところ、この映像は作り物ではない、すなわち、効果的に編集されたものではなく、ヤコブセン博士の動きはコンピュータ処理で映像を補正した結果ではない、ということだった。つまり彼らにいわせれば、それは本物だったのだ。わたしは物理学者や医師に話を聞いて、正確にはなにが起きたのか見当をつけようとした。誰もまともに説明することはできなかった。ワイオミング大学のある技術者は、ヤコブセン博士が突然移動したのは手品によるものではないかとほのめかした——あの閃光は、彼が身につけていたなにか、ある種の爆発物が発生させたのではないかというのだ。その案は、わたしがスタンフォードで話を聞いた別の専門家には受け入れられなかった。彼女が聞かせてくれた、ヤコブセン博士は「時間的に変位」したという説は、わたしには難しすぎたが、要するに時間と空間を飛び越えたということだった。この出来事、そしてその映像は、ちょっとばかり好奇心をそそるものだ。もしかしたらけっして説明はつかないかもしれない。正直なところ、わたしはそういうところが気に入っている。この世の終わりにも、いくつかの謎は残っているべきだ。

33

ダリア・ミッチェルの私的記録より

エントリー番号三二五——二〇二三年十一月二十六日

真夜中に目が覚めると、自分がどこにいるのかわからなかった。

いい気分ではなかった。かつてないほどに。

部屋を見まわすと、そこはホテルの一室で、情報公開文書を仕上げたあとで移動させられたのを思い出した。ベッド、レースのカーテンがかかった窓、テレビ、それに安っぽい化粧台が見えた。ドアの下が廊下の明かりでぼんやりと黄色く光っていた。カーテン越しに外を見ると、遠い闇のなかで街灯が輝いていた。

でも、わたしが見たのはそれだけではなかった。

ホテルの部屋の上にもうひとつ、別の部屋が重なっていた。最初はものが二重に見えているのだと思って、目を拳でこすった。それからゆっくりとふたたび目を開いてみると、もうひとつの部屋はさっきと同じくらいはっきり見えた。

飾り気のない壁は石英の色をしていた。わたしがいるホテルの部屋より明るくて、その光源を見ることができた。それは天井から白い靄のなかを漂いながら下りてきているようだった。このもうひとつの部屋に家具はなかった。

　わたしはベッドの上に起き上がった。

　ひとつの像が別の像に重なって見えていたという以外に、わたしが見ていたものを正しく描写するのは難しい。ホログラムのなかで目覚めたみたいなものだ。ジョンとつきあいはじめた頃、一緒に映画を見にいった。ジョンはほんとうに悪趣味なコメディに目がなくて、わたしは笑っている彼を見るのが好きだ。映画が終わったあと、ひとりの男性がロビーで拡張現実《AR》のヘッドセットの宣伝をしていた。周囲の現実の世界に重ねられたコンピュータグラフィックを見るためにつける、大きなバイザーだ。わたしたちが試したものには、隕石が天井を突き抜けて落ちてくるというゲームがあった。面白かったけれど……率直にいって、隕石の見た目が完全に間違っていた。

　わたしが目を覚ました部屋は、まるで拡張現実のような空間だった。

　わたしは手を持ち上げて自分の顔を触りさえした。すっかり間の抜けた気分で、誰かにこっそりＡＲのヘッドセットをかぶせられたのかもしれないと思いながら。もちろんわたしが見ていたものは、コンピュータが生み出したものではなかった。それは現実だった。それはまさにわたしの目の前にあった。

　わたしはベッドと窓のあいだの一メートルほどを移動しようとした。それはひと苦労だった。わたしは一度にふたつの場所を歩いていたのだ。あるいは、少なくともそんなふうに見えた。こちらの現実では、わたしの足は味気ない絨毯《じゅうたん》の上にあった。あちらの別の場所では、わたしの足はまるで砂のなかにあるような感覚だった。それは温かかった。低いコーヒーテーブルをよけようとしたが、結局ぶつかってしまった。

窓にたどり着いたとき、わたしは手をのばしてガラスに触れようとした。ホテルの部屋では、わたしは壁に触れていた。つや消しのペンキが塗られ、つるつるしていた。もうひとつの部屋の窓にはガラスははまっていなくて、通り抜けたわたしの指は外気に触れ、肌に太陽の光を感じた。しかしわたしを魅了したのは、窓の向こうに見えたものだった。

たとえホテルの部屋の壁に遮られていても、わたしにはその向こうに広がる野原が見えた。丈の高い草が風にゆっくりとそよいでいる。遠くには山があり、そのちょうど麓に街が……。それは明るい光のなかでキラキラ輝いていた。

それからそれは消えてしまった。

ただ――瞬く間に――消え失せたのだ。

双眼鏡をのぞいたときに二枚のレンズの視野が重なるように、また目の焦点が合った。わたしはホテルの部屋にいて、もうひとつの部屋、もうひとつの場所は消えてしまった。わたしはまたベッドに腰を下ろし、自分が見たものを頭のなかで再生した。

あの太陽の温もりは、まだ腕に感じられた。

あれはとてもいい気持ちだった。太陽の光の、あの柔らかい感触は。

ほんとうに、このことは誰にも話したくない。ほかの「上昇者」、ここまで乗り切ってきた人たちも、きっとあれを目にしていることだろう。なんと呼べばいいのかわからないけれど、わたしはあそこが彼らのきたところだと思っている。あそこがわたしたちの向かおうとしているところだと。

いまはもうじき夜が明けるところだ。

空がピンク色に染まっている。

外では車が走りはじめた音がしている。クラクションが鳴っている。今日は会合の予定が十件入っている。バラード大統領のスタッフとの追加の話し合いがある。記者たちがいる。パルスコードに挑み、わたしたちが間違っていることを証明しようと躍起になっている科学者たちがいる。証明はできないだろう。彼らには無理だ。

一時間後には、わたしはロビーに下りていって薄いコーヒーを飲み、温め直したクロワッサンかグラノーラを食べるだろう。たぶん下ではミコヤン博士に会うはずだ。彼は早起きして、夜明けの空気のなかで考え事をするために長い散歩をしている。わたしたちはシャトルバスが迎えにくるまで世間話をするだろう。

ニコと話がしたいし、ジョンに会いたい。

このことを兄さんに話さなくては。

これをジョンに教えて、彼が目を丸くするのを見たい。

でも隔離を解かれたとはいえ、外部との連絡は制限されている。まだ誰も訪ねてこない。ほんとうに、わたしが見てきたこと、きたるべき世界のことを誰かに話したい。そのすべてがどんなに特別かを……。

まったく。こんなことを書いていると、宣教師みたいな気分だ。未知の岸辺に打ち上げられたばかりの、なにかの信者のような。そしてその信者は、これからくることを怖がっておらず、自分が見つけるかもしれないものに怯えてもおらず、興奮している。信仰を、わたしたちはほんとうに孤独ではないのだという理解を、世界のほかの人たち――ほかの人類――と分かち合うことを思って、わくわくしている。

たぶん選ばれるのはわたしたちの一部だけかもしれない。

情報公開

34

著者の覚書

「上昇」の経過と情報公開の経緯は、多くの同時進行の出来事によって方向づけられた。ひとつは「上昇」それ自体と、それに対する国の反応。もうひとつは情報公開対策本部と彼らが行った研究。そして同じくらい重要な第三の要素は、バラード大統領がアメリカ国民に向けて行う情報公開声明を練りあげる際に、ホワイトハウスで行われていた舞台裏の作業だ。

続く章では、ダリアと情報公開対策本部が自分たちの作成した文書を政権に引き渡したあとの出来事を、直接扱っている。わたしが最も興味をそそられ有意義だと感じたのは、バラード大統領の部下たちがどのようにして情報公開のメッセージを紡ぐことを選び、その過程で新しい物語を生み出したかだった。

政府は与えられたものに満足していたが——詳細さ、科学的要素、メッセージ性——それをどうやって人々に売りこむかという問題がまだあった。ここでマーケティング担当役員たちが登場した……。

35

ホワイトハウス法律顧問テリー・クインによって録音された、広告界の「伝説的人物」サラ・ナガタの音声記録を編集

二〇二三年十一月二十七日、ホワイトハウスにて録音

「上昇」前の十年間、ちょっとしたマーケティングの権威だったサラ・ナガタは、不幸な結末を迎える運命の情報公開キャンペーンの発案者だった。

テリー・クインが彼女を招致したのは、情報公開関連のメッセージの発信を指揮させ、アメリカ国民、そして世界の人々に向けて、パルス信号や「上昇」の意味を説明させるためだった。彼女の仕事はそれを売りこみ、宣伝し、成功させることだった。

現在、サラとその妻は引退し、ニューヨーク州北部で小さな農場を営んでいる。サラはわたしのインタビューの依頼には応じてくれなかったが、「バラード大統領の政府と行った（自分の）仕事には、いまでも誇りを持っている」と語った。

テリー・クイン：ここで問題なのは、いかにしてこれを大衆に売りこみ、われわれが既に抱

えている以上の混乱を引き起こさないようにするかということだ。人々は、いま起きていることに死ぬほど怯えている。この「上昇」の件や、いままさにわれわれが伝えようとしている、すべての原因はこれまでいっさい警告してこなかった異星人の信号にあるという事実……。われわれは手のつけようがない混乱状態に、燃料を注ごうとしている。これになにかうまいやり方はないんだろうな？

サラ・ナガタ：常に方法はあるものです。たしかにわたしたちは、この件で後手にまわっている。かなり後れを取っています。ですが、いまはわたしがここにいますし、これをどう売りこむかの案もいくつか持っています。婚約指輪というアイディアは、マーケティング戦略だったのをご存じでしたか？

グレン・オーウェン：いや、わたしは知らなかったな。テリーは？

テリー・クイン：わたしもだ。聞かせてくれたまえ。

サラ・ナガタ：ダイヤモンド会社のデビアスは、世界恐慌のあと苦境に立たされました。なんということでしょう、苦労して稼いだ金をすべて失ったあとでは、誰もダイヤモンドの指輪を買いたがらなかったのです。会社には人々を店に呼び戻す方法が必要でした。どうすれば人々の購買意欲を高められるのか。それ以前は実際には存在していなかったなにかを、どうすれば信じこませることができるのか。デビアスの場合は伝統の発明でした。婚約指輪です。一九四八年以前、婚約指輪を買う人はいませんでした。なぜならそれは、一部のとても頭の切れるマーケティング担当者がつくり出したものだからです。彼らは今日でもまだ使われている、「ダイヤモンドは永遠の輝き」というキャッチコピーをつくりました。そしてそれとともに、男性が愛する人のために自身の誓いを象徴する婚約指輪を購入する、という習慣をつくり出したのです。彼らがそのキャンペーンをはじめた三年後には、十人中八人の花嫁がダイヤの婚約指輪を持っていました。いまではそれは必要不可欠なものになっています。わたしたちはここで、同じことをする必要があります。大衆になにかを、ずっと存在していたはずだと思ってもらえるような概念を、信じさせるのです。

グレン・オーウェン：あれは説得力のある宣伝文句だが、われわれはここで石を売っているわけではない。人々に理解してもらおうとしているのだ。混沌と思える状況のただなかで、歴史上最も重要な出来事が起こったところなのだと。

パー・アカーソン：ファーストコンタクトがな。

テリー・クイン：われわれは「優越者」が脅威と見られることは望まない。われわれは「優越者」についてなにも知らないし、そのことはしばらくは変わりそうにない。きみがなんと呼ぼうとかまわんが、そういうものたち、人々は、これらの変化、「上昇」を促進させるために、われわれの惑星にこの信号を送ってきた。この先どうなるかなど、誰にもわかるまい。だがとりあえずわれわれは、その影響をいかにして覆すかに取り組んでいる。

サラ・ナガタ：さしあたってそのふたつは分ける必要がありますね。

グレン・オーウェン：なに？　「上昇」と「優越者」とをかね？
サラ・ナガタ：そのとおり。あなたがたの目標は、ご自分たちが「上昇」にどう対処しているかについて、説得力のある話を考え出すことです。わたしはこういう線で、あなたがたが話をつくりあげるお手伝いをするつもりです。原因はわからないが、われわれは取り組んでいる。あらゆる症状が、それは遺伝的なもの、なにかその人々が持って生まれたものであることを示唆している。(82)伝染性でないことはきわめて明白だ。著名な医療関係者すべてに、テレビやネット、そのほかの媒体でそのことを何度も繰り返してもらう必要があります。それから、医師たちが「上昇」の影響を覆す方法の開発に日夜取り組んでいる、というのです。
テリー・クイン：それで「優越者」のほうは？
サラ・ナガタ：「上昇」の件が落ち着くまで時間を与えます。政権が自分たちの不安を真剣に受け止めているという事実に、人々を興奮させるのです。いったん彼らが自信と安心感を得たら、それから一週間おいてパルスのことを伝えます。重要になってくるのはその後の展開です。
パー・アカーソン：きみの話を聞いていると落ち着かなくなるな……。
サラ・ナガタ：パルスは希望のメッセージです。招待状なのです。
グレン・オーウェン：ちょっと待ってくれ。補助的な報告書は読んだんだったな？　情報公開特別委員会が出してきたものを。あれには彼らがパルスのことを、たんなる搬送波、われわれの惑星にコードを送信する手段だとは考えていないと明言されている。「優越者」は――

サラ・ナガタ：それではだめです。口を挟んですみません。ええ、もちろん資料は読みました。無味乾燥で、きわめて科学的でした。学界の外では誰も読まないでしょう。もしこの数年間でわたしたちがなにかを学んだとすれば、それは大衆がほかのなによりも反応するのは感情的なメッセージです。理性よりも。ここで必要なのは感情的なメッセージです。わたしたちはパルスになんらかの意味を持たせる必要があります。

テリー・クイン：どんな？

サラ・ナガタ：これはただの思いつきですよ。アドリブです。ですがわたしは、こういう線

(82)「上昇」が遺伝的な病気だという考え方は、遺伝子がパルスコードによって改変されていたことを考えれば、完璧に理にかなっていた。しかしそれは患者が持って生まれたものではなかった――少なくとも完全には。あたかも「上昇者」になりやすい人たちがいたかのように、しばしばきょうだいでおかされることがあり、双子の場合は九十九パーセントがふたりともおかされた一方で、遺伝的体質説は、第一波の最中に「上昇」した人々の大多数の病歴に遺伝性の精神疾患があったという事実によるものだった。しかし「上昇」が真に遺伝的なものだと研究者たちを納得させるには、これでは不充分だった。そういう病歴をもつ人々は、自らの知覚や思考の変化に対して薬を飲んだり助けを求めたりすることに慣れているせいで症状に気づく傾向が強かったため、より早く症状を呈しただけという可能性のほうがはるかに高かった。

に沿った視点にすることを提案します。「優越者」がわたしたちに——宇宙にひしめく数十億個のなかからわたしたちの惑星に——パルスを送ってきたのは、わたしたちが特別だからです。人類は転換点に立っています。われわれはよくいわれるように、奇跡的に生きのびている状態にある。この惑星は何世紀にもわたって酷使されてきたあと、過酷な嵐や壊滅的な干ばつ、圧倒的な病で仕返しをしながら、わたしたちから後ずさりつつある。いまわたしたちは、以前にもまして強力な味方を必要としています。過去二百万年のあいだ、われわれはこの惑星の支配的勢力でした。それがいま変わったのです。「優越者」はわれわれの創造主ではない。彼らはわれわれの兄ではない。銀河系のいじめっ子でも侵入者でもない。わたしの考えでは、彼らはわたしたちをずっとずっと大きななにかに加わるよう誘っている使者です[83]。パルスコードはテストであり、この狭い辺境の地の向こうに広がる宇宙の一部になるようにという招待状なのです。

テリー・クイン：おお……そうだな、いいだろう、それで……グレンは？

グレン・オーウェン：（ゆっくりと拍手する音）魅力的だな。そして力強い。メッセージの内容も、視点も気に入った。だが、次にわれわれはどこへ向かうのかな？　つまり、われわれは世界に向けて、このパルスの存在と、それが「優越者」によって送られたものであり、いまわれわれはなんらかの……銀河間委員会の一員であることを伝える。それはわかったし、気に入ったが、そのあとはどうなるのだろう。きみはダイヤモンドという切り口、婚約指輪の発明の話を持ち出した。われわれはどうやってそれを、より直接的に活用するんだね？
サラ・ナガタ：「終局」で。
グレン・オーウェン：なるほど。なにやら不吉な響きだな。
サラ・ナガタ：真面目な話です。ときに人々は、深刻さと不吉さを混同するものです。それは強力なものでなくてはなりません。わたしが読んだもの、あなたがたから渡されたパルスコードと情報公開特別委員会が行った作業に関する資料からみて、この出来事がなにかより大きなものに向かって突き進んでいるという一般的な合意はあると思います。わたしはそれを「終局」と呼びたいのです。
パー・アカーソン：それで、その「終局」ではなにが起こるんだね？
サラ・ナガタ：知っているのは「優越者」だけです。
グレン・オーウェン：さて、それは危ういな。どうだろう……テリーは？

(83) ちょうどダリアが自分のことを、世界に「上昇」をもたらす伝道師のようなものと見ていたように、多くの人々は「優越者」のことを、「上昇」のメッセージをわれわれの惑星に届ける任務を負った、自分たちによく似た存在だと思っていた。しかしそのメッセージとはなんなのか、あるいはなにを意味しているのかは、すぐに突きとめられるようなことではなかった。この、謎の解明の遅れという側面が、アメリカ国民に対する情報公開マーケティングの鍵だった。

テリー・クイン：きみのいいたいことはわかるよ、サラ。この点には賛成だ。「上昇」、パルス……それはなにかに向かって進んでいる。明白だ。しかしみんなを興奮させて奇跡を期待するというのは、納得できないな。きみが語っているのはキリスト教でいう携挙《けいきょ》みたいなものだ。それは危険だよ。

サラ・ナガタ：危険とは、どのように？

パー・アカーソン：たとえばこういう危険がある。もしそれが起こらなければ？　もしパルスと「上昇」がそれだったら？　もし「上昇」とやらが明日にはやんで、あの人たちはみんな何事もなかったかのように家に帰っていったら？　そうなったら、われわれはいい笑いものだ。

サラ・ナガタ：それが明日やまないことは、わたしたちみんなわかっています。

グレン・オーウェン：「上昇」のことは、この件にはいっさい持ちこまないものと思っていたんだがな。

サラ・ナガタ：わたしがいったのは、いまはまだ持ちこむつもりはないということです。「終局」の際には持ちこみます。いいですか、たったいまテリーは、わたしの考えを宗教的なものとして表現しました。そしてそれは、まさしくそのとおりです。いまわたしたちに必要なのは、それなのです。人々がこの件に対して抱くことになる感情的な反応の深さをすべて表現する言葉は、われわれが持っているなかでは宗教用語しかありません。これを売りこむため、世の中でなにが起きていようとそれを生きのびるのに必要な希望を人々に与えるためには、それを復活に似たものにしなくてはなりません。「終局」の目的はそれです。それはきたるべき未来、贈り物なのです……。

パー・アカーソン：かなりの部分をでっちあげることになりそうだな。

サラ・ナガタ：そうしなくてはならないのです。情報公開対策本部の資料には、ほんとうの答はありません。真実は単純かつ痛みを伴います。つまり、「優越者」がわたしたちにこういうことをしている理由は、誰にもわからないのです。彼らがどこからきたのかも、何者なのかも、わたしたちには言い当てられません。もしかしたら彼らはわたしたちに似ているのかもしれないし、体長三メートルのナメクジなのかもしれない。彼らは敵意を抱いているのでしょうか？　あるいはもっとありそうなことですが、無関心なだけなのでしょうか？　しかしアメリカ国民にそう伝えるわけにはいきません。パニックと恐怖をお望みですか？　いいえ。わたしたちの誰もそんなことは望まないでしょう。わたしたちはここで物語を、希望と平和のメッセージをつくりあげなくてはなりません。これはけっして二度とくることのない、人々を団結させる機会なのです。

グレン・オーウェン：きみには負けたよ。時間はどのくらいかかる？

サラ・ナガタ：大統領から最終承認を得ていただければ、わたしのチームは四十八時間以内にキャンペーンの草稿を完成させられます。

36

グレン・オーウェン、元首席補佐官

ヴァージニア州ニューポートニューズ
二〇二六年三月四日

ヴァージニア州ニューポートニューズは、東海岸では数少ない、不思議なほど「上昇」前に似た状態を保っている土地のひとつだ。

大半が周辺の州からやってきた十万人という安定した人口と、いかにも上昇志向の強い人々や世間に認められたエリートたちが集まりそうな臨海都市のあらゆる雰囲気を持っている。

グレン・オーウェンは「終局」の一年後に、ここに移ってきた。本人曰《いわ》く、古い土地での新しい暮らしを求めていたのだそうだ。マサチューセッツやロードアイランドといった、どこかもっと北の土地を選ぶこともできただろうが、彼はニューポートニューズの魅力に惹かれていた。

そこで彼は原点に立ち返り、元経営者や銀行家、弁護士、ＤＣの政界で働いていた人たち数百人のグループを対象に、哲学の授業をしている。「優越者」に関連した出来事にもかかわらず、あるいはもしかするとそのせいで、グレンは自身のニヒリズムの研究が新しい聴衆を獲得していることに気づいている。

彼の下で学んでいる人々は、われわれみながそうであるように計り知れない困難に直面してきたが、同時に彼らは己の手から富がこぼれ出し、権力が滑り落ちるのも目にしてきた。そうした人々は既存の宗教——仏教やユダヤ教のように、関心を持つ信者が大幅に増加しているものもある——のほうを向くよりもむしろ、無意味さという哲学を受け入れていた。宇宙は予測不能で、死は必然的な取るに足りないことであり、人間の知性は自然の気紛れだと。

グレンとの最初の会話で、わたしはこの考え方は危険ではないかと尋ねた。すると彼は、そんなことはない、これは現実的だと主張した。しかしインタビューのなかでは、自身の仕事や新しい試みについては語りたがらなかった（これは彼が代表作——来年には書きおえたいと考えているニヒリズムに関する大部の著書——の準備に忙しくしているせいではないかと思われる）。かわりにわたしたちは「終局」に至るまでの出来事とホワイトハウス内の混乱について、じっくり話をした。

「優越者」と「終局」の売りこみは気が利いていた。

間違いなく気が利きすぎていた。

バラード大統領は感銘を受けていたよ。

このときもけっしていい時期というわけではなかったんだ。ファースト・ジェントルマンは人工的昏睡状態にあって生死の境をさまよい、国はどう見ても完全な混沌状態にあった。

それ以前にも混沌とした状況を目にしたこと——あらゆる種類の常軌を逸した政治の嵐にさらされたこと——はあったが、もちろんどれも「上昇」とはくらべものにならなかった。それは人種、宗教、性別、政治的立場を問わなかった。もし百人のアメリカ人を無作為に選んで並べれば、三十人が「上昇者」だったはずだ。三十人のうち十人は死ぬことになる。

そしてその状況は変わらなかった。

医師たちは「上昇」の治療法を、あるいはその進行を逆転させるか少なくとも止める方法を見つけようとした。しかしこの代物、この生物学的コードは、たやすくその秘密を明かそうとはしなかった。何十人もの世界最高の生物学者やウイルス学者と話したが、彼らは同じことをいった。「上昇」を止めるのは無理だ、と。

だからわれわれはそれに対処しなくてはならなかった。

最初のひと月がたつ頃には、経済はぼろぼろになっていた。

未来に公然と疑問符がついているときに、どうすれば国が生きのびられるだろう？　どうすれば人は未来に懸け、あるいは有意義な投資をするだろう？　ここで起きたことは、率直にいってあらゆるところで起きていた。わたしは銀行の取りつけ騒ぎを充分覚えている年齢だ。ヴェネズエラのように、政府が社会主義と独裁のあいだで揺れ動いていた国で起きていたことを。念の為にいうが、これは「上昇」以前の話だよ。通貨の変動が起こるたび、人々は銀行口座から金を引き出した。そしておそらくマットレスの下に押しこんだんだろう。「上昇」の一カ月後、われわれはまったく同じ状況にあった。誰も自分の金を危険にさらしたがらなかった。なにしろ世界は地獄へ向かっていたんだ。なんらかの奇妙な条件が、人々を……超能力者に、あるいは精神異常者に変えているというのに、とんでもない。

インフラも崩壊しつつあった。

交通量の多い道路に巨大な穴が、一夜のうちに現れたようだった。橋は崩れかけていた。この国で日常的にどれだけ補修作業が行われているかに、ほとんどのアメリカ人は気づいていないだろう。もし外をきれいにして片づけてくれるチームの人たちがいなければ、たちまちひどい状況になってしまう。いま話しているのは、下水、雨水、道路、ゴミ収集、すべてひっくるめてのことだ。こういうことはきちんとオイルを差した機械で、それが動かなくなれば……。わたしがいうまでもないな。きみはなにが起きたか見ているんだから。

そこでわれわれは本腰を入れたわけだ。

自分たちが持っている戦力をすべて――州兵、陸軍、海軍、空軍、全員を――配置につかせる一方で、ホワイトハウスにこもり、真剣にメッセージの内容に取り組んだ。サラ・ナガタが自身の作戦を伝え、大統領はそれを承認した。大事なのは発表の仕方だった。

正直なところ、世間では人々は信頼をなくしかけていた。

われわれは大統領に、直接人々に語りかけてもらう必要があった。われわれが知っていること、そしてそれについてわれわれがやるつもりでいることを、彼らに語ってもらう必要があったんだ。わたしはバラード大統領の情報公開演説を書くことに専念した。そしてそのことをかなり誇りに思っているといわねばならない。

サラ・ナガタは人々が必要としているものを知るために、言葉遊びになってしまって申し訳ないが、脈《パルス》を取った。必ずしも彼らが望んでいるものではないが、基本的なレベルで必要としているものを知るために。冷たく無関心な未知の存在の恐怖に直面したとき、われわれの誰もが光に手をのばす。それはわれわれという存在に本来備わっている性質なのだ。

情報公開メッセージの趣旨は、情報ではなかった。

それは科学を進歩させることでも、コードを説明することでもなかった。

それは人々に心の平安をもたらすことだった。

われわれには語るべき物語があり、それは正しく語られる必要があった。ダリア・ミッチェル、ゼイヴィア・フェイバー博士は——情報公開対策本部の全員が——自分たちの仕事を果たしてくれたし、その点ではわれわれは彼らを賞賛した。しかし最終的に、彼らはどういう判断をしたか？　「優越者」はまったくなんの理由もなしにわれわれを変化させ、殺していると判断したのだ。それは雪が降るように、あるいは雲が漂うように、ただ起こっているのだと。信じてほしい、無関心のことはよくわかっている。わたしは虚無主義者《ニヒリスト》として訓練を受け、自分が現在教えていることをいまでも実践しているが、あのとき世界が必要としていたのは希望だったのだ。われわれは答を持っていなかったから、それをつくりあげねばならなかった。そしていまでもわたしの考えは変わらない。われわれが間違っていたとなぜわかる？　「上昇者」が戻ってきたわけでも、連絡してきたわけでもないんだ。

いや、大統領と彼女の政権は正しいことをした。

唯一のことを。

もしわれわれが真実を語っていたらどれほどひどいことになっていたか、考えてみてくれ……。

37

ヴァネッサ・バラード大統領の情報公開演説の抜粋

二〇二三年十二月三日、全国放送

パルスが発見されてから一カ月半後、バラード大統領はアメリカ国民に向けて演説を行い、あらゆる全国ネットのテレビ、ケーブルテレビ、衛星放送、ラジオ、利用可能なオンラインチャンネルで放送した。

バラード大統領：こんばんは。わたしのメッセージは、今夜わが国を混乱に陥れることでしょう。わたしたちは、誰ひとり備えることができず、しかしいまは全員が直面することを余儀なくされているなにかに、遭遇してきました。

みなさんの多くが家族を亡くされたことは承知しています。みなさんの多くが、医師が「上昇」と呼んできたものに関連する症状で苦しんでおられます。いまはたしかに、わが国の歴史上最もつらい時期のひとつといえるでしょう。そしてわたしは、影響を受けたかたがたのご家族やご本人のお話を伺いに出かけたなかで目にした、きわめて深い思いやりと気遣いに胸をつかれてきました。わが国はほんとうに博愛精神に恵まれてきました。

そしてわたしは、その博愛精神を肌で感じてきました。ご存じかもしれませんが、わが夫、ファースト・ジェントルマンのデイヴィッド・バラードは入院しています。急な発作で入院したのですが、「上昇」におかされているようです。残念ながら、見通しは明るくありません。たしかに毎日、毎週、毎月、そして毎年が、わたしたち全員にとって困難なものになるでしょう。「上昇」におかされている本人だけでなく、病人の世話をしているかた、職を失い、あるいは現状のこの奇妙な大変動の結果として別の形で苦しんでいるかた……。

しかし今日《こんにち》わたしたちが直面しているもの、わたしたちの玄関先や家のなかにあるものは、歴史の光のなかで見なくてはなりません。わたしたち人間は、帝国が興っては滅びるのを見てきました。わたしたちは数え切れない疫病、飢饉《ききん》、洪水に耐えてきました。凄惨《せいさん》な戦争や重大な障碍をもたらす病を乗り越えてきました。同時にわたしたちはかつてない高みに達し、命を救い、この宇宙の果てを探査し、海底の地図をつくる科学技術を築いてきました。古びることのない文学作品を著し、心を揺さぶる芸術作品を生み出しています。わたしたち人間は、ほんとうに数多くの驚くべきことを実現してきました。そしてわたしにはわかります。神のお恵みにより、わたしたちがさらに多くのことを成し遂げるであろうと。

この一カ月半、わたしたちは「上昇」が届いた理由を問うてきました。わたしたちの一部にとって、その答は宗教のなかにあります。これは試練なのか？　別のものにとって、それはわたしたちがまだ理解していないたんなる生物学的作用です。今夜わたしがここにいるのは、その答が出ているとお伝えするためです。すべてではありませんが、多くの答が出ています。

過去四週間、わたしは顧問団やわが国で最も優秀な科学者たちと密接に協力し、われわれが「パルス」と呼んでいるものの研究に取り組んでまいりました。一カ月半前、ダリア・ミッチェルという天文学者がこのパルスを傍受し、それが宇宙からの無線通信であることを突きとめました。この通信は銀河系外の進んだ文明によってわたしたちの惑星向けに設計され、送られたものでした。それは知的種族からのメッセージであり、わたしたちはそれをファーストコンタクトであるとみなしています……。

現時点で、わたしたちはもはや宇宙のなかで孤独ではありません。

わたしたちは彼らを「優越者」と名づけており、パルスは彼らなりの自己紹介のしかたなのです。しかしこれは最初の一歩です。いってみれば握手です。「優越者」がなにを望んでいるのかはわかりませんが、彼らが平和のうちにやってくることはわかっています。今夜お話しできるのは、「優越者」はとても単純な目標を持ってわたしたちに手を差しのべているのだということです。彼らは人類が偉大なことを成し遂げるのを望んでおり、パルスはその招待状なのです。

どんな招待状か？

全宇宙へのです。

「上昇」は、彼らのパスポートと考えることができます。わたしたちの惑星、わたしたちの種が「優越者」に加わるためには、わたしたち人間は素早く進化を重ねる必要があります。医師や研究者たちによると、「上昇」はひとつの過程です。それはわたしたちの頭脳を再配置し、いま持っている神経結合を強化して、以前はなにもなかった場所に新しい接続をつくることによって機能します。

次に起こることを、わたしたちは「終局」と呼んでいます。

そのとき「上昇者」はこの惑星を離れ、「優越者」が彼らを歓迎しようと待っている重複現実へと移動するでしょう。いまお話ししていることの多くは、信じがたいことに聞こえるのは承知しています。ですが、これまで「上昇」に関して見てきたように、自分たちの世界についてよくわかっていたはずのあらゆる物事が、新しい解釈に道を譲るために変更を余儀なくされてきました。

「優越者」は寛大な人々です。(84)

(84)「人々」という言葉の使用は、バラード大統領の演説のなかでより議論を呼んだ部分のうちのひとつだ。彼女がなぜそういったのかは理解できる。けばけばしい色のイカや高い知能を持つ石の破片のような種族が人類を遺伝的に変えようとしているとは、誰も考えたくはない。ＳＦのような話、異星人がどれだわたしたちのように、彼らは平和と利他主義を強く信じています。わたしたちと異なるのは、彼らが相互扶助の状態を達成しているということです。「優越者」は、わたしたちがその寛大さを分かち合う一員となることを望んでいます。かなり感傷的に聞こえますが、彼らはわたしたちのありのままの姿とわたしたちがなり得る姿の両方を、愛しているのです。

多くのかたが命を落としておられることは承知しています。

いまみなさんの多くが感じておられる喪失感を、過小評価しようとは思いません。「上昇」の過程を生きのびられなかったかたがたは、大きな愛情とともにわたしたちの心のなかにいつまでも記憶されつづけることでしょう。彼らの死は本人にはなんの落ち度もなく、たんに生物学的変化であり、「優越者」の進んだ科学技術のせいなのです。そうしたかたがたは亡くなりはしても、よりよい場所へ——われらが主のおそばなのか、「優越者」とともにある場所なのかはわかりませんが——旅立っておられることに、わたしはなんの疑いも持っていません。[85] この出来事は類を見ないもの——犠牲者は出るでしょうし、悲嘆も招くでしょう——ですが、最後にはわたしたちの世界はよりよいものに変わることでしょう……。

受け入れがたいことなのはわかります。たったいまわたしはみなさんに、アメリカ合衆国が地球外知的生命体による接触を受けており、その知的生命体がわが国を席巻している「上昇」の背後にいる、とお話ししました。ですが、みなさんは安全であり、恐れる必要はないと知っていただきたいのです。いま起こっていることには理由があります——それは神の摂理によって導かれています。

みなさんのなかには「終局」のあとで取り残されたものはどうなるのか、と疑問に思って

け異質な存在かもしれないかという説明は、けっして受けがよくなく、ほとんどの人には理解されなかった。その一方で、わたしたちは「優越者」についてなにも知らなかった。パルスが人間の頭脳を変化させるために設計されていたことから、当然彼らは人間のような姿をしていると思っていたかもしれないが、その証拠はない。「優越者」を「人々」と呼ぶことは、彼らを共感できる存在にし、そのことが「上昇」を、有益ではないにしても悪意のないものにした。彼らを寛大と分類したのは、まあ、考え方次第ということだ……。

(85) この発言について、わたしになにがいえるだろう？　それらの亡くなった「上昇者」の魂は「優越者」の住む、あるいは彼らが設計した天国へいく、という考え方については、間違いなく本を丸々一冊書くことができるだろう。ここでの推論は明らかに、「優越者」はある種の天使であり、「上昇」は異星の種の行動を通じて伝えられた神の御業とみなしてよい、というものだ。たしかに複雑な考え方だが、われわれの知っていることがいかに少なく、政府がいかに国民にパニックを起こさせたくないと思っていたかを考えれば、理解はできる。のちにバラード大統領がわたしに語ったところでは、自分がこのようなスピーチをするとは想像もしていなかったが、国のためにはそれが正しいことだと信じるに至ったそうだ。

おられるかたもいるかもしれません。心配はいりません。わたしたちもじきに「上昇者」となり、愛するものたちと合流することになるでしょう。それが起こるのが来週なのか、来月なのか、それとも来年なのかは、わたしにはわかりません。わたしからお願いしたいのは、じっと耐え、最後まであきらめず、未来に意識を集中しつづけていただきたい、ということだけです。それというのも人類の未来はもはやこの地球ではなく、星々と、「優越者」がわたしたちのために築いてくれている新しい世界のなかにあるのですから……。

今夜のスピーチを、ちょっとした知恵の言葉で締めくくりましょう。哲学者のヨハン・カスパール・シュミット(86)は、かつてこういいました。「もし人が己を頼みにし、己を知り、精進するなかで己の名誉を第一に考えるなら、この自立し、自己主張をし、自由な状態においてそう考えるなら、その次は自己認識に対する障壁であり障碍物であるところの奇妙で不可解なものを生み出す無知から、抜け出そうと努力するものである」

わたしはみなさん全員に、同じことをするようお願いしているのです。あなた自身を信じ、「上昇」も「優越者」も恐れてはいけません。それらは奇妙で不可解に見えるかもしれませんが、もしわたしたちが自由にものを考え、もしその心が澄んでいれば、それがわたしたちにとって意味するのは最良のことだけであり、わたしたちの最も素晴らしい日々はまだきていないことがわかるでしょう。

(86) シュミット（一八〇六－一八五六）は、マックス・シュティルナーというペンネームでのほうがよく知られていた。実存主義と精神分析理論の基礎を築いた人物とみなされている、ドイツ人哲学者だ。もしかすると今日最も記憶されているのは、その妥協を許さない個人主義という哲学かもしれない。

38

ヴァネッサ・バラード前大統領

ミシガン州デトロイト
二〇二五年九月十八日

バラードとわたしは、彼女の自宅の玄関先で会話を終える。

西のほうに大きな嵐雲が発達中で、鉄床のような頭を夜空に持ち上げ、無数の星々を覆い隠している。遠くの街で光が瞬くのが見えて、電気の明かりかと思うが、少しして火事だということに気づく。バラードがいうには、廃墟と化した高層ビルの多くに不法占拠者がいるらしい。彼女は地元のニュース番組で、庭をつくる場所を空けるために机やファイルキャビネット、コンピュータといったがらくたが片づけられたオフィスの写真を見たことがあるそうだ。そうした都会の農民たちは、キノコやコオロギを育てるのに成功している。

わたしたちの長い会話を考えれば不思議はないが、バラードは物思いに耽っており、そうかといって必ずしも感傷的になっているわけではない。

わたしがああいうことをいったのは、それが事実だと信じたからです。あの場に出ていって、アメリカ国民はもちろん世界に向かって、わたしたちのことなど気にもしていない未知の知的生命体とファーストコンタクトをしたのだ、と話すわけにはいきませんでした。長い目で見ればなんの意味もないメッセージを送って寄こしていた知的生命体と。いいえ、もしそんなことをしていればわが国は破滅に追いこまれ、いまのような成長を遂げてはいなかったでしょう。

「上昇者」は去りました。

「優越者」は戻っていません。

おそらく戻ってくることはないでしょう。

これはわたしのアメリカ国民に対するメッセージがでたらめだった、という意味ではありませんよ。いまでもわたしは、「優越者」がわたしたちに現在のこの状況を経験させたがっていたのだと信じています。「終局」が起きたのには理由があったのだと信じています。いま現在、「上昇者」が別次元の美しい野原を駆けているかどうかはわかりません。もしかしたらそうかもしれない。そうではないかもしれない。もしわたしたちが順調に先へ進んでいこうとするなら、折り合いをつけねばならないひとつの真実とは、こういうことです。わたしたちにはけっしてわからないだろうし、それでいい。

いっておきますが、わたしのスピーチは好評でした。視聴率は素晴らしく、放送後すぐに国をかき乱していた緊張感がずいぶんと和らいだように思います。人々は指導者に力と慰めを期待します。重大な危機、かつてない試練のときに、わたしはその両方を提供したと思っています。

カメラと照明から離れたあと、わたしはテリーに脇へ引っ張っていかれて、その知らせを伝えられました。わたしがしゃべっているあいだに、デイヴィッドは亡くなっていました。二十七年間連れ添った夫を亡くしたことは辛く、胸が押しつぶされそうでしたが、そのとき彼が逝ったのだと知って、いくらか心が慰められました。実際に一度、自分がスピーチをしている映像とデイヴィッドの心臓モニターの表示を見ながら時間を同期させてみたところ、彼の心臓が止まった瞬間、わたしはこういっていたんです。「そうした病に倒れたかたがたは、よりよい場所へいったのです」信じられますか？　思い出しただけでも鳥肌が立ちます。

ですから、これが答です。宇宙には秩序がある。

いっておきたいのは、わたしのメッセージが国民のほとんどに多くの希望をもたらしたということです。しかし全員に希望をもたらしたわけではありません。なかには「上昇」を破滅に満ちた予言の頂点と見るものもいました。ご承知のとおり、自殺者が出ました。それも大勢。「上昇者」を襲うものまで現れました。インディアナ州で発生したおぞましい事件のようないくつかの出来事は、けっして忘れられることも許されることもないでしょう。

39

ジャン＝ピエール・ブラック、ジャーナリスト

インディアナ州サウスデューン
二〇二六年三月十九日

インディアナ州サウスデューンに着くと、あたりは濃い霧に覆われている。インディアナ・デューンズ・ナショナル・レイクショアの縁にあるこの小さな町は、アメリカ国内で「上昇」に関連して発生した最悪の残虐行為の証人となった。一時はおよそ一万五千人が暮らしていたが、現在の人口はわずかに数百人だ。そのなかのひとりであるジャン＝ピエール・ブラックは、三十二歳のフランス人で、二年前にここに移り住んだ。

自然の美しさと現在の「電気がない」状態に魅力を感じてこの地域にやってきたジャン＝ピエールは、ミシガン湖の岸で不便な生活を楽しみ、もっぱらここに打ち上げられた何百隻もの放置された船を探検して過ごしている。

ジャン＝ピエールはパリ生まれだが、アメリカで大学院に通った。英語が堪能で、「上昇」以前は〈ニューヨーク・タイムズ〉紙で、のちには〈ボストン・ヘラルド〉紙でも、

ジャーナリストとして働いた。今日《こんにち》彼の記事は、あまり知られていない「上昇」と「終局」のエピソードの一部を記録することを専門にしている、ネット上の様々な歴史雑誌に掲載されている。

ジャン＝ピエールは「上昇」キャンプとして知られる共同体に降りかかった出来事を、サウスデューンの外部で初めて耳にしたひとりだった。彼は「上昇」キャンプの創設と破壊を一連のＳＮＳの投稿で記録し、それはやがて世界じゅうに配信された。それらの記事をここに転載するのではなく、わたしはジャン＝ピエールに、「上昇」キャンプの残骸のなかを一緒に歩きながらその話を詳しく聞かせてくれるよう頼んだ。より繊細な一部の読者には注意しておかねばならないが、ここから先はかなり衝撃的な話になる。だがこの歴史を記録することは、「上昇」がアメリカ人の様々な層にどのような影響を与えたかを理解するために不可欠だと思う。

わたしたちはミシガン湖を見下ろす砂丘の上で、仕事に取りかかる。この見晴らしのいい場所からは、空を背景にしてきらめくシカゴの高層ビル群の輪郭を湖の向こうに見ることができるが、ジャン＝ピエールは北へ八百メートルほどいった砂のなかに半ば埋もれている、ひと続きの荒れ果てたかまぼこ形のプレハブ住宅にわたしの注意を向けさせる。あれが「上昇」キャンプでした、と彼はいう。

「上昇」キャンプの創設者は、ベス・コラードという女性でした。

「上昇」におかされ、すぐに具合が悪くなった。

見えるはずのないものを見、聞こえるはずのないものを聞き、ハエのように指先で味を感じることができたんです。まともじゃないでしょう？

ベスはシカゴ出身の弁護士でした。発病してから数日のうちに、彼女の周囲の人たちはみんなひどく不安に駆られていました。ほんとうに酷な話に聞こえますが、メディアには「上昇」に関する話題があふれかえっていたんです。人々はそれをハンセン病のように扱っていました。ベスは仕事を失い、夫も子どもたちを連れて去っていきました。彼女にはなにも残されていなかった。

すべてはほんの二週間の出来事でした。

わたしが聞いた話では、彼女はマックスという名前のラブラドールと一緒にスバルに飛び乗って、すべてから逃れるためだけにここに、砂丘に出てきたそうです。彼女はキャンプを張り、黙って苦しみ、自身のSNSに写真を投稿しました。すると「上昇」した人たちがさらにやってきました。幾日もたたないうちに、さらに五人の「上昇者」がここでベスとともに暮らしていました。彼らは全員キャンプ生活を送り、拒絶された経験を通じて絆《きずな》を深め、

「上昇」の段階をともに進んでいったのです[87]。

人々がぶつかりあって生きている圧力鍋のような環境のなかで、「上昇」キャンプという発想は生まれました。わたしの理解では、最初は「上昇者」がともに「上昇」するための場所にすぎませんでした。好奇の目や、よけいな救いの手を差し出そうとする人々に悩まされることのない場所です。噂は広がり、さらに「上昇者」がやってきました。ある男がかまぼこ形のプレハブ住宅を持ちこみ、ほぼ一夜にして、あそこにその共同体が出来上がったんです。五十人の。

それがただの避難所ではなくなったのは、そのときでした。

それは独自の国家になったんです。

宗教のはじまり方についてては、研究の必要があるでしょう。わたしが読んだところによれば、たいていは先見の明のある人物とともにはじまります。たぶん「上昇」キャンプにとっては、ベスがそうだったのでしょう。彼女は「上昇者」がより広い社会のなかで感じていた憎しみに満ちた眼差しや迫害から離れて暮らす、というこの展望を持っていました。一部の州で行われていたように隔離施設に送られたり、入院させられたり、成人向けのデイケア施設に集められたりするのではなくて。そこでは鳥や波に囲まれて、彼らは自由に変化することができました。どこであれ彼らが至るであろう場所への段階を、自由に踏むことができたのです。思い出してもらいたいのは、まだ誰も「終局」には達していなかったということです。人々は「上昇」がどこへ向かっているのか知りませんでした。

「上昇」キャンプの内部でなにが起きていたのか、わたしたちは多くを知りません。

プレハブ住宅が建てられたすぐあとに、ベスやほかのものたちはＳＮＳへの投稿をやめました。しかしいくつかの情報の断片は漏れてきました。その多くは当時起きていたことの影響を強く受けており、分析するのは困難です。「上昇」キャンプで暮らしているものは、心で念じることで物を動かすことができるという噂がありました。人々は彼らが口でしゃべるのをやめて、テレパシーで意思疎通をしていたといいました。いまわれわれが持っている

(87) ジャン＝ピエールがわたしに語ったベス・コラードの経歴の一部は、でたらめだった。彼はだまされていて、調査はしたもののコラードの真の背景には気づいていなかったのではないだろうか。弁理士だったコラードは、迫害されていると感じて街から逃げたのではなく、破綻しかけた結婚と深刻な処方薬依存症から逃げていたのだ。夫が子どもたちを連れて彼女の許《もと》を去ったのは、交差点でＳＵＶの後部座席に子どもたちを乗せたまま運転席で意識を失っているところを、警察に発見されたあとのことだった。「上昇」キャンプの本質は、「上昇者」が気兼ねなく過ごせるための場所探しというより、コラードが暮らしを立て直すための場所探しの色合いが濃かった。物語としてはそちらのほうが劇的だが、彼女がでっち上げの過去を選んだのは、すべての罪が同等ではないように、ある罪人はほかの罪人よりも魅力的だからだ。

「上昇」に関する知識からすると、かなりいんちきくさい話に聞こえますが、そういう噂だったんです。まあ、こういうのはいい噂でした。

悪い噂もありました。

あなたの後ろ、当時サウスデューンにいた人々は、悪い噂が広まることを特に心配しました。町の人たちの見方によれば、「上昇」キャンプは害虫だったんです。それは政府が片づけていない——これにはもっともな理由があって、この時点ではもう政府はぼろぼろで、州兵のほとんどはカナダとの国境に派遣されていました[88]——違法な野営地というだけでなく、地元の人たちにとっては必ずしも近所にいてほしいとは思わない集団でもありました。「上昇者」がどうなろうとしているのかは、誰にもわかりませんでした。ネット上では、そうした人々が脅威に変わる可能性も取りざたされ、緊張が高まりました。

ベスが砂丘に到着した一カ月後、「終局」のわずか五日前、サウスデューンの人々は我慢の限界に達していました。なにが引き金になったのか正確なことはわかりませんが、わたしは町の掲示板に掲示された写真だったと聞いています。ベスが「上昇者」の腕の傷から血を飲んでいるように加工したものを、誰かが貼り出したんです。わたしはこの写真を見たことがありますが、どう見てもフェイクで、州外の誰かが悪ふざけでつくったもののようでした。それにもかかわらず、ひとたびそれが町の掲示板に貼り出されると、人々はすっかり取り乱しました[89]。

町民会議が開かれ、住人のなかには銃を持って現れたものもいました。

町長のローズマリー・カニングはその夜を、群衆の怒りを煽《あお》ることに費やしました。彼女は信心深い女性で、「上昇」を神の呪いと考えていたんです。これは珍しいことではありませんでした。「上昇者」を悪魔の僕《しもべ》と非難し、不道徳な行いのせいで自ら病を招いたのだと責める聖職者が、田舎には大勢いました。その手のことはSNSでたちまち拡散します。

(88) 今日ではほとんど話題にならないが、アメリカは数千人の州兵をミシガン州とカナダの国境に派遣したのだ。州兵と約千五百人のカナダ人「上昇者」とのあいだで、数日間にらみ合いが続いた。カナダ政府が「上昇者」集団の扱いに苦慮しているあいだに、「上昇」を患う大勢の人々が国境まで流れてきて、デトロイト・ウィンザー・トンネルを渡った。にらみ合いは平和的に終わった。

(89) ヨーロッパでもそうだったように、インターネット上には反「上昇」の画像が数多く出回っていた。規模の大きなSNSサイトのほとんどがつぶれたことで、これらの加工された画像はテキストメッセージやメールによって拡散された。ジャン＝ピエールが語ったものはたしかに不愉快だったが、そういうものはまだまだあり、もっとひどい画像さえ出回っていた。わたしが見たなかには、「上昇」した人々を悪名高いシリアルキラーと結びつけたものや、「上昇者」は小児性愛者だとほのめかすものもあり、特におぞましい一連の画像では「上昇者」のことを、金髪碧眼のキリスト教徒の赤ん坊をルシフェリアンの祭壇で儀式の生け贄にしようとする悪魔崇拝者やユダヤ人として描こうとしていた。

人々は怯えました。そして人々が怯えると、彼らの最悪の部分が表に浮かび上がってきます。

サウスデューンの住人は恐怖に襲われました。彼らのまわりの世界はあまりに急速に変化を遂げていました。政府は崩壊、軍は弱体化し、夜間には停電、電話は通じず、インターネットは不安定で、病院はごった返し、薬は底をつき、食料品は高騰、燃料の供給は不足し、自分たちの裏庭では「上昇」した変人たちがキャンプを張っていると思うと……。

その恐怖ははけ口を必要としていました。

その夜に起こったことを記録した動画があります。誰かがスマホで撮ったものです。かなり画質が粗く、なにが映っているのか見分けるのは相当困難ですが、わたしはその動画を見たことがあり、二度と見たいとは思いません。あれは暴徒と呼ぶのが妥当でしょう。あの悲劇がリンチと呼ばれるのを聞いたことがありますが、それも妥当だと思います。

午後十時、サウスデューンの住人二百名が、ショットガンや斧《おの》、キッチンナイフなど、とにかく手に入るものを持って、砂丘に向かって行進しました。彼らは「上昇」キャンプになだれこみ、全員を駆り集めました。ベス・コラードは頭に血が上った暴徒の説得を試みましたが、最初に殺されたのは彼女でした。野球帽をかぶった男がリボルバーで彼女の顔を撃ったんです。

悲鳴がキャンプを引き裂き、「上昇者」は逃げ出そうとしましたが、片側は湖、反対側は砂丘で、どこにも逃げ場はありませんでした。五十人対二百人ではあまり分がいいとはいえません。ありがたいことに、すぐに片はつきました。ですがあれは野蛮だったといわざるを得ません。男に女、それに八人の子どもが虐殺されました。なかにはまだ悲鳴をあげているうちに火をつけられたケースもあったんです。最悪だったのは、あの若者……彼の目を……彼らは若者の目をむしり取って……。

ジャン＝ピエールはここで感情を高ぶらせて言葉を切り、それから気を取り直して話を続ける。

それがすむと、暴徒はプレハブ住宅を焼き払いました。自分たちの行動を隠蔽するために、炎が証拠を黒焦げにしてくれるよう願ってそうしたのかどうかはわかりません。あるいは偶然、燃えている遺体から火が燃え移ったのか。それでもちょっとあそこに目をやれば、いくつかの焼き尽くされた骨組み以外、なにも残っていないことがわかります。この残虐行為に荷担した人々は、けっして起訴されることはありませんでした。これは「終局」のわずか数日前のことでした。今日、彼らの多くはまだサウスデューンで暮らしています。

メディアはこの事件をほとんど無視しました。たとえぞっとするようなことでも、「上昇」の大混乱のなかで、ずらりと並んだ同様の襲撃例に紛れて見過ごされてしまったのです。前大統領は以前、その一部について触れたことがありますが、すべてではありません。彼女の政権は「上昇」のそうした側面を軽視したがっていたのだと思います。「優越者」はわたしたちがあまりに素晴らしい存在なので、その特性かなにかを祝福するために新しい世界へ連れていきたがっている、という彼女の考え方とは必ずしも一致しませんでしたからね。

その大量虐殺のすぐあと、ひとりの人物がやってきました。わたしが話を聞いた人たちによれば、彼は政府関係の人間でした。かなり怪しげでしたが、感じはよくて、詮索すべきでないところには首を突っこみませんでした。彼はサイモンとだけ名乗りました。わたしが聞いた彼の言葉のなかに、少しひっかかるものがありました。彼は加害者のひとりに、「かつて同じようなことをしたし、世界はときどき火によって浄化されねばならない」といったんです。

40

ジョン・ウルタド
メリーランド州シルヴァースプリング
二〇二六年四月六日

わたしたちはメリーランド州シルヴァースプリングの繁華街、ジョージア・アヴェニューに建つ、とある建物の最上階のテラスにいる。鬱陶《うっとう》しい天気で、雲がずいぶん低くまで垂れこめている。

わたしたちがいる場所から細部まで見分けるのは困難だが、ジョンはたしかに一・五キロあまり先にレンガ造りの高い建物があるのだという。わたしと会う場所にここを選んだのは、そのレンガ造りの建物の特定のフロアがいちばんよく見えるからだという話だったが、残念ながら、はっきりいって天気は協力的ではない。

雲はあるが、気持ちのいい日だ。

薄明かりが木々の色合いを引き出し、まぶしいほどの晴天であれば平板に見えそうな群葉に、生き生きとした雰囲気をもたらしている。わたしたちはしばらくテラスにとどまってコーヒーを飲み、車の流れについてちょっとしたおしゃべりをし――ジョンは、別の日にケネディー空港からニュージャージーのプリンストンまで二十八分で走り、しかもそれはラッシュアワーのことだったという[90]――そのあとでジョンは、わたしをここに連れてきた理由を語りはじめる。

彼は靄のなかに潜むレンガ造りの建物のほうを指しながら、六階の角の窓だという。建物の角にあることをのぞけば、そのオフィスはほかのどことも見分けがつかないらしい。

まあ、要するに、物理的特性では見分けがつかないということだ。彼がそのなかで見つけたものは、まったく逆だった。

CIAと一緒に働いていたときでさえ、スパイのような気分になったことはありませんでした。

わたしがやっていたのは静かなことでした。机で作業をし、コンピュータのキーを叩く。ほかの人間の命や安全を脅かすようなことは、いっさいしなかった。射撃の訓練さえ受けていませんでした。パルスまで、「上昇」まではそうだったんですが、突然わたしは諜報員になることを余儀なくされました。自分がそんなものになるとは思ってもいなかった、オフィスに侵入し、セキュリティシステムをハッキングして、引き出しを漁り、それから夜の闇に逃げこむようなタイプのです。

なんだか実際よりも魅力的に聞こえますね。

わたしをこの場所に導いたのは、匿名の資料提供者でした。その人物がどうやってわたしを特定したのかは、けっして定かではありませんでした。情報は暗号化されたメールで届き、わたしには相手が男なのか女なのかもまったくわからなかった。おそらくダリアが注目を浴びたためでしょう。ご存じのとおり、たとえチームの一員ではなくても、情報公開特別委員会との関連で、わたしの名前は何度か言及されていましたから。そうはいっても、わたしは必ずしも簡単に連絡がつく人間ではありませんでした。

メールを送って寄こしたのは誰なのか？

何人か心当たりはあります。

わたしのような人間にメールを送るのは危険なことです。利用可能なツールのこともありますが、それだけでなくわたしがそれらの働きを理解しているからです。それでもそのメールはかなり厳重な暗号化を経《へ》て届いており、情報を引き出すのには骨が折れました。でもやりましたよ。発信元がカリフォルニアだったこと、メールの送り主が学術機関で働いていたことはわかっています。そのほかに、これはたまたまわかったことですが、その人物はダリ

(90)「上昇」、そして「終局」の前なら、同じところを走るのに少なくとも一時間半はかかっていただろう。しかし彼は、少なくとも制限速度の倍は出していたのではないかとも思う。

アを知っていました。そしてそれはメールの背後のデータからではなく、その内容から探り出されたことでした。なぜそういえるのか？　匿名のメールの主は、わたしがダリアからパルスコードのデータを渡される前にそれを見たといっていました。これで的は絞られる。端的にいうと、それを送ってきたのはフランク・ケルガードだと思います。

ひょっとして彼はトゥエルヴと一緒に働いていて、気が変わったのでしょうか？　いまなら彼らを売り渡してもかまわないと思ったのでしょうか？　あるいはそれ以上に、不吉な前兆を目にして、「上昇」は止められないと悟ったのかもしれません。罪の意識だった可能性もある。駆け引きだったのかもしれない。いまとなってはどうでもいいことです。

とにかくそのメールには、ある住所が含まれていました。

その住所というのが、道の向こうに見えるあのビルの角部屋に入っていたオフィスのものだったんです。そのメッセージには、オフィスに侵入するのに成功したらなにを探すべきかはもちろん、侵入方法も書かれていました。見てのとおり、ここはなんの変哲もない繁華街のオフィスビルが建ち並ぶ一画です。そして、誰にも見つけられたくない物を隠すのにいちばんいい場所はどこか？　よく見える場所です。

メールの送り主は、そのオフィスがトゥエルヴのものだと主張していました。

わたしはトゥエルヴについて研究したことをジョンに話し、ふたりでおたがいのメモを比較して、自分たちがほとんど同じ話を聞いていることに気づく。もっともジョンは、自分が発見した追加の情報をしきりに語りたがるが。

そのとおり、つまりトゥエルヴは事実上、CIAの特別行動部門、どんな既知の政府やテロリスト集団とも無関係な外部勢力による「攻撃」を軽減するためにつくられた、秘密工作集団だったんです。[91]その行動指針は実に曖昧で、トゥエルヴについて聞いたことがあるCIA内部の知り合いはいつも、彼らのことを「影の政府の殺し屋」と呼んでいました。わたしの知るかぎりでは、トゥエルヴは外国の勢力を倒し政府を転覆させるために活動していました。いまにして思えば、彼らが追いかけていたのはわれわれ自身の政府だったんです。

だからわたしはあのオフィスに侵入した。真夜中のことで、警備はかなり厳重でした。あらかじめ偵察して、なかに入るのに必要なものは持っていました。思っていたより何分かよけいにかかりましたが、それはわたしの腕の問題です。

(91) ジョンはここで専門用語を並べ立てている。基本的に彼がいっているのは、トゥエルヴが標準的な政府の監視の目が届かないところにいたということだ。彼らは陰で活動していたが、その資金はすべて合衆国の納税者によって賄われていた。

オフィスは散らかっていました。明らかにそこで働いているものたちは、体裁を気にしていませんでした。たぶん訪ねてくるものは多くなかったんでしょう。そこは人が用事を片づけにいくようなところ――作業と保管のための場所でした。わたしはコンピュータをハッキングし、書類ファイルを漁ることができました。大当たりを引き当てたことに気づくのに、長くはかかりませんでしたよ。まさに匿名の情報提供者がほのめかしていたとおり、そこはトゥエルヴの作戦基地のひとつでした。彼らは間違いなく実在していたんです。

そして連中は、とんでもないことをたくらんでいた。

わたしが見たファイルによれば、彼らが何十年ものあいだ異星人とのコンタクトに関する調査研究を積極的に抑えこんでいたことは明白でした。わたしが目にしたことの多くは、必ずしも理屈に合っているとはいえませんでした。いま、われわれにわかっていることを知ったうえで振り返ってみれば、理解できます。パルスは時をさかのぼり、もっと早い時期にトゥエルヴと関わりのある何者かによって受信されていたんです。わたしは一九七〇年代のパルス――同じコード――に関するファイルを見ました。彼らがとらえたのはほんの断片で、ダリアが見つけたような完全な形ではありませんでしたが、トゥエルヴはほんの数行の「優越者」のコードから驚くべきことを成し遂げていました。

わたしがいいたいのは、彼らがそれを兵器化したということです。

彼らはニューメキシコに研究所を建て、人々を――そのほとんどは刑務所から連れてきた死期の迫った患者か、どこからかさらってきた知的障碍のある人たちでした——自分たちが再構成したパルスにさらしました。それは「上昇」のようなものでしたが、完全ではなかった。そのコードは、彼らが自分たちの数学で——それも不完全な——隙間を埋めたために、改変されていたからです。ちょっと考えてみてください。その狂人たちは意図的に人々に「上昇」をもたらし、それからのんびり座ってなにが起こるかを観察していたんです。

トゥエルヴはパルスについて、「上昇」について、何十年も前から知っていました。そのことを世界に伝え、科学や医学を発展させようとするかわりに、彼らはそれを使って人体実験を行っていた。理由はわかりません。もしかしたらほんとうに「上昇」を兵器化するためだったのか、あるいはそれを研究してより深く理解するためだったのかもしれない。ここで、わたしが見た動画が関わってきます。コンピュータのファイルには、彼らが行った実験の優に五十時間を超える記録映像がありました。控えめにいってもおぞましいものでしたよ。背骨が二本ある少女、筋肉ががちがちにかたまってぴくりとも動けない男、裏返しにされたように見える子ども……。ぞっとするような代物です。戦争犯罪といってもいいようなものだ(92)。

そしてトゥエルヴはたしかに、自分たちが発見したものをよく思っていなかった。なぜならその後の三十年間、人々にそれについてしゃべらせないために全力を尽くしたからです。科学者、天文学者、生物学者、彼らが見つけたものに偶然出くわしたものは誰でも、仲間になるか死に直面するかのどちらかを迫られました。

そしてあの連中は十数人を暗殺した。

最も新しい例が、シスコ博士と数人の同僚たちです。

そんなわけでわたしは、コピーできるものはすべてコピーしました。そのオフィスで少なくとも二時間を費やして。そして作業が終わると、そこに火をつけた。

わたしは慎重を期し、トゥエルヴの手が実際にはどこまでのびているかわからなかったので、信頼できる人たちにファイルを送りました。

そのうちのひとりは、もちろんダリアでした。

彼女には、夕食をおごってもらうことになっていたんです。

(92) ジョンはトゥエルヴがやっていたことをかなり明確に語っているが、あの日彼が見つけたと主張した記録の多くは失われている。この情報の多くは検証できていないが、それでもかなりの部分は、わたしが行ってきたインタビューや調査のなかで裏づけられている。ジョンはトゥエルヴがパルスコードを「兵器化した」といっており、これはけっして事実上のちょっとした比喩的表現ではないが、トゥエルヴがそれを目指してコードに取り組んでいたという考え方には納得できない。それよりも彼らがはるかに関心を持っていたのは、それがどのように機能するかを解明するためのコードの改変であって、悲しいことに、その結果として大勢のなにも知らない被験者が、ぞっとするような変化を遂げることになったのではないだろうか。もしかしたらトゥエルヴは、パルスコードを戦争の道具――コンピュータ時代の化学兵器のようなもの――にすることを考えていて、それが失敗したのだろうか？　しかしわたしの直感は、彼らが自分たちの理解を超えたものを手に入れてしまったと考えるほうが、はるかにありそうなことだといっている。答を見つけるためにそれを明るみに出して、より多くの人の目に触れさせるのではなく、彼らはそれを葬ってしまった。それから、それが間違いなく二度と現れないようにしようと試みたのだ。パルスは一度送られて忘れられたが、トゥエルヴの懸命の努力にもかかわらず、二度目に現れたときには、それは人類の歴史の流れを変えることになったのだろう。意図されたとおりに。

41

ダリア・ミッチェルの私的記録より

エントリー番号三三一――二〇二三年十二月四日

ジョンとわたしは一カ月半前の夕食の約束を果たした。

でもこの話は最後までとっておこう。

情報公開特別委員会は作業を完了し、報告書――大統領が実際に使用したものではない――を提出した。そして「上昇」は、人口の三十パーセントがおかされる事態にまで進行している。

そうしようと思えばできるのだが、わたしは収容されている場所の外で起きている出来事について、あまりニュースを見たり読んだりしないようにしている。仕事は終わっても、大統領とその側近はわたしたちを監視しておきたがっている。現時点では、わたしたちは多くを知りすぎているんだろう……。それほど気味の悪い話ではない。

ときどき来客もある。

この前はニコとヴァレリーが訪ねてきてくれた。飛行機でくるのは難しいし、目の玉が飛び出るほど高くつくので、ふたりははるばる車を運転してやってきた。なにしろ、信じられないほど大勢のパイロットが「上昇者」になっているんだから。(93)もう彼らに飛行機をまかせることはできなかった。

ニコに会えたのはほんとうに嬉しかった。わたしたちは心が乱されるような言い争いや議論はしなかった。ニコがわたしをハグし、手をつないで一緒に座ると、ふたりでこれからのことを話した。

大統領はそれを「終局」と呼んだ――マーケティング担当者がつくりあげた名前だ。(94)その概念は的確なのかもしれないけれど、あまりに紋切り型で、ほんとうはそうではないなにかを意味するように、慎重に組み立てられすぎてる感じがする。ニコは泣いた。彼はわたしを失うのをいやがった。

(93) 興味深いことに、パイロットの「上昇」率はきわめて高かった。その理由を調査している研究者たちはみな、なんの成果も得られていない。たしかにいくつか説はあるが、すべて不充分だ。いわく、空間認識能力に関連している、睡眠のリズムと関係がある、高所で過ごした時間の関係だ。これらの案を効果的に証明することはできない。またしても謎がひとつ増えてしまった。

(94) 情報公開対策本部のマーケティング会議で検討されたほかの名称には、「必然」、「運命」、「支配」などがあった。

今度はわたしが兄さんを慰める番だった……。

なにが起こるのか、誰にもたしかなことはわからないんだから、とわたしはニコにいった。「誰かを失うのとは違うかもしれない」わたしはいった。「そういう表現は間違ってる」

「なにかが起ころうとしてるってことにしても、どの程度確信があるんだ？」

わたしはニコに自分が見たことを話した。この場所、つまりわたしたちの世界に重なった、別の場所のことを。わたしは彼に、たとえそこへいっても自分はまだここにいるのだと話した。どうすればそんなことが可能になるのかニコにはわかっていなかったけれど、わたしはきっとそうなると請けあった。「量子もつれの観点から考えてみて」わたしはいった。「もつれた光子があるということは、一方の状態を変化させれば他方の状態も変化することになる。この現象はたとえそれらが別々に、一方はここに、もう一方は宇宙の果てにあっても起こる。アインシュタインはそれを不気味と呼んだけど、そう感じるのはそれが不自然なことだっていう目で見た場合だけ」

その説明は、ニコにはピンときていなかった。

「『上昇者』は死ぬのかい？」彼は尋ねた。

「いいえ。わたしはそうは思わない」

「それは少し慰めになるな」

わたしは自分が見たもののことをもっと話したかった。

そしてそれがどんな感じがしたかを、あの山並みの向こうに存在すると想像していたことを、あの別の都市にいると想像していた人たちのことを、彼に話したかった。

わたしはニコに、自分の頭にあふれている数学のことも話したかった。それは以前わたしが扱っていたものとは、まったく似ていなかった。それとくらべればパルスコードでさえ色あせて見えたほどだ。

もし数学を音楽のようなものだと考えるなら、パルスは単純だが美しい旋律――モーツァルトのヴァイオリン協奏曲第五番イ長調のようなものだった。いまわたしの頭のなかにある数字はバッハのシャコンヌニ短調で、限りなく精緻で絶妙に複雑だ。それはこの場所で、ホテルの部屋やきょうだい、恋人たちという、この世界で使える数学ではない。それは「優越者」の頭脳のための数学――あの別の場所で生き生きと息づいている数学だ。あまりに詩的に聞こえるのはわかってる。でもほんとうなのだ。

実はそれを見たくてわくわくしていることをニコに話す勇気は、わたしにはない。

この世界、この味気ないホテルの部屋という世界は、もうわたしのための場所ではないのだということを。

そのかわりにわたしはニコをハグして、二、三日中にまた会いにきてほしいと頼んだ。彼は必ずくるといった。帰っていく前、ニコはわたしに、もう第三段階に達していると思うかと尋ねた。よく意味がわからなかったけれど、わたしは既にその段階は過ぎたものと思っていた。

今夜わたしはジョンと食事をした。

そう、その話をするときがきた。

ジョンが料理をホテルに持ちこんできて、わたしたちはロビーのフロントからできるだけ離れた静かな隅の席に座った。それはタイ料理だった。わたしはお腹が空いていたので、小エビに焼きそばを添えて香ばしい醬油《しょうゆ》をかけたものをすべて平らげた。ジョンはタイのアイスティーとビールをちびちび飲み、料理をつついた。

メリーランドのシルヴァースプリングにいってきたんだ、と彼はいった。

それからテーブルにUSBメモリを置いて、わたしのほうに押しやった。

「ぼくにこういうものをくれたあの夜、なんていったか覚えてるかい？」

わたしは覚えていて、それを振り返って微笑んだ。

「遠い昔のことみたい」

彼にはわからないほどに。

ジョンは手をのばしてわたしの手を取り、ぎゅっと握った。

「パルスが受信されたのは今回が初めてじゃない」彼はいった。「やつらは以前、恐ろしいことをしたんだ。そしてその力を恐れたがゆえに、隠蔽した。ぼくはこのことを、この三十年間のように埋もれさせないため、きみと分かち合いたい。トゥエルヴは刑務所送りにされるべきだ。誰に話せばいいのか、ぼくにはわからない。大統領のところに持っていけばいいのかもしれないが、とにかく連中には責任を取らせる必要がある。彼らはふたりいる。サイモン・ハウスホールドが首謀者で、やつにはアデリン・ウォルハイムという助手がいた。彼らを見つけなくては」

わたしはUSBメモリを取って、ポケットに入れた。

「ジョン」わたしはいった。「もうこのことは忘れるときだから」

ジョンは、気はたしかかという目でわたしを見た。

「もうとうの昔に、起こったことすべてが――けんかも、よくない考えも、痛みも、失望も、怒りも――わたしのなかから消えてなくなってしまったことを、わかってほしい。あなたが恋しかった。別れたあの日から、ずっと会いたかった。そしてわたしたちはここにたどり着き、もうじきわたしは去ろうとしてる。いつかまた戻ってくることはできそうにないけど、あなたに約束してほしいことがある。あなたは先へ進んでちょうだい。怒りを忘れるみたいに、わたしのことは忘れて」

「約束はできない――」

「お願い。わたしのために」

ジョンがふたたびわたしの手を握りしめたとき、ほんの一瞬、別の部屋が見えた。わたしは彼を透かして遠くを見ていた。この前とは別の角度からだったけれど、野原はそこにあり、地平線に沿って連なる山々はかすんで見えた。太陽は低く、影は長かった。でも今回は音が聞こえた。虫の羽音のようなブンブンいう音だ。それはリズミカルで気持ちの落ち着く音だった。

「ダリア?」

ジョンの声がわたしを引き戻し、別の場所は消えてしまった。

「きみの部屋に戻ろう」

わたしたちはホテルの部屋に戻った。そこはしっかり固定されていて、光が絶えず変化することも、物が二重に見えることもなかった。ジョンはわたしをベッドに寝かしつけて額にそっとキスすると、予備の毛布と枕を取って、部屋の隅にあるふたり掛けのソファーに丸くなった。寝心地はよくなさそうだったが、彼はそんなことはないと言い張った。ほんとうに優しい人。

「お休み」ジョンがいった。「きみは朝になってもここにいる、そうだろう?」

わたしはなにもいわなかった。彼は眠りに落ちた。

わたしは壁を見つめながらこれを書いている。

その向こうを見透かそうとしながら。

ソファーから、ジョンの鼓動が聞こえる。

虫の羽音のように心地よい音が……。

終局

42

ジャーナリスト、ハルキ・イトーによるダリア・ミッチェルへのインタビュー

「終局」の前日にCNNで生放送——二〇二三年十二月二十八日

ハルキ・イトー[95]**：**ありがとうございます、ミッチェル博士。伺いたいことはたくさんありますが、まずはパルスの発見者であり「優越者」との仲介役であることを、今夜あなたがどのように感じておられるかをお尋ねしたいと思います。多くの人があなたを「上昇」の顔と考えています[96]。

ダリア・ミッチェル：それはどうでしょう……。パルスに関しては、わたしはたまたま適切なときに適切な場所にいただけです。そして、自分がなにを探しているかがわかっていたのでしょう。

ハルキ・イトー：「上昇」があなたに及ぼした影響について教えてください。

ダリア・ミッチェル：多くの人がそうだったように、それは片頭痛からはじまり、やがて他人には見えないものを見るようになりました。わたしは重力波を見ていたんです——ふつうは見ることも、感じることさえできないはずのものを。その状態は、やがて新たな種類の意

識に置き換わりました。わたしは……そうですね、これをテレビで説明するのは難しいのですが……。

ハルキ・イトー：とにかくやってみてください（笑）。わたしのような非「上昇」者のために。

ダリア・ミッチェル：いわゆるインスピレーションのひらめきと呼ばれるものを得たとき――すべてがひとつにまとまって、理解しようとしていたなにかが突然わかったり腑に落ちたりしたときの感覚は、おわかりでしょう？　そう、あの興奮を感じたんですが、続いて情報が洪水のように押し寄せてきました。

(95)　ハルキ・イトー（一九六五－二〇二七）はピューリッツァー賞を受賞したジャーナリストであり、一連の「上昇者」個人への画期的なインタビューで知られていた。これらのインタビューは、二〇二六年に出版された著書『向こう側との対話』にまとめられた。彼は『対話』の出版直後に、東京で自動車事故に遭って亡くなった。

(96)　ダリアの顔は文字どおり、当時発行されていたほぼすべての雑誌の表紙を飾っていた。テレビで取り上げられ、オンラインでインタビューを受け、ラジオの聴取者参加番組には二十数本も出演した。そうした出演は短時間だったが、強い印象を残した。パルスの発見者であるダリアは、「上昇」そのものだったのだ。

ハルキ・イトー：それはどういった種類の？

ダリア・ミッチェル：数学です。最も高度に発達した、かつて考えたこともなかった純粋数学です。それはパルスの中心の数学に似ていましたが、いっそう力強いものでした。ほんとうに、美しかった。それから……それからわたしは、向こう側を見るようになりました。わたしはそう呼んでいるんです。

ハルキ・イトー：いまここで話題になっているのは、「終局」のことでしたね。

ダリア・ミッチェル：ええ。ですがそれは……。その言葉は誰かが考え出したもので、たぶん当たっているのかもしれませんが、わたしなら自分が見てきたものをそうは呼ばないでしょう。「終局」、それは終わりです。それはここの人たち、つまり「上昇」していない人たちが、これから起ころうとしていることに対して取るであろう見方なのです。

ハルキ・イトー：これからなにが起ころうとしているのかについては、またあとで触れることになりますが、その「向こう側」について、もう少し教えてください。あなたはそこになにを見てこられたのでしょう？

ダリア・ミッチェル：また少し専門的な話になりますが、それはしかたのないことです。わたしはその場所を向こう側と呼んできましたが、実際には、それはここなのです。それは別の世界ではなく、わたしたちの世界と重なりあっています。そして美しい。わたしはすべての人に知ってもらいたいのです。「上昇」しているみなさん、わたしたちが移動しようとしている場所はここに似ています。日が照って、暖かく、意図的です。おかしな言い方ですが、そこには構造があり、目的意識があります。「上昇」している家族や恋人、友人をお持ちのみなさんには、わたしたちがいなくなろうとしているわけではないことを理解していただきたい。たしかにわたしたちの姿を見たり、声を聞いたりすることはなくなり、触れることもできなくなるでしょう。でもそれは、わたしたちが生きてあなたがたのそばにいなくなるということではありません。わたしたちはまだここに、ちょうどここの向こう側にいるのです……。

ハルキ・イトー：それは素晴らしい。

ダリア・ミッチェル：わたしはそう信じています。

ハルキ・イトー：ミッチェル博士――

ダリア・ミッチェル：ダリアと呼んでください……。

ハルキ・イトー：ダリア、「優越者」について教えていただけますか？　あなたはその別の場所、向こう側、あなたのおっしゃる日が照って暖かい場所に、彼らの姿を見ておられるのですか？

ダリア・ミッチェル：わたしは彼らの姿を見たことはありません。彼らがそこにいるのかどうかもわかりません。わたしは「優越者」のことを、彼らが書いたコードや送られてきたパルスから知っているだけです。彼らは技術者であり、建築家であり、創造者です。機械を使って宇宙を旅するのは、彼らにとっては時代遅れです。彼らはある意味、居ながらにして旅をします。「優越者」はとても純粋で……わたしは……わたしにはどう言葉にすればいいのかわかりませんが……。

ダリア・ミッチェルが最後にインタビューに答えたこの映像を見るとき、わたしはまさにここでビデオの再生を停める。ダリアの表情には畏怖と悲しみの両方が浮かんでいる。彼女はなにかハルキ・イトーに話したくないことを知っている。ずっとあとになって初めて明らかになる事実を隠しているのだ。その事実を知るとき、ダリアが躊躇《ちゅうちょ》する理由、なぜ彼女が口ごもるのかがわかる……。

ハルキ・イトー：話を先へ進めましょう。「終局」について教えてください。われわれはなにを期待できるのでしょう？

ダリア・ミッチェル：それがいつ起こるのかは誰にもわかりません。それが、まず理解するべきことです。一時間後かもしれないし、一カ月後かもしれない。個人的にはもうじき起こりそうな気がしていますが。「終局」は恐ろしいものではないでしょう。騒々しくもない。花火も稲光もありません。起ころうとしていることは、たんに……起こるのです。これ以上うまくは説明できないんです、ほんとうに。雲が太陽の前を通り過ぎるときの光の変化がどんな感じかは、おわかりでしょう？　日陰になるのは、うろたえるようなことでもショックを受けるようなことでもありません。それが起こり、わたしたちは理解し、そして終わる。これも同じことになるでしょう。これだけはいっておきますが、わたしの頭を満たした数学にざっと目を通して学んだことからすると、「終局」はきわめて短時間のうちに起こるはずです。パルス自体のように、それも波状的に起こるのかもしれません。

ハルキ・イトー：波状的？

ダリア・ミッチェル：それは数カ所で先行して起こるかもしれません。あるいはほかのものたちより先に、ひと握りの「上昇者」に起こるかもしれない。どのような形ではじまったとしても、結果は同じになるはずです。わたしたちは先へ進んでいます……。

ハルキ・イトー：これがこの世の終わりだと示唆している人たちもいます――世界の終末だと……。

ダリア・ミッチェル：それはなんともいえませんね。たしかに、これはわたしたちが知っているような世界の終わりです。「終末」という言葉は、あらゆる種類のとても悲観的なイメージを呼び覚まします。これはそういうものにはならないでしょう。わたしたちはひとつの民、ひとつの声として団結する必要があります――

これが、あの日見ていたほぼ全員が最もよく覚えている瞬間だ。それはとんでもない光景だった。視聴者がその放送を見ていた国によって、ダリアはその国の言葉で直接カメラに向かって語りはじめたのだ。フランスでは、彼女の言葉は英語からフランス語に変わった。インドでは、ヒンディー語に切り替わった。彼女はそれぞれの言語で、同時にしゃべっていた。説明のつかないことだ。わたしが話を聞いてきた人たちはみな口をそろえて、彼女は「上昇者」だったのだから、なにをしても不思議ではなかったといっていたが。

ダリア・ミッチェル：――そしてきたるべきものを受け入れなくてはなりません。「上昇者」が去ってもわたしたちの世界は残るでしょうし、そこにとどまるものたちはそれを立て直す必要があります。あなたがたは二度とない機会を手にしているのです。社会を前よりも強く、よりよいものに立て直すのです。世界に空いた穴は自然に埋まるにまかせなさい。それが長続きし、意味のあるものになるように、時間をかけて正しく行うのです。未来は白紙の状態で、それを描く道具を持っているのはあなたがただけです。このことは知っておいてください。わたしたちもここに、あなたがたのまわりにいるでしょう。言葉では言い表せないけれど生きていて、見守っているけれど見ているわけではない。そういうことがはじまるのです……。

43

九一一の通報記録

ニューメキシコ州ロスアラモス警察署で、二〇二三年十二月二十九日に受信

ニューメキシコ州のホワイトロックという小さな町は、ギャラップ市から北東へ五十キロほどのところに位置している。そこが「終局」に関わるきわめて珍しい事件の舞台だった。

陰謀論者たちはホワイトロックでの事件をスローガンとして利用し、『上昇』について知りすぎた」人々を黙らせるための偽旗作戦の疑いがあると騒いでいるが、そこで発生した集団失踪事件の原因はまだわかっていない。わたしが話を聞いた何人かの専門家は、これは信じられないほどまれな大量「上昇」の事例であり、全住民が同時に「上昇」したのではないかと示唆している。背後にどのような真相が隠されているにせよ、わたしはこの件を特異で魅力的なものだと感じている。

ロスアラモス警察：警察です、どうされましたか？

通報者23：こちらはケイト・モラヴィ。あの……なにがあったか聞いていますか？　もう誰

か電話を――

ロスアラモス警察：もう一度お願いします。どこでなにがあったんですか？

通報者23：わたし――すみません。ちょっとパニックになってて……ゆうべ……ゆうべ、ホワイトロックに住んでる娘のアンバーから電話があって――自分たちは見てるっていうんです。国じゅうで起きてるっていう記事は読んでましたけど、ニュースで聞くみたいにほんの数人じゃなくて……全員が……すべての人が……。

ロスアラモス警察：もう一度お願いします。どこでなにがあったんですか？

通報者23：いまわたしはホワイトロックにいて――ゆうべ娘がここから電話してきたんです……。あなたはずっとそこに？　このことで誰かから通報はありましたか？

ロスアラモス警察：いいえ、奥さん。わたしはただ、あなたがなにを通報してこられたのか理解しようとしているだけで――

通報者23：ごめんなさい。ただ……わけがわからなくて……娘が見つからないんです。家には誰もいません。どの家も窓やドアが開けっ放しで……まるで住人が外へ飛び出したみたいに……。

ロスアラモス警察：ご心配なのはわかりますし、わたしはあなたのおっしゃりたいことを聞こうと努めています。ですが、少し時間を取っていただいて、とにかく……とにかくあなたがホワイトロックについてご存じのことを、できるだけ簡単に教えてください。いまはまだ、一件も通報は入っていません……。現時点では、誰もそちらには向かっていません……。

通報者23：ホワイトロックに誰か送ってください、いいですか？　できるだけ大勢。なぜって彼らがいなくなって……。ここの人たちがいなくなって……。わたしの娘が……。

ロスアラモス警察：ここの人たちというのは？　ホワイトロックのどの人たちですか？

通報者23：全員です。町じゅうの……。ゆうべ娘が電話してきて、なにかを見たといいました。裂け目を……。でも、あの子がそんなことをいうなんて、わけがわからなかった。たしかに、過去にはドラッグの問題を抱えてましたよ。それはわかってます。あの子がその時期を乗り切る手助けをし、ハイになってる姿を見て、ばかみたいなことをしてるあの子の話を聞いてやりました。そういう経験はしてきたけれど、今度のは違いました。あの子が薬をやってないことは、何カ月もやってないことはわかってますし、これは……。娘は自分の家の外に穴が開いたといったんです――

ロスアラモス警察：穴？　陥没してできたみたいな？　道路や――

通報者23：陥没した穴じゃありません。ふつうの穴じゃないんです。娘はそれを説明するのに「裂け目」といってました。目の前の空中に開いた穴みたいな。たしかにあるのに存在しない。それがみんなの目の前に。

ロスアラモス警察：ホワイトロックのどこにおられるんですか、奥さん？　そこでじっとしていることはできますか――

通報者23：バプテスト教会の駐車場にいます。ちょうどお日様が昇ってくるところで、ここは――とにかく空っぽなの。通りには車が……ドアや窓が開けっ放しになった車が停まってます。全部のドアが……。いますぐきてください。
ロスアラモス警察：奥さん、いまそちらに警官を何人か向かわせました。そちらの保安官にも電話して――
通報者23：ここには誰もいないの。わかります？　ここは空っぽで……。ちょっと待って、わたし……。ああ、まさか……（カサカサいう音、それから電話の向こうで叫ぶ声）。あれはなに？　あなたはなにをやってるの……。お願い……。
ロスアラモス警察：奥さん？　ミセス・モラヴィ？　なにが起こっているのか教えて――
（電話の向こうで数秒間の沈黙。カサカサいう音、それから走っているような速い息づかい）
通報者23：わたしは間違ってた……。わたしは間違ってた……。いかなくちゃ……。
ロスアラモス警察：なにが起こってるんです？　大丈夫ですか？
通報者23：いいえ。いいえ。違うの、ここはなにかがひどくおかしい。
ロスアラモス警察：いま警官を向かわせています。あと数分で到着するでしょう。安全な場所に移動してもらえますか？
通報者23：見えるわ……（通報者は感情を高ぶらせて泣いている）。いまは見える……。裂け目があって……だからドアや窓が開けっ放しだったのね……（電話が遠くなる）。ああ、愛しい子。ああ、わたしの可愛《かわい》い……。また会えるのはわかってたよ……。

ロスアラモス警察：奥さん。うちの警官が教会から数ブロックのところにいます。彼らに向かって手を振ってもらえますか？　彼らに合図して、居場所を知らせてもらえますか？

（風の音、なにかが受話器にこすれる音）

ロスアラモス警察：奥さん？　もしもし？

通報者23：（電話を離してしゃべりつづけている）ああ、神様……ああ、神様……。おまえが戻ってきてくれるのはわかってたよ。またおまえと一緒になれるって……。さあわたしを……。さあわたしを……

（背後でかすかに別の女性の声がするが、なにをいっているのかは聞き取れない）

ロスアラモス警察：お願いです、奥さん。うちの警官がたったいま到着しました。もしもし？　彼らは教会のそばにいますが、あなたが見えないといっています……。

（電話の向こうは沈黙）

ロスアラモス警察：奥さん？　もしもし？　どこにいるのか教えてください。

通報者23：わたしはいきます……。

この記録は、次のようなメモで終わっている。

ホワイトロックに到着したニューメキシコ州ロスアラモスの警官たちが見つけたのは、千五百四十名の住人すべてに見捨てられた町の姿だった。地元の商店には、鍵のかかっていないレジスターに現金が手つかずのまま残っていた。住宅には車や貴重品、家族写真がすべて、まるで住人が突然いっせいに町を離れたかのように残されていた。報告書には、事件の原因はまったく特定されておらず、環境や大気による影響はなかったと記されている。ロスアラモスの警察署に電話してきた女性は、どこにも見つからなかった。

44

ヴァネッサ・バラード前大統領

ミシガン州デトロイト
二〇二五年九月十八日

バラードはわたしをレンタカーまで送ってくれる。

ドアロックを解除し、ヘッドライトが周囲の闇を照らすとそこには、ほんの半ブロック先に、機関銃を手にした軍服姿の女性が見える。おそらく物陰に、彼女のような兵士が十数人いるのだろう。くつろいだ様子で内省的に見えても、バラードがこの国の前指導者であり、わたしたちの社会が最も困難な時期をくぐり抜けるのを見ていた指導者であることに変わりはない。いうまでもなく、彼女がデトロイトに引っこむところより死んだところを見たいと思う人たちは、大勢いる。

わたしが車のドアを閉めると、バラードは手を振ってお休みの挨拶をする。彼女は物事がこういう形で終わったことに、かなりほっとしているように見える。歴史の終わりに過去を振り返って、こう考えずにいるのは難しい。はるかにひどい事態になっていたかもしれないのだ、と……。

デイヴィッドはほんの数週間違いで「終局」の機会を逃しました。もし「上昇」の第三段階を生きのびていたら、いまごろは間違いなく向こう側にいたでしょう。でも彼の体はそこまで強くなかった。ときどき夜に目を覚ましたまま横になり、天井を横切る影をじっと見つめながら、彼は幸運だったのだろうかと思うことがあるんです。もちろん、わたしたちにはけっしてわからないことです。

「終局」がはじまった日は、それまでの日々とよく似ていました。

ダリアの希望のメッセージとわたし自身の勇気のメッセージにもかかわらず、国は混乱と絶望に襲われていました。人々に彼らの世界が終わろうとしていると告げると、おかしなことが起こります。彼らは震えあがり、なかにはばか騒ぎをはじめるものもいて、手に入るかぎりのドラッグを全部やり、スリルを求めて暴れまわります。それはほぼ毎回、ろくでもない結果に終わります。そうかと思えば正反対の行動を取るものもいて、彼らは信仰や森のなかに逃げこみます。一時は三百万人がイエローストーン国立公園に入りこんでキャンプを張っていたという報告がありました。(97) そうした人々はみな路上で大騒ぎをするか、救いを求めて森に入りました――つまり店のレジやガソリンスタンド、救急救命室、銀行の持ち場についた人々は、はるかに少なかったということです。

ホワイトハウスでは、わたしたちは可能なかぎり火を消そうとしていました。議会は休会になっていました。DCには戒厳令が敷かれ、封鎖されました。市の大部分で火の手が上がり、その炎に立ち向かうのに充分な数の消防車はありませんでした。正午頃には停電して、二度と復旧しませんでした。(98)

グレンのチームの若手スタッフが忽然と姿を消したとき、わたしはルーズヴェルト・ルームにいました。そのスタッフはわたしがまったく知らない若い女性で、「上昇」におかされていたんです。彼女はある瞬間、テーブルの端でファイルを整理していたかと思うと、次の瞬間には……いなくなっていました。ファイルと彼女の着ていた服が床に落ちていて、書類

(97) わたしが見た映像では、そうしたキャンパーたちの大半はオールド・フェイスフル間欠泉のそばにテントを張っていた。彼らは車座になって歌を歌い、ギターを弾いていた。彼らをそこへ向かわせたのはその美しさだと思うが、とどまらせたのは不変性だろう。ある種の地熱時計のような間欠泉は、彼らがほんとうに二度と経験することはなさそうな安定性を暗示していた。その人たちはできるかぎり長く、それにしがみついていたかったのだ。

(98) DCを再建して電気を復旧する計画はあるが、安定した政権が力を握るまでは止まったままになっている。しかしそのがらんとした静かな状態が長引けば長引くほど、人々はむしろそういうDCを気に入っているように思える。

が散らばっていました。部屋にいた全員が、すっかり困惑した様子でわたしのほうを向きました。でも、わたしたちの戸惑いは長くは続かなかった。

なにもいう必要はありませんでした。みんな、なにが起きたのかわかっていたんです。

それと同じほんの一瞬のあいだに、全世界で数十億人が消え失せました。彼らの多くは入院中で、効果のない「上昇」の治療を受けていました。しかし消失は、想像可能なあらゆる状況で起こりました。通りを歩いているとき、エレベーターのなかで、飛行機に乗っていて、食事中に。一瞬のうちに、全員が突然いなくなったのです。

別れを告げる時間はありませんでした。最後の一瞥《いちべつ》も、助けを求める叫びもありませんでした。

あの日ワシントンを包みこんだような静けさは、一度も経験したことがありません。ホワイトハウスから出て、芝生と柵囲いの向こうのコンスティチューション・アヴェニューに目をやると、車の流れが止まっていました。ドライバーたちが自分の車から降り、その多くは空を見上げていました。あの日は澄み渡るような快晴でした。

どれだけ続いたのか正確なところはわかりませんが、その瞬間は畏怖と力に充ち満ちていました。まるで稲光が街に降り注ごうとしているかのように、空気そのものが帯電しているようでした。それから静寂が過ぎ去って、木々からはふたたび小鳥のさえずりが聞こえはじめ、車が動きだし、残ったわたしたちはそれぞれの人生を続けていました。

わたしはホワイトハウスのなかに戻り、グレン・オーウェンと一緒に廊下を歩いて残っているものを数え、いなくなった人数を把握しました。あの日その建物で働いていた約五百六十名のうち、二百十名が消えていました。彼らが着ていた服は集められ、車のキーやデスクの写真、札入れや小銭入れといった貴重品は、家族に返せるように箱に収められました。あのときわたしが起こったことの規模を実感していたとは思いません。その種の喪失を定量化するのは難しいものです。特に彼らがみんな、どれだけ静かに去ったかを考えるなら。抵抗もなく、助けを呼ぶものもおらず……。彼らはふっと消え失せたのです。

ダリアの恋人のジョン・ウルタドは、あの日ホワイトハウスにいました。

彼はわたしに会いにきて、彼女の最後の瞬間について話してくれました。おそらくあなたが彼のところへいって話を聞くのがいちばんでしょうが、わたしが覚えている彼の話はこうでした。ダリアはホワイトハウスの柵囲いのすぐ南にある円形の公園、ザ・エリプスの中心に立ち、目を閉じて太陽を見上げていました。その温もりを顔に感じていたんです。ジョンの話では、それが起きたときには彼女と手をつないでいたそうです。彼の説明だと、まるで「終局」のほんの一瞬、ダリアの肌は光に、温もりに変わったかのようでした。

その夜、わたしはどこへもいきませんでした。

テレビもつけませんでした。起こっていることを伝える矢継ぎ早の報道を見るのに耐えられなかったのです。結局、その報道はあまり長続きはしませんでした。みなが消えたことで、事業が徐々に停止したのです。電気が止まりました。すべての携帯電話サービスは停止し、使えるのは固定電話だけでした。インターネットは落ちて、丸二週間は復旧しませんでした。国は、世界は静かでした。

わたしの頭に最初に浮かんだのは、デイヴィッドのことでした。

彼がその場にいてそれを目にし、経験できればよかったのにと思いました。「終局」があれだけの痛みと悲しみに迎えられたことを考えれば奇妙に聞こえるかもしれませんが、それは啓示であり、無意味な奇跡だったのです。役に立たない、あるいは重要ではないという意味合いで無意味というのではありません――まったく逆です。それには真の意味がなかったのです。それは津波や地震といった天災のようで、わたしたちを打ちのめしはしましたが、本質的な、より大きな意味はありませんでした。

まあ、わたしったら、グレンみたいなことをいうようになってきたわね……。

国が立ち直るには長い時間がかかりました。

それに関しては世界も同じです。

アラバマとテキサスは合衆国を離れて独立した最初のふたつの州であり、いまのところ唯一の州です。オレゴンとフロリダはいまにも脱退しそうでしたが、そのための充分な票と忍耐を見出すことができませんでした。きっとコロラドのようなロッキー山脈の州の多くも離脱を考えたはずですが、それは一年前のＥＭＰ攻撃(99)によってあっけなく終わりました。

彼らはこの先何年も、暗闇から出てくることはないでしょう。

大統領の職にあった最後の年、社会制度が再構築され、ソフトクーデターによって軍が乗りこんでくる前に、わたしはトゥエルヴを追い詰めました。

わたしたちはオクラホマのタルサでサイモン・ハウスホールドの遺体を見つけたのです。彼は連行される前に、自身の頭に銃を突きつけていました。その場の光景はなにからなにまで興味をそそられるものでした。その男は実に、死人のように生きていたのです。彼には指紋がいっさいなかったばかりか――検視官の話では、複雑で痛みを伴うレーザー療法によって取り除かれていたそうです――「上昇」の一種におかされていた兆候が少し見られました。

明らかに彼の過去の謎は、本人とともに墓場に葬られてしまいました。

わたしたちは仲間のリストを見つけ、そのほとんどを追い詰めました。暗殺者、スパイ、

(99)　バラードがいっているのは、アイデンティティ会議と呼ばれる白人至上主義集団が人種間戦争をはじめようとして起こした、電磁パルス（あるいはＥＭＰ）攻撃のことだ。その攻撃がどのようにして行われたのか、あるいはその考案者の真の狙いを巡っては、いまだに多くの混乱がある。誰に聞いてもそれは失敗だったと思われ、多くの研究者はテキサスからシアトルに向かう途中で兵器が偶然暴発したのだと考えている。

傭兵《ようへい》、正真正銘の犯罪者。トゥエルヴは一部の相当な悪党たちと手を組んでいました。彼らは全員、様々な刑務所へ送られました。そのうちのかなりの人数が処刑されたのは間違いありません。

サイモンの右腕、アデリンは刑務所にいます。

もし彼女とお話しになりたければ、入れてあげられますよ。

ご承知のとおり、わたしの政権で働いていた人たちのほとんどは、自分自身の冒険を追い求めるために去っていきました。きっとグレンとは話をされたのでしょうね。情報公開特別委員会のメンバーたちも去りました。ロバーツ博士は一年前にガンで亡くなりました。ミコヤン博士は東へ、たしか日本へいったことがわかっています。フェイバー博士はコロラドで、電力や水を自給して暮らしていると聞いています。そしてヴェネガス博士は、新しい政権のために働いています。

あなたのためになにもかも要約することは、わたしにはできません。

おそらくあなたが本を書いているのはそのためなのでしょうね。混沌のなかにパターンを、物語を見つけようとしている。でも、ときに宇宙は簡単にそうはさせてくれません。それをありふれた形、予想された見方という囲いに入れようとするわたしたちの弱々しい試みを、はねつけます。そうはいってもわたしは、その最も困難な時期、人類の最も重大な挑戦のなかで、わが国を導くために最善を尽くしたと信じています。

国は分裂し経済は麻痺《まひ》していても、いま外を見ながら、わたしは大統領執務室に座っていたときよりも、自分たちのことをいっそう誇りに思っています。風のなかにそのにおいを嗅ぐことができます。たとえ再建を求めていなくても、いまわたしたちがやっているのはそういうことですし、それをこのように優雅にやっているのです。

わたしは世界が素晴らしい場所になろうとしていると信じています。

かつてよりもさらによい場所に。

45

アデリン・ウォルハイム

元CIA諜報員にしてトゥエルヴの指導的メンバー
ヴァージニア州ペニントン・ギャップ
二〇二六年四月二十二日

刑務所のことを考えるとき、静けさを思い浮かべる人はほとんどいないだろう。だが一般的にそうした建物はとても静かで、扉が閉まるガチャンという音や廊下に響くブーツの足音のような物音がすると、耳障りなほどだ。

ヴァージニア州リー郡のリー合衆国刑務所に入っていくときに、どうしてうなじの毛が逆立ったのかはわからない。かつてリー刑務所には男性受刑者だけが収容されていたが、「終局」の余波の人口変動によって、そこは現在も機能している数少ない厳重に警備された連邦刑務所のひとつとなった。そこには、いわゆる凶悪犯中の凶悪犯が送られていたのだ。わたしはこれまでも取材のために数多くの刑務所に足を踏み入れてきたが、それでもそこは、いわば身の毛がよだつような場所だった。もしかしたらそんなふうに感じたのは、わたしがアデリン・ウォルハイムに会うためにそこにいたからかもしれない。彼女は多くの歴史家から、現在合衆国で生きている最も危険な人物のひとりとみなされていた。

特に力が強いからでも、素早いからでも、暴力的だからでもなく、彼女が知っていることのせいで危険なのだ。アデリンは、「上昇」の何年か前からその最中にかけてサイモン・ハウスホールドによって率いられていた闇の「秘密部隊」トゥエルヴの、事実上、最後のメンバーだった。その集団は何十年も前から存在を噂されていたが——一九六〇年代には、トゥエルヴの会議の詳細な議事録と称する偽の文書が出回っていた——彼らの活動の証拠が実体を伴って出てきたのは、「上昇」がピークに達してからのことだった。そしてその頃には、彼らの関与が判明した反逆や殺人を含む多くの犯罪の責任を誰かに取らせるには、もう手遅れだった。

アデリン・ウォルハイムは四十代前半で、長い茶色の髪をひっつめにし、きちんと団子にまとめている。わたしたちは五人の武装した警備員に囲まれて、刑務所のアトリウムで面会する。アデリンのアンクレットは、けっして外されることはない。

彼女は落ち着いた態度で、かなりゆっくりと、最大限の影響を与えるために慎重に言葉を選びながら話す。このときの会話は録音してあるが、アデリンはわたしが書き起こしたものだけを出版するように強く求めている。だからわたしはそうした。

わたし：お会いいただき感謝します。簡単な決断でなかったことはわかります。なにしろ……。

アデリン：なにしろ、なんだい？

わたし：あなたはこの国に残された、いちばんの嫌われ者のひとりになっていますから。もしかしたら世界的に見てもそうかもしれません。それがおそらくメディアの過熱報道のせいだろうということは、職業柄よくわかっています。あなたの顔と名前は四六時中、取り上げられていますからね。それにわたしは、あなたが単独で動いていたわけではないことも知っています。

アデリン：この国は、今回の出来事に対するスケープゴートを必要としている。

わたし：そういうことでしょうね。あなたはスケープゴートにされることについて、どう感じていますか？

アデリン：感じる？　それについてはわたしはなにも感じない。自分がなにに関わっているかは、採用された瞬間からわかっていた。起こり得るあらゆる結果を進んで引き受ける覚悟がなければ、秘密任務には加わらないものだ。最終的にわたしたちが責められることになるのは、間違いなかったのだから。

わたし：そして、それを不公平だとは？

アデリン：公平、不公平、そんなものは子どもだましの意味論だね。これは信念の問題だ。

道徳的な我慢強さだよ。国に帰った兵士たちがパレードや花で祝福されて、彼らが海の向こうでなにをしたかは誰も知りたがらないなんて、滑稽《こっけい》な話さ。戦争中、兵士は兵士だ。故郷では彼らは兵士でいられない。それは狡猾《こうかつ》なジキルとハイド的考え方だよ。トゥエルヴに加わったわたしたちは、二度とふたたび完全に受け入れられることはないと承知の上でそうしたんだ。だが、自分たちの仕事は人類を守るために必要不可欠だと確信していた。そしてわたしたちはその任務に成功した……長きにわたって……。

わたし：サイモン・ハウスホールドとは何者だったのですか？

アデリン：ふたつだけ教えよう。ひとつ、彼はタルサのホテルで自殺していない。ふたつ、彼は常に人間というよりも神話に近い存在だった。(100)

(100)　わたしが調べたかぎりでは、これはどちらもほんとうだ。サイモン・ハウスホールドがタルサのホテルの部屋で自殺したという情報は、いつもの形で出てきた。すなわち、ハウスホールドの財布を身につけた死体が発見されたあとで広がった、根拠のない噂だ。その遺体はバスタブに一週間浸かっており、見分けがつかないほど膨れあがっていた。しかしそれはハウスホールドではなかった。国じゅうで目撃情報があり、それらしい死体はほかにもあった。もしかしたらサイモン・ハウスホールドの神話は、そうした出来事から生まれたのかもしれない。その生死にかかわらず、彼の悪名はとどろいていた。世界を破滅させた男として歴史に名を残す、「上昇」の悪霊だ。

わたし：すると彼はまだ外に……。

アデリン：そうかもしれない。もしかしたら、そもそもまったく存在しなかったのかもしれない。申し訳ないが、答を教えるつもりはない。

わたし：任務について教えてください。あなたがたはわれわれをなにから守っていたのですか？

アデリン：かなりはっきりしてるんじゃないか？　これだよ。壊れた世界だ。どうして初期のパルスの事例が機能しなかったのかはわからない。われわれはけっしてそれを解明することはなかった。おそらく人類が種として、社会として準備ができていなかったのだろう。われわれは何十年ものあいだ、この大混乱を食い止めてきた。これは賞賛に値することだと思うね。

わたし：あなたがたが行った実験。そこからなにを学んだのでしょう？

アデリン：人体は信じられないほど変化する可能性がある、ということだけだな。われわれは、骨と筋肉は石のようにかたく固定されていると考えている。だが、それを操作することは可能だ。いい方向にも悪い方向にもゆがめることができる。バラード大統領や情報公開特別委員会の科学者たちはみな、パルスを楽天的な視点でとらえ、自分たちが見たいものを見ていた。人類に関する素晴らしい声明。われわれは立派だ、われわれは非凡だ、われわれは「上昇」だ。しかしそれは、パルスの製作者――もし「優越者」と呼びたければ、そう呼べばいい――にとっては、事実ではない。わたしたちはただのパテ、実験台、実験用のラットだった。ダリア・ミッチェルの最後のインタビューを見ただろう？　彼女が凍りついた瞬間を……。彼女はなにを隠していたと思う？

46

ジョン・ウルタド

カリフォルニア州アーヴァイン
二〇二六年五月十日

最後のウルタドとの面会はロサンゼルスのすぐ南、カリフォルニア州アーヴァインの放棄されたオフィス街で行われる。

彼は前の晩に飛行機で到着して、あまり眠っていない。コーヒーをひと息に流しこみながら、わたしをホテルで拾ってここまで車を走らせる。優に二年以上のあいだ、せいぜい一カ月にひとりかふたりしか人の姿が見かけられていない場所まで。ジョンがここにくる理由はまさにそれだ。彼はそれを逃避――「終局」という現実からではなく、より古い現実、この景色が人間の建築物で雑然とする前の時代への――とみなしている。

わたしたちのまわりの建物はすべて、ガラスと鋼鉄でできた典型的なオフィス街の建築物で、風雨にさらされている。窓は粉々に割れ、花崗岩《かこうがん》の階段はひびが入って欠け、ロビーは――ドアからちらっとのぞくことができたかぎりでは――雨漏りがして割れた窓から土が吹きこむにつれてはびこった、植物でいっぱいだ。それにはある種の美しさがある。

わたしたちは駐車場に立ち、太陽が沈むのを眺める。


これが人間の物差しでいうところのパルス、「上昇」、「終局」ですよ。

広大さ。

宇宙というと、わたしたちは広大なものと考えがちです。星々は手の届かないはるか彼方にあり、星と星とのあいだはとてつもなく離れていると。しかしいまは、この地球上に広大さがある。一夜のうちに人と人との間隔は、数十センチから数キロまで広がりました。戦争でもそうなりますが、自然災害でも同じです。だがそういうものは痕跡を残す、そうでしょう？　いたるところに大地の傷跡やガラスの破片を。

しかしここには、なんの痕跡もしるしもない。

空虚さがあるだけだ。

この場所が放棄されてから、まだ二年かそこらしかたっていません。初めてきたときには、向こうに見える建物のいくつかには不法占拠者がいたんですよ。

ジョンがわたしの左手のほうを指さし、わたしは向きを変えてひと棟の低い建物に目をやる。その正面の柵には数十台の自転車がチェーンでつながれており、すべてタイヤがなくなっている。

不法占拠者たちはその建物を破壊していました——窓は粉々になり、ドアは倒されて、暴風雨がうなりをあげて吹きこみ、野生生物が足場を得るのに十二分な空間がありました。いまあそこは、数家族のアライグマと、ひと群れのコヨーテの住み処《か》になっています。そして彼らは肉食動物です。階ごとに見ていけば間違いなく、それぞれに完全な生態系が見つかるでしょう。廃棄されたマニュアルや事務報告書をぼろぼろにする菌類から、ツバメやコオロギを狩るノラネコまで。

でもこっちにきてください、これがお見せしたかったものです。

懐中電灯を手に、わたしたちは建物のひとつ——これは比較的傷んでいない——に入り、まっ暗な階段を五階まで上って踊り場に出る。「終局」以前、ここはオフィスで働く人たちがタバコを吸ったり新鮮な空気を吸ったりしながらランチを取る場所として利用されていたようだ。今日《こんにち》その苔《こけ》に覆われた手すりは、かつてコンクリートの小道が縦横に交差していた円形の公園を見渡している。

この景色を見ると、ＤＣのザ・エリプスを思い出します。[101]

「終局」の日、ダリアとわたしはあそこにいました。きっと彼女は、それがやってくるのを感じていたにちがいありません。空気が帯電していると彼女がいったので、わたしは移動しなくては、外に出なくてはと感じました。それでわたしたちは籠《こ》もっていたホテルをあとにして、公園まで歩いていったんです。

ダリアはすべてのタイミングをぴったり合わせていたんでしょう。

ダリアは自分がなにをやっているのか、ちゃんとわかっていました。公園で、わたしたちは手をつないで芝生の上を歩きました。ダリアは「終局」の話はしたがらなかった。パルスや「上昇」の話はしたがらなかった。二度とそうはならないだろうというみたいに、物事を単純なままにしておきたがったんです。

「初めて会ったとき」彼女はいいました。「一緒に星を見たね」

「ぼくが見てたんだ」わたしはいいました。「きみがやってきて、ぼくが見てるのがなんなのか教えてくれたんだよ」

「昴《すばる》。プレアデス星団」

(101) ザ・エリプスは、ワシントンDCの最もわかりやすい名所のひとつだ。それはホワイトハウスのすぐ南にある円形の広場で、もともとは一八〇〇年代のはじめに馬の囲いとして使われていた。いまもそのために使われているのは、いかにも相応しいことだ。

「忘れてないさ」

「あれは最も明るい星座のひとつ。そして最も古くから記録されている。マオリ族、ペルシャ人、スー族やチェロキー族——みんな昴にまつわる伝説を持ってる。聖書にまで出てくる。ブラックフット族には、あれが孤児《みなしご》だっていう伝説がある。人々が面倒を見てやらなかったから、太陽の男が彼らを星に変えたんだって……」

「『上昇者』みたいだな」

ダリアはそれには答えませんでした。

わたしは彼女になにか知恵を、わたしがけっして知ることはないようななにか——「上昇者」だけが、「優越者」だけが知っているなにか——を教えてほしいと頼みました。わたしにメッセージを、知識のかけらを残していってほしいと。ダリアはジーンズの後ろポケットから一通の手紙を引っ張り出して、渡してくれました。それからわたしにキスして、こういったんです。「わたしたちは終わるけど、わたしたちは続く」

わたしには理解できませんでした。いまだにそうです。

わたしたちは歩くのをやめ、彼女がジョークを聞かせてほしいといいました。

わたしが思いついたのは、祖父から聞かされたいくつかの古くさいジョークだけでした。

それでも彼女は笑った。それからわたしを愛している、そしていつもそばにいるといったんです。ダリアが空を見上げたとき、わたしたちはまだ手をつないでいました。彼女はそのまま舞い上がろうとするみたいに、両腕を持ち上げました。でもそうはならなかった。
ダリアは消えました。
それが起こるところは見ていません。
わたしは空《くう》をつかんでいて、彼女の服が地面にひらひらと舞い落ちたんです。
ほら……あそこです……。

太陽の最後の光線が、わたしたちの下に見える育ちすぎた草の輪に当たる。いちばん手前の建物の近くで動きがあり、数頭のシカが長くのびた影のなかから草を食べに出てくる。ふたりでそれを見ていると、ジョンがこちらを向いて笑みを浮かべる。彼の目には涙が浮かんでいる。わたしたちは少しのあいだその様子を眺めてから、彼の車に引き返す。彼は「終局」の日にダリアにもらった手紙をわたしに手渡す。

その手紙でこの本を締めくくることにしよう。

47

ダリア・ミッチェルから人類への手紙

日付なし

子どもの頃、よく宇宙人が侵略してくる悪夢を見ました。

夢のなかで宇宙人たちは、複雑なつくりの宇宙船に乗って現れました。巨大なほとんど目に見えない雪片に似たものが、わたしたちの都市の上空に一瞬にして出現したのです。荒れ狂う霧峰のなかでひらめく色のついた光が、ビル群に押し寄せました。それから船が破壊兵器を解き放つと、火の波が現れて超高層ビルを炎で包み、黒い煙でなにも見えなくなりました。それを両親のアパートから見たわたしは、夢のなかで階段を駆け下り、火の津波から逃げ切ろうとしたものです。ときにわたしは成功し、ときに飲みこまれました。

そして恐怖と畏怖の両方で目を覚ましました。

これらの夢は、いまでも鮮明に覚えています。

もしかしたら子どもの頃にSF小説を読みすぎたせいか、ニコとふたりでろくでもない映画をこっそり見すぎたせいかもしれません。でもわたしはいつも、それはこういうふうに起こるのだろうと思いこんでいました。もし彼らがやってくれば、彼らがやってくるときには、果てしなく押し寄せる滅びの波に乗ってくるのだろう。わたしたちは力で征服され、わたしたち自身の弱さによって破滅するのだろう、と。

ですが、もちろんそんなことは起こりませんでした。

一部の人たちは「上昇」を侵略と見ました。

まったくそういうことではなかったのです。

たしかにわたしたちはパルスコードによって植民地化されたけれど、力ずくではありませんでした。

それに、ほかにやってくるものはいなかった。

「終局」がきて、「上昇者」がわたしたちの現実から次の現実へと移るとき、わたしたちを迎えてくれるもの、玄関マットを敷いて案内してくれる地球外の知的生命体はいないでしょう。この二十四時間で、わたしの目には向こう側がよりはっきりと見えるようになっています。わたしはそれをあるがままに受け入れています。かつて誰も住んだことがない既存の共同体、あらかじめつくられた世界。それはわたしたちが梢から飛び立ちもしないうちからずっと、空っぽのまま放置されてきたのです。

最後の「優越者」は五百万年前に死にました。

自分たちの社会が衰え、文明がぼろぼろになりつつあったとき、彼らはパルスをつくり、それを送信しました。彼らがパルスを設計して送ったのは、それがなんとか別のよく似た種、彼ら自身を「ダウンロード」できる相手を見つけてくれるよう願ってのことでした。そう、それが「上昇」の行ったことです。パルスは彼らの脳を受け継がせるために、わたしたちの脳を変化させ、配線し直したのです。

わたしたちは「優越者」が住む乗り物、肉体になるはずでした。パルスは瓶に入ったメッセージというより、むしろ命の容れ物——脱出ポッドだったのです。

そしてその試みは失敗しました。

いまパルスのこと、「上昇」のことを考えるとき、スペイン人の征服者のことを思わずにはいられません。彼らの十六世紀の文明がどこからともなく現れて、アステカやインカを吸収し、その土地や資源、労働力を奪ったことを。しかし「優越者」は、彼らはわたしたちの世界を植民地化したかったのではありません。わたしたち、わたしたちを植民地化したかったのです。ちょっと自分の精神を送ればすむのに、どうしてわざわざ苦労して、何光年分にも相当するなにもない空間を航行する船を建造するでしょう？　ほんとうのところ、いちばん近いのは寄生虫です。

もちろん、パルスがついに地球に到達したとき、わたしたちはそれを受け取る準備ができておらず、「優越者」はもうずっと前に滅びていました。賭けは少し手遅れで、彼らは負けたのです。

パルス、「上昇」、「終局」――わたしが最後のインタビューの最中にためらったのは、単純な理由からでした。わたしは世界に向けてほんとうのことを話したくなかった。「優越者」、わたしたちの救世主は、ただの塵《ちり》だったのだと。

でもわたしは話すべきでした。

わかるでしょう、ジョン、これは常に受け止め方の問題だった。

もしわたしたちが常に、なにか奇跡が起きて救済してもらえるだろうという保険をかけていれば、世界に、人生に真の意味を見つけることはできません。わたしたち自身が特別なのです。それで充分なはずです。常にそれで充分であるべきでした。

存在していたのは常に、わたしたちだけだったのです。

謝辞

わたしがインタビューをしたすべてのかたがたに、ときにはきわめてつらく困難な出来事についてじっくり話す時間を割いて（そしてわたしが繰り返しかけた電話に答えて）くださったことに、感謝の意を表します。

これはあなたがたの物語であり、わたしがそれをきちんと伝えられていることを願います。

これまでアシスタントを務めてくれたみなさんにも感謝します。イヴ・アペル、ナット・ウェットストーン、ローズ・ブラッシンゲーム、そしてJ・クインライヴェン。あなたがたの実に寛大で力強い支えなしには、このような仕事はなにひとつ成し遂げられなかったでしょう。

過去を照らし出すのに協力してくださった、次に挙げる個人、団体、そして組織のみなさん。スーザン・オコンネル、リンカ、エンゲージ・アストロフィシックス、パティ・ヘッカート、グリフ、ジョック・フォスター、レスリー・コレンブロット、ジ・

オーバールック・クルー、ラジオ5、ジュノー・ヴェイル、ニューヨーク公共図書館のみなさん、ブラック・ムーン、サム・ザックス、ドリス・マツモト、レスター・シズエ博士、ジャディーン・チャン博士、フィジー、トモコ、ザ・スペース・マッピング・プロジェクト、タニス・チェイソン、ジ・エアー・ルーム・ギャング、アレックス・ウォード、R・R・ライアン、エメット・ピルスク博士、サバイバル・リサーチ・ラボラトリーⅡ、アベデネゴ、チャールズ・ハレイン、それにホームレス、スタークひげ、根っこ食い、トロール、そしてゴキブリども（どれが自分のことかはわかるよな）。

カリフォルニア大学サンタクルーズ校、ワイオミング大学、ネヴァダ大学、コーネル大学、ワシントン大学、ペンシルヴェニア大学にもお礼を申し上げたい。あなたが寛大にもオフィスや図書館のドアを開いてくださったことには、ほんとうに感謝しています。

妻と家族に。毎日ありがとう。

◉主要参考文献

オーガスト・カーター『叫ぶに足る信仰：「終局」後の人生』スペクトラム、二〇二六年
ニエヴェス・チャイルズ＝ブリドル『「上昇」：ある症例研究』オックスフォード大学出版局、二〇二五年
アルフレッド・カーウェン『「優越者」：会衆からの声？』ゾティーク、二〇二六年
ジャン＝ピエール・イーメリー『「上昇」の科学』デューク大学出版局、二〇二四年
ディラン・フー『可塑性の基礎』キーストーン、二〇二四年
ハルキ・イトー『向こう側との対話』デル、二〇二六年
ヴァチェスラフ・クドリャショフ『ローマ人への手紙：汝《なんじ》の隣人を憎むことが、いかにして己を愛することになったのか』ノートルダム大学出版局、二〇二五年

ハイム・リーボヴィッチ『最新物理学』英国物理学会、二〇二五年
ドリス・マツモト『息をするのを忘れる：「終局」はいかにしてアメリカ文化を新たにつくりなおしたか』フロリダ大学出版局、二〇二五年
グレン・オーウェン『暗闇の下で：虚無主義と若さ』イエール大学出版局、二〇一九年
エスター・リュックケーア『「上昇」事例集』ヒューマン・ライツ・ウォッチ、二〇二六年
ルサンナ・シュヴァーダー『パラダイムシフト：崩壊のなかの文化』オーヴァールック、二〇二三年
ルイス・ステーブルフォード『想像可能なものとの遭遇』ガントレット、二〇二四年
メリッサ・タンザー『「上昇者」とは何者なのか？』コロラド大学出版局、二〇二四年
フリッツ・ヴァン・デン・ブルック『「終局」：変容の研究』ブルーナ、二〇二五年
リヴィア・ヴァニー『最後の二十四時間：「終局」と脆弱性《ぜいじゃくせい》』ドノエル出版、二〇二五年

謝辞

本書の制作に協力してくださったみなさんに感謝します。おもに、レオ、ジョナ、リサ、ローン、ラケシュ、ジェス、モーリッシュ、ランドハート、そしてイタに。

著者について

キース・トーマスは作家であり、映画製作者でもある。映画やテレビの脚本を書く前は、コロラド大学医学部と国立ユダヤ医療研究センターで臨床研究者として働いていた。

訳者あとがき

未知の知的生命体がなんらかの意図を持って地球を訪れているという話は、長きにわたって世界じゅうの人々の心をとらえつづけてきました。ファーストコンタクトを題材にした小説や映画、ドラマは数知れず、日本でも、最近でこそ一時より下火になっているようには見えますが、一九七〇年代のオカルトブームの頃にはUFOや宇宙人をとらえたとされる映像や写真が日常的にテレビや雑誌をにぎわせていたものですし、一九九〇年代には科学では説明のつかない超常現象を扱ったドラマ『X-ファイル』が、一世を風靡《ふうび》しました。特にこうしたジャンルには興味がなくても、ロズウェルやエリア51、アダムスキー型といった単語を目にすれば、懐かしさとともに当時のことを思い出されるかたも少なくないでしょう。本書『ダリア・ミッチェル博士の発見と異変』もまた、間違いなくそうした流れを汲んでおり、UFOや宇宙人の話が好きなかたなら思わずにやりとするような要素が、あちこちにちりばめられています。SETI、エイリアン・アブダクション、その筋ではおなじみのマジェスティック12の後継らしき秘密組織が大きな役割を果たしているのも、そのひとつです。そうはいっても、本書に登場するのは昔懐かしいリトル・グリーン・マンや人型の爬虫類《はちゅうるい》などではなく、人類とのコンタクトの仕方も空飛ぶ円盤に乗ってやってくるような悠長なものではありません。本作は、いわば従来のＵＦＯやファーストコンタクト物を現代的な感覚でアップデートした作品といえるでしょう。

二〇二八年、五年前に地球を襲った「上昇」と呼ばれる出来事の影響で数十億人を失った人類は、かつての大都会でさえ電気や水道も満足に使えないような状況下で、懸命に生活の再建を図っています。そんななか、「上昇」のきっかけとなったパルス信号の発見者として知られる天文学者の日記を偶然入手したひとりのジャーナリストが、その日記の一部や関係者へのインタビュー、当時の録音記録を書き起こした資料などをまとめた、一冊のノンフィクション作品を発表します。そこに描き出されていたのは、未曾有の事態に翻弄される人々の姿でした。それによると――

二〇二三年、ダリア・ミッチェルという天文学者が観測中に謎の信号をとらえた。その信号に未知のパルスコードが含まれているのを発見したダリアは、宇宙からのメッセージの可能性があると上司に報告するが、まともに取り合ってもらえない。そこで彼女は国家安全保障局に勤務する元恋人に連絡し、やがてその情報はホワイトハウスの知るところとなる。事態を重く見た首席補佐官をはじめとする政権の中枢メンバーは、様々な専門分野の科学者を召集して委員会を立ち上げ、パルスコードの分析にあたらせる。同じ頃、突如として特殊な能力を発揮するようになった人々の存在が、世界じゅうで次々に確認される。この「上昇者」と名づけられた、いわば超能力者の存在はネット上で拡散されてたちまち広く知られることとなり、世界は大混乱に陥る。ホワイトハウスの依頼を受けてパルスコードの分析をしていた科学者たちは、とある信じがたい結論に達するが、それを送ってきた未知の生命体の意図は判然としない。真実を隠蔽《いんぺい》するべく謎の組織が暗躍するなか、科学者チームの報告を受けたホワイトハウスはパニックの広がりを恐れ、どのように情報を公開すべきか頭を悩ませる。その一方で「上昇者」たちは——

これだけでもUFOやファーストコンタクト物好きには心引かれるものがあると思いますが、実は本書のいちばんの面白さは本のつくりそのものにあるといっても過言ではないでしょう。さあ読もうと表紙をめくったら、また別の題名が現れて、戸惑われたかたも多いと思います。しかも、どちらの著者もキース・トーマス。そう、この『ダリア・ミッチェル博士の発見と異変』という作品は、実質的には二〇二八年に発表されたことになっている、『「上昇」秘録』そのものなのです。著者はこの架空のノンフィクション作品をいかに本物らしく見せるかに、並々ならぬエネルギーを注《そそ》いでおり、巻頭には前大統領による序文、著者による前書き、本文には大量の脚註、巻末には謝辞や参考文献（もちろん架空の）をつけるなど、徹底した工夫を凝らしています。その結果として、題名と著者名、書誌情報、謝辞が二冊分あるという、一風変わった構成になっているわけです（できるものなら、きっと『「上昇」秘録』のほうにもカバーイラストをつけたかったのではないでしょうか）。

もちろん内容のほうでも、容《い》れ物に見合ったリアルさが追求されています。あくまでも、「上昇」とその到達点である「終局」と呼ばれる現象が引き起こした混乱を実際に経験した人々に向けて書かれた、ノンフィクションという趣向なので、前書きを読めばある程度のことはわかるようになっているとはいえ、現実の読者は、いままさになんらかの形で直接パルスコードの影響を受けている当事者の視点や、のちに彼らが当時を振り返った視点、第三者である著者の視点等からかわるがわる断片的に語られる話をつなぎ合わせ、パズルを組み立てるように少しずつ全体像をつかみ取っていくことになるのです。しかもそうやって描かれる当時の状況というのがいかにもありそうなことばかりで、どこか既視感すらおぼえるほどです。「上昇」を未知の感染症と思いこんで恐怖のあまり暴走し、ときには目を覆うような残虐行為に走る人々、ネット上を飛び交う様々な陰謀論、パニックを恐れて政権運営に都合のいいように世論を誘導しようとするホワイトハウスの関係者たち（このあたりは政治の裏側を描いた小説としても読み応えがあります）。「上昇」が起きたときにアメリカを率いていたのが、この国で初めて無所属で大統領選に勝利した女性だったというあたりも、いかにも直近の未来の話らしくて興味深いところです。いくつかの謎が残されたままになっていることにはもどかしさも感じますが、そもそも『「上昇」秘録』の著者の意図は前書きにもあるとおり、人類史上最大の出来事の渦中にあった人々の生の声を通して「上昇」と「終局」について語ることにあるのですから、ここで作中の登場人物たちが知るはずのないことを明かしてしまえば、徹底してノンフィクションらしさを追求してきた試みが台なしになりかねません。ここは読者のみなさんも著者の企みに乗せられたつもりで楽しんでいただければと思います。

ある意味、終末物SFといってもいい本書ですが、その読後感は意外なほど明るいものです。地球に残された人々は、以前とは比べものにならないほど不便になりはしたものの、人類が地球にもたらした様々な悪影響がリセットされた世界で生き生きと暮らしています。もしかしたら人類はこの未曾有の経験を生かし、以前よりもいい世界を築くことができるかもしれない、という希望のようなものさえ感じられるほどです。しかしその一方で、ふと現実を顧みれば、環境破壊や気候変動、不条理な暴力、おまけに新型コロナウイルスのパンデミックと（本書が刊行されたのは二〇一九年なので、今回のパンデミックと「上昇」が重なって見えるのはまったくの偶然なのですが）、いまの世界はこの作品に描かれているのとたいして変わらない状況にあるように思えます。そのため、作中で「上昇者」の人数が爆発的に増えていく様子や、未知の現象に対して人々が見せる反応はいっそう生々しく感じられますし、超常現象を扱うネット上のサイトに陰謀論者たちが群がる様は、アメリカのトランプ前大統領の再選運動で一躍世界の注目を浴びたQアノンを彷彿《ほうふつ》とさせます。

今年六月、アメリカ国防総省が議会に提出したある報告書が話題になりました。これは二〇〇四年以降に米軍パイロットが目撃した一四四件の未確認飛行物体、いわゆるＵＦＯ（報告書のなかでは未確認航空現象《ＵＡＰ》と呼ばれています）に関する情報を詳しく調査したもので、それによると、一件はほぼ間違いなく「しぼんでいく大きな風船」であったことが確認されたものの、それ以外の事例については自然の大気現象、あるいは米国や他国の飛行体など、なんらかの地球上の原因によって引き起こされた可能性が高いが、確固たる結論を導き出すのは困難であるとされています。要するに、現時点では地球外知的生命体の存在は否定も肯定もしようがないといっているわけです。物語の舞台となった二〇二三年まで、あと二年。その頃、私たちの世界はどうなっているのでしょう。本書のように文明が一気に逆戻りしてしまうレベルの大変な出来事が起こらなくても、現在の状況が少しでも改善される方向に向かっていればいいのですが……。

著者のキース・トーマスに関しては、前記の「著者について」にあること以外では、本作の前年に *The Clarity* いうスリラー小説を発表していることくらいしか情報がありませんが、今後もひねりの効いた作品を期待したいところです。

二〇二一年九月　佐《さ》田《だ》千《ち》織《おり》

〈シグマフォース〉シリーズ⑤
ケルトの封印　上下
ジェームズ・ロリンズ／桑田健［訳］

癒しか、呪いか？　その封印が解かれし時――人類は未来への扉を開くのか？　それとも破滅へ一歩を踏み出すのか……。

〈シグマフォース〉シリーズ⑥
ジェファーソンの密約　上下
ジェームズ・ロリンズ／桑田健［訳］

光と闇の米建国史――。アメリカ建国の歴史の裏に隠された大いなる謎……人類を滅亡させるのは〈呪い〉か、それとも〈科学〉か？

〈シグマフォース〉シリーズ⑦
ギルドの系譜　上下
ジェームズ・ロリンズ／桑田健［訳］

最大の秘密とされている〈真の血筋〉に、ついに辿り着く〈シグマフォース〉！　組織の黒幕は果たして誰か？

〈シグマフォース〉シリーズ⑧
チンギスの陵墓　上下
ジェームズ・ロリンズ／桑田健［訳］

〈神の目〉が映し出した人類の未来、そこには崩壊するアメリカの姿が……「真実」とは何か？「現実」とは何か？

〈シグマフォース〉シリーズ⑨
ダーウィンの警告　上下
ジェームズ・ロリンズ／桑田健［訳］

南極大陸から〈第六の絶滅〉が、今、始まる……。ダーウィンの過去からの警告が、明らかになるとき、人類絶滅の脅威が迫る！

ダリア・ミッチェル博士の発見と異変
世界から数十億人が消えた日
2021年11月5日　初版第一刷発行

著者 …………………………… キース・トーマス
訳者 ………………………………… 佐田千織《さだちおり》
デザイン ……………………… 坂野公一《さかのこういち》(welle design)

発行人 …………………………… 後藤明信
発行所 ……………………… 株式会社竹書房
〒102-0075 東京都千代田区三番町8-1
三番町東急ビル6F
email : info@takeshobo.co.jp
http://www.takeshobo.co.jp
印刷所 ……………………… 凸版印刷株式会社

定価はカバーに表示してあります。
■落丁・乱丁があった場合は furyo@takeshobo.co.jp までメール
にてお問い合わせください。
Printed in Japan